Scherz Krimi

Spannung mit Niveau

Von Dorothy Sayers sind erschienen:

Der Fall Harrison
Feuerwerk
Die Katze im Sack
Lord Peters schwerster Fall
Der Mann, der Bescheid wußte
Eines natürlichen Todes
Der Tote in der Badewanne

Dorothy Sayers

Die Katze im Sack

Scherz
Bern – München – Wien

Überarbeitete Fassung der einzig berechtigten
Übertragung aus dem Englischen
Eine Auswahl aus dem englischen
Originalwerk: »Lord Peter Views the Body«
Schutzumschlag von Heinz Looser
Foto: Thomas Cugini

9. Auflage, ISBN 3-502-51280-9

Gesamtherstellung: Ebner Ulm

Die abscheuliche Historie vom Mann mit den Kupferfingern

Der Egoistenklub ist einer der genialsten Orte in London. Dorthin kann man seine Schritte lenken, wenn man das Bedürfnis hat, den seltsamen Traum der vergangenen Nacht zu erzählen oder der Mitwelt zu verkünden, was für einen guten Zahnarzt man entdeckt hat. Man kann dort in Ruhe Briefe schreiben, wenn man will, oder auch das Temperament einer Jane Austen entfalten, denn es gibt keinen Raum, in dem Schweigepflicht herrscht. Beschäftigt oder in Gedanken vertieft zu erscheinen, wenn man von einem anderen Mitglied angesprochen wird, gilt als Verstoß gegen die Klubetikette. Zwei Gesprächsthemen sind allerdings tabu: Golf und Fischen. Und wenn der Antrag des Hon. Freddy Arbuthnot bei der nächsten Ausschußsitzung durchgeht, dann darf auch das Thema Radio nicht mehr angeschnitten werden. Im übrigen ist der Klub nicht besonders exklusiv. Niemand ist von vornherein ausgeschlossen – mit Ausnahme von starken, schweigenden Männern. Die Kandidaten müssen jedoch bestimmte Proben bestehen. Welcher Art diese Proben sind, geht daraus hervor, daß ein gewisser hervorragender Forscher nicht aufgenommen wurde, weil er eine sehr starke Trichinopoly-Zigarre annahm und sie zu einem 63er Portwein rauchte. Dagegen wurde der gute alte Sir Roger Bunt (der Hökermillionär, der das Preisausschreiben einer Sonntagszeitung in Höhe von zwanzigtausend Pfund gewonnen und damit einen ungeheuren Restaurationsbetrieb in den Midlands begründet hatte) sehr gerühmt und einstimmig gewählt, nachdem er offen erklärt hatte, daß ihm in dieser Hinsicht Bier und eine Pfeife völlig genügten. Wie Lord Peter bemerkte: »Niemand nimmt Anstoß an Roheit, aber bei Grausamkeit muß man die Grenze ziehen.«

An diesem besonderen Abend hatte Masterman (der kubistische Dichter) einen Gast mitgebracht, einen Mann namens Varden. Varden war zunächst Berufssportler gewesen, aber ein überfordertes Herz hatte ihn dazu gezwungen, eine glänzende Karriere aufzugeben und aus seinem gut geschnittenen Gesicht und auffallend schönen Körper im Dienste der Filmkunst Kapital zu schlagen. Er war von Los Angeles nach London gekommen, um für seinen neuen großen Film *Marathon* die Werbetrommel zu rühren, und er entpuppte sich als eine durchaus angenehme, unverdorbene Persönlichkeit – zur großen Erleichterung des Klubs, da Mastermans Gäste manchmal ein gewisses Risiko darstellten.

Einschließlich Varden saßen nur acht Männer an diesem Abend im braunen Zimmer. Dieses war mit seinen getäfelten Wänden, dem gedämpften Licht und den schweren, blauen Vorhängen vielleicht das gemütlichste und angenehmste der kleinen Rauchzimmer, von denen der Klub ungefähr ein halbes Dutzend aufwies. Die Unterhaltung war ganz zwanglos in Gang gekommen, als Armstrong einen merkwürdigen kleinen Zwischenfall erzählte, dessen Augenzeuge er am Nachmittag bei der U-Bahnstation Temple gewesen war, und Bayes hatte daraufhin erklärt, daß das nichts sei im Vergleich zu der wirklich merkwürdigen Sache, die ihm persönlich eines Abends im dichten Nebel auf der Euston Road passiert sei.

Masterman behauptete, daß die abgelegenen Londoner Plätze einem Schriftsteller reiches Material lieferten, und führte als Beispiel seine eigene ungewöhnliche Begegnung mit einer weinenden Frau und einem toten Affen an, und dann griff Judson den Faden auf und schilderte, wie er einmal zu später Stunde in einer einsamen Vorstadt auf die Leiche einer Frau gestoßen sei, die mit einem Messer in der Seite auf dem Pflaster lag, während ein Polizist regungslos dabeistand. Er (Judson) habe gefragt, ob er irgendwie behilflich sein könne, aber der Polizist habe nur erwidert: »An Ihrer Stelle würde ich mich nicht einmischen, Sir, sie hat verdient, was sie bekommen hat.« Dann erwähnte Pettifer einen sonderbaren Fall aus seiner Arztpraxis: Ein ihm völlig unbekannter Mann habe ihn einmal zu einem Haus in Bloomsbury geführt, wo eine Frau an einer Strychninvergiftung litt.

Dieser Mann habe ihm die ganze Nacht über in höchst intelligenter Weise geholfen und sei, sobald die Patientin außer Gefahr war, aus dem Haus marschiert und nie wiederaufgetaucht. Das Merkwürdige aber sei gewesen, daß ihm die Frau auf seine entsprechenden Fragen hin höchst überrascht geantwortet habe, sie habe den Mann nie zuvor gesehen und ihn für Pettifers Assistenten gehalten.

»Das erinnert mich«, erklärte Varden, »an etwas noch Seltsameres, das mir mal in New York passiert ist. Ich bin mir heute noch nicht klar darüber, ob es sich um einen Wahnsinnigen oder einen Possenreißer handelte, oder ob ich tatsächlich mit knapper Not davongekommen bin.«

Das klang vielversprechend, und man bestürmte den Gast, die Geschichte zum besten zu geben.

»Es liegt eigentlich schon ziemlich weit zurück«, sagte der Schauspieler, »sieben Jahre müssen es sein – kurz bevor Amerika in den Krieg eintrat. Ich war damals fünfundzwanzig und seit etwas über zwei Jahren beim Film. Zu der Zeit sprach man in New York viel von einem Mann namens Eric P. Loder, der ein sehr guter Bildhauer gewesen wäre, wenn er nicht mehr Geld gehabt hätte, als gut für ihn war. Das haben mir jedenfalls Leute erzählt, die von diesen Dingen etwas verstehen. Er pflegte die Galerien zu beschicken und veranstaltete viele Einzelausstellungen seiner Werke, die von Kunstinteressierten besucht wurden – er hat, glaube ich, viele Bronzen geschaffen. Vielleicht kennen Sie etwas von ihm, Masterman?«

»Ich habe keins seiner Werke gesehen«, erwiderte der Dichter, »aber ich erinnere mich an einige Fotografien davon in *The Art of Tomorrow.* Geistreich, aber etwas manieriert. Hat er nicht viele Statuen in Gold und Elfenbein ausgeführt? Wahrscheinlich um zu zeigen, daß er sich solche Materialien leisten konnte.«

»Ja, das klingt ganz nach ihm.«

»Natürlich – und dann hat er noch eine ebenso raffinierte wie häßliche realistische Gruppe, ›Lucina‹, geschaffen und die Unverschämtheit besessen, sie aus massivem Gold gießen und in der Eingangshalle seines Hauses aufstellen zu lassen.«

»Ach, das Ding! Ja – einfach scheußlich in meinen Augen. Allerdings habe ich nie etwas Künstlerisches im Realismus sehen können. Für meine Begriffe soll ein Bild oder eine Statue einen ästhetischen Genuß bescheren. Einen anderen Zweck kann ich nicht darin sehen. Immerhin besaß Loder eine beträchtliche Ausstrahlung.«
»Wie haben Sie ihn eigentlich kennengelernt?«
»Er hatte mich in meinem kleinen Film *Apollo comes to New York* gesehen – vielleicht erinnern Sie sich noch daran. Es war meine erste Hauptrolle. Der Film drehte sich um eine zum Leben erweckte Statue – eine Statue des griechischen Gottes Apollo eben –, und wie der Gott sich in einer modernen Stadt zurechtfindet. Der gute alte Reubenssohn hatte das Stück produziert. Es war alles so geschmackvoll gehalten, daß man von Anfang bis Ende nichts Anstößiges entdecken konnte, obwohl man im ersten Teil nur so eine Art Schleier trug – nach dem Vorbild der klassischen Statue, verstehen Sie.«
»Apoll von Belvedere?«
»Ich glaube, ja. Kurz und gut, Loder schrieb mir, daß er sich als Bildhauer sehr für mich interessiere, da ich gut gebaut sei und so weiter, und ob ich ihn wohl mal in New York besuchen würde, wenn ich Zeit hätte. Auf diese Weise lernte ich Loder kennen und kam zu der Überzeugung, daß er eine gute Reklame für mich sein könnte. Als dann mein Vertrag abgelaufen war und ich eine kleine Kunstpause einlegen konnte, fuhr ich nach New York und stattete ihm einen Besuch ab. Er war sehr nett zu mir und lud mich ein, ein paar Wochen bei ihm zu bleiben, während ich mich ein wenig umsah.
Er hatte ein großartiges, prachtvolles Haus, etwa fünf Meilen außerhalb der Stadt, das von oben bis unten mit Bildern, Antiquitäten und dergleichen vollgestopft war. Ich schätzte ihn auf ungefähr fünfunddreißig bis vierzig. Er war ein dunkler, geschmeidiger Typ mit schnellen, lebhaften Bewegungen und verstand es zu erzählen. Er schien überall gewesen zu sein und alles gesehen zu haben. Von seinen Mitmenschen hatte er anscheinend keine allzu gute Meinung. Man konnte ihm stundenlang zuhören. Über jeden wußte er Anekdoten,

vom Papst bis zum alten Phineas E. Groot vom Chicagoer Ring. Was ich nicht gern von ihm hörte, waren Zoten. Ich habe nichts gegen eine pikante Geschichte – ganz und gar nicht. Halten Sie mich um Gottes willen nicht für prüde. Aber wenn er so etwas erzählte, dann pflegte er einen dabei anzusehen, als hege er den Verdacht, man sei selbst darein verwickelt. So einen Blick habe ich bei Frauen erlebt; ich habe auch Männer gekannt, die ihn Frauen gegenüber anwandten, und beobachtet, wie diese sich vor Verlegenheit wanden. Aber er war der einzige Mann, der bei *mir* ein solches Gefühl auslöste. Abgesehen davon war Loder die fesselndste Persönlichkeit, die mir je über den Weg gelaufen ist. Wie gesagt, sein Haus war schön und seine Tafel erstklassig.

Nur das Beste war gut genug für ihn. Da war seine Geliebte, Maria Morano. Ich habe wohl nie eine Frau gesehen, die ihr das Wasser hätte reichen können, und wenn man beim Film arbeitet, stellt man ziemlich hohe Anforderungen an weibliche Schönheit. Sie war eines jener großen, gelassenen Geschöpfe mit schönen, langsamen Bewegungen und einem langsamen, breiten Lächeln. So etwas züchten wir nicht in den Staaten. Sie stammte aus dem Süden – eine Varietétänzerin, wie er sagte, und sie widersprach ihm nicht. Er war sehr stolz auf sie, und sie schien ihm auf ihre Art ergeben zu sein. Er pflegte sie im Atelier, nur mit einem Feigenblatt bekleidet, vorzuführen, sie neben einer der Figuren aufzustellen, die er dauernd von ihr machte, und sie Punkt für Punkt miteinander zu vergleichen. Anscheinend gab es an ihrem Körper buchstäblich nur einen halben Zoll, der vom Gesichtspunkt des Bildhauers aus nicht absolut vollkommen war – die zweite Zehe ihres linken Fußes war kürzer als die große Zehe. An ihren Statuen korrigierte er diesen Fehler natürlich immer. Sie selbst hörte sich das alles gewöhnlich mit einem gutmütigen Lächeln an, fühlte sich gewissermaßen geschmeichelt. Aber manchmal, glaube ich, hatte das arme Mädchen diese ewige Anglotzerei satt. Von Zeit zu Zeit fing sie mich nämlich ab und schüttete mir ihr Herz aus. Anscheinend war es ihre große Sehnsucht, ein eigenes Restaurant zu besitzen mit Show-Darbietungen und sehr vielen Köchen in weißen Schürzen und einer Unmenge glitzernder elektrischer Öfen. ›Und dann würde ich heiraten‹, eröffnete sie, ›und vier Söhne und eine Tochter haben‹, und sie zählte mir alle Namen auf, die sie für ihre Kinder gewählt hatte. Ich fand das rührend. Gegen Ende einer solchen Unterhaltung gesellte sich Loder einmal zu uns. Auf seinem Gesicht lag ein Grinsen. Ich schloß daraus, daß er uns belauscht hatte. Aber ich glaube nicht, daß er der Sache große Bedeutung beimaß, und das zeigt, daß er das Mädchen nie richtig verstanden hat. Er konnte sich wohl nicht vorstellen, daß eine Frau die Lebensweise über Bord werfen würde, die er ihr zu bieten vermochte. Aber wenn er sie auch als seinen Besitz ansah, so stellte er ihr doch niemals eine Rivalin an die Seite. Trotz all seines Geschwätzes und seiner häßlichen Statuen hatte sie ihn am Bändel, und das wußte sie auch.

Ich blieb einen Monat in seinem Hause und hatte ein herrliches Leben. Zweimal bekam Loder einen ›Kunstrappel‹. Dann schloß er sich in seinem Atelier ein, um zu arbeiten, und ließ tagelang niemanden zu sich. Er liebte solches Aufbauschen, und wenn seine Arbeitswut verraucht war, veranstaltete er eine Gesellschaft, bei der alle seine Freunde und Anhänger erschienen, um sich das Meisterwerk anzusehen. Er arbeitete damals gerade an der Figur einer Nymphe oder Göttin, die in Silber gegossen werden sollte, und Maria, die ihm als Modell diente, ließ sich mit ihm einschließen. Abgesehen von solchen Perioden ging er viel aus und zeigte mir alles, was es zu sehen gab.

Ich war ziemlich ärgerlich – das gebe ich unumwunden zu –, als die Sache zu Ende ging. Der Krieg wurde erklärt, und ich hatte bereits den Entschluß gefaßt, mich zu stellen, falls es soweit kommen sollte. Mein Herz schloß mich vom Schützengrabendienst aus. Aber ich rechnete mit irgendeinem Einsatz, wenn ich nicht locker ließ. Daher packte ich meinen Kram zusammen und zog los.

Ich hätte nicht geglaubt, daß es Loder so aufrichtig leid tun würde, mir Lebewohl zu sagen. Er betonte immer wieder, daß wir bald wieder zusammensein würden. Ich wurde dann tatsächlich als Sanitäter eingestellt und nach Europa geschickt. Und so kam es, daß ich Loder erst im Jahre 1920 wiedersah.

Er hatte mir vorher bereits geschrieben, aber ich mußte 1919 in zwei großen Filmen spielen und hatte keine Zeit. 1920 war ich jedoch wieder in New York, um Reklame für *The Passion Streak* zu machen, und da erhielt ich ein paar Zeilen von Loder, in denen er mich bat, ihn zu besuchen und ihm zu sitzen. Na, das war ja Reklame, die er selbst bezahlen würde. Also willigte ich ein. Ich hatte mich verpflichtet, mit der Filmgesellschaft Mystofilms Ltd. nach Australien zu fahren, um in *Jake of Dead Man's Bush* mitzuspielen – einem Pygmäenfilm, der bei den australischen Buschmännern an Ort und Stelle gedreht werden sollte. Ich telegrafierte ihnen, daß ich in der dritten Aprilwoche in Sydney zu ihnen stoßen würde, und zog mit Sack und Pack zu Loder.
Loder begrüßte mich sehr herzlich, aber ich hatte den Eindruck, daß er seit unserem letzten Beisammensein sehr gealtert sei. Nervöser war er auf jeden Fall geworden. Er wirkte – wie soll ich es ausdrücken? – intensiver, irgendwie natürlicher. Seine beliebten zynischen Redensarten klangen so, als spreche er aus tiefster Überzeugung, und er wurde immer anzüglicher dabei. Früher hatte ich angenommen, seine Art, alles anzuzweifeln, sei bloße Pose, aber ich spürte allmählich, daß ich ihm unrecht getan hatte. Er war tatsächlich unglücklich, das konnte ich wohl sehen, und bald entdeckte ich auch den Grund. Als wir mit dem Auto zu seinem Haus hinausfuhren, erkundigte ich mich nach Maria.
›Sie hat mich verlassen‹, lautete die Antwort.
Das kam mir wirklich sehr überraschend. Offen gestanden, hatte ich dem Mädchen soviel Initiative nicht zugetraut. ›Na‹, meinte ich, ›hat sie sich denn tatsächlich ihr Restaurant eingerichtet, das sie sich so sehr wünschte?«
›Oh! Mit Ihnen hat sie also über Restaurants gesprochen? Sie gehören wohl zu den Männern, denen die Frauen ihre Geheimnisse anvertrauen. Nein. Sie hat sehr dumm gehandelt. Sie ist fort.‹
Ich wußte nicht recht, was ich sagen sollte. Seine Eitelkeit war offenbar ebenso verletzt wie seine Gefühle. Ich spulte die üblichen Redensarten ab und fügte dann hinzu, daß es auch einen großen Verlust für seine Arbeit bedeute. Das gab er zu.

Ich fragte ihn, wann es passiert sei und ob er die Nymphe vollendet habe, an der er damals arbeitete. O ja, meinte er, die und etwas anderes – etwas sehr Originelles, das mir gefallen würde.
Na, wir kamen schließlich in seinem Haus an und dinierten. Loder erzählte mir, daß er in Kürze nach Europa fahren würde, und zwar wenige Tage nach meiner Abreise. Die Nymphe stand im Eßzimmer in einer besonderen, in die Wand eingelassenen Nische. Sie war wirklich schön, nicht so protzig wie die meisten seiner Werke, und besaß eine wunderbare Ähnlichkeit mit Maria. Loder wies mir einen Platz ihr gegenüber an, damit ich sie während des Essens sehen konnte, und es war mir tatsächlich fast unmöglich, meine Blicke von ihr loszureißen. Er schien sehr stolz darauf zu sein und versicherte mir immer wieder, wie froh er sei, daß sie mir gefalle. Es war mir nicht entgangen, daß er sich angewöhnt hatte, sich zu wiederholen.
Nach dem Essen gingen wir ins Rauchzimmer. Die Einrichtung war verändert, und das erste, das einem ins Auge fiel, war ein großes Ruhebett, das vor dem Kamin stand. Es erhob sich ein paar Fuß über den Boden und bestand aus einer Basis, die wie ein römisches Liegesofa gestaltet war, mit Kissen und einem ziemlich hohen Rücken, alles aus Eiche mit silberner Einlegearbeit, und obendrauf befand sich als eigentliche Sitzgelegenheit die große silberne Gestalt einer nackten Frau in voller Lebensgröße. Ihr Kopf lag im Nacken, und die Arme waren an den Seiten des Sofas ausgestreckt. Ein paar große, lose Kissen machten es möglich, das Ding überhaupt als Sitzgelegenheit zu benutzen, obwohl ich gestehen muß, daß man sich nie bequem und respektabel darauf niederlassen konnte. Als Bühnenrequisit, um eine ausschweifende Szene anzudeuten, wäre diese Lagerstatt ausgezeichnet gewesen, aber wenn man sah, wie Loder an seinem eigenen Kamin sich darauf herumfläzte, konnte einem übel werden. Er schien jedoch sehr daran zu hängen.
›Ich habe Ihnen ja gesagt‹, meinte er, ›daß es etwas Originelles sei.‹
Dann schaute ich mir das Ganze etwas genauer an und entdeckte, daß es tatsächlich Marias Figur entsprach, wenn auch

das Gesicht nur skizziert war. Bei einem Möbelstück hatte er wahrscheinlich eine weniger realistische Behandlung für angebrachter gehalten.

Als ich die Couch sah, kamen mir leichte Zweifel, ob Loder ganz normal sei. Und in den folgenden zwei Wochen wuchs mein Unbehagen in seiner Gegenwart ständig. Seine schon erwähnte anzügliche Art wurde von Tag zu Tag ausgeprägter, und manchmal, wenn ich für ihn saß, pflegte er die abscheulichsten Dinge zu erzählen, wobei er mich mit einem höchst widerlichen Blick fixierte, nur um zu sehen, wie ich wohl reagierte. Obwohl er mich fürstlich bewirtete, wurde mir allmählich klar, daß ich mich unter den Buschmännern behaglicher fühlen würde. Das kann ich Ihnen versichern. Nun komme ich zu der merkwürdigen Begebenheit.«

Alle setzten sich in Positur und hörten noch aufmerksamer zu.

»Es war am Abend, bevor ich aus New York abreisen mußte«, fuhr Varden fort. »Ich saß –«

In diesem Augenblick öffnete jemand die Tür des braunen Zimmers und wurde sofort mit einem warnenden Zeichen von Bayes begrüßt. Der Eindringling sank lautlos in einen tiefen Sessel und goß sich mit äußerster Vorsicht einen Whisky ein, um den Sprecher nicht zu stören.

»Ich saß im Rauchzimmer«, begann Varden von neuem, »und wartete auf Loder. Ich war ganz allein im Haus, denn Loder hatte der Dienerschaft freigegeben, damit sie einen Film oder einen Vortrag besuchen konnte. Er selbst war damit beschäftigt, seine Sachen für die Europareise zu packen und hatte außerdem noch eine Verabredung mit seinem Manager. Ich mußte wohl eingeschlafen sein, denn es dämmerte schon, als ich mit einem Ruck zu mir kam und einen jungen Mann dicht neben mir stehen sah.

Er glich ganz und gar nicht einem Einbrecher und noch viel weniger einem Geist. Er sah – möchte ich fast sagen – außerordentlich gewöhnlich aus. Er trug einen grauen englischen Anzug und über dem Arm einen rehfarbenen Mantel. Einen weichen Hut und einen Stock hatte er in der Hand. Sein hellblondes Haar war glatt, und er besaß ein ziemlich stupides Gesicht mit einer langen Nase und einem Monokel vor dem

Auge. Ich starrte ihn an; denn ich wußte, daß die Haustür abgeschlossen war. Doch bevor ich mich sammeln konnte, sprach er bereits. Er hatte eine merkwürdige, zaudernde, etwas heisere Stimme und einen starken englischen Akzent. Zu meiner Überraschung fragte er:

›Sind Sie Mr. Varden?‹

›Ich habe nicht die Ehre, Sie zu kennen‹, erwiderte ich.

Er sagte: ›Bitte entschuldigen Sie, daß ich hier so hereinplatze. Ich weiß, es sieht nach schlechten Manieren aus, aber ich rate Ihnen, sich sobald wie möglich aus diesem Haus zu entfernen.‹

›Was fällt Ihnen denn ein, zum Kuckuck noch mal?‹ protestierte ich.

›Sie dürfen es nicht als Impertinenz auffassen, aber Sie müssen sich klar darüber sein, daß Loder Ihnen niemals verziehen hat. Ich fürchte, er hat die Absicht, Sie in einen Hutständer oder eine Stehlampe oder dergleichen zu verwandeln.‹

Mein Gott! Ich kann Ihnen versichern, mir wurde ganz schwummrig zumute. Die Stimme klang ruhig, sein Benehmen war tadellos, und doch waren die Worte so sinnlos! Es fiel mir ein, daß Irrsinnige besonders stark sein sollen, und ich rückte unmerklich näher an die Klingel heran, bis mir der ernüchternde Gedanke kam, daß ich ja allein im Hause war.

›Wie sind Sie überhaupt hereingekommen?‹ fragte ich mit falschem Mut.

›Leider mit einem Dietrich‹, sagte er so ungezwungen, als ob er sich entschuldigte, daß er keine Visitenkarte bei sich habe. ›Ich konnte ja nicht wissen, ob Loder schon zurück war. Aber ich möchte Ihnen wirklich raten, sich so rasch wie möglich aus dem Staube zu machen.‹

›Hören Sie mal zu‹, sagte ich, ›wer sind Sie eigentlich, und worauf wollen Sie hinaus? Was soll das heißen: Loder hat mir nie verziehen. Was nicht verziehen?‹

›Na‹, sagte er, ›wegen – Sie entschuldigen doch hoffentlich, daß ich Ihre Privatangelegenheit erwähne – wegen Maria Morano.‹

›Wieso ihretwegen, in drei Teufels Namen?‹ ereiferte ich mich. ›Was wissen Sie überhaupt von ihr! Sie ist fortgegangen, als ich noch im Krieg war. Was hat das mit mir zu tun?‹

›Oh‹, sagte der sehr merkwürdige junge Mann, ›ich bitte Sie um Verzeihung. Vielleicht habe ich mich zu sehr auf Loders Urteil verlassen. Verdammt töricht. Aber an die Möglichkeit, daß er sich geirrt haben könnte, habe ich nicht gedacht. Er bildet sich ein, daß Sie Maria Moranos Liebhaber waren, als Sie zuletzt hier weilten.‹
›Marias Liebhaber?‹ fragte ich erstaunt. ›Einfach lächerlich. Sie ist mit irgendeinem Mann auf und davon. Er mußte doch wissen, daß ich es nicht war.‹
›Maria hat dieses Haus nie verlassen‹, erklärte der junge Mann, ›und wenn Sie sich nicht bald auf die Socken machen, kann ich nicht dafür garantieren, daß *Sie* es je verlassen werden.‹
›In Gottes Namen‹, rief ich verzweifelt, ›was wollen Sie damit sagen?‹
Der Mann drehte sich um und warf die blauen Kissen vom Fußende der Couch.
›Haben Sie jemals die Zehen dieser Figur geprüft?‹ fragte er.
›Nicht eingehend‹, erwiderte ich mit wachsendem Staunen. ›Weshalb denn auch?‹
›Haben Sie jemals gesehen, daß Loder eine Skulptur von Maria gemacht hat mit der kurzen zweiten Zehe am linken Fuß?‹ fuhr er fort.
Na, ich habe mir den Fuß genauer angesehen, und es war, wie er sagte – der linke Fuß hatte eine kurze zweite Zehe.
›Sie haben recht‹, sagte ich, ›aber warum sollte er es nicht mal so machen?‹
›Ja, warum nicht?‹ meinte der junge Mann. ›Möchten Sie wissen, warum diese Statue die einzige ist, die die Füße der lebenden Frau hat?‹
Er hob den Feuerhaken auf.
›Sehen Sie her!‹ rief er.
Mit bedeutend mehr Kraft, als ich ihm zugetraut hatte, schlug er krachend auf die Silbercouch. Der Kopf des Feuerhakens traf einen Arm der Figur genau am Ellbogengelenk und riß ein zackiges Loch in das Silber. Der junge Mann manipulierte daran herum und brach den Arm schließlich ab. Er war hohl, und so wahr, wie ich hier sitze, befand sich ein langer, trockener Armknochen darin!«

Varden machte eine Pause und nahm einen großen Schluck von seinem Whisky.

»Na und?« riefen mehrere atemlose Stimmen.

»Ich schäme mich nicht«, sagte Varden, »zu bekennen, daß ich aus dem Hause sauste wie ein altes Karnickel, das den Mann mit dem Gewehr hört. Ein Wagen stand gerade vor der Tür, und der Fahrer öffnete den Schlag. Ich taumelte hinein, doch dann kam mir der Gedanke, daß das Ganze eine Falle sein könnte. Also taumelte ich wieder hinaus und rannte, bis ich zu einer Elektrischen kam. Aber am nächsten Tag fand ich mein Gepäck am Bahnhof, ordnungsgemäß nach Vancouver aufgegeben.

Als ich wieder zu mir kam, hätte ich gern gewußt, was Loder über mein plötzliches Verschwinden dachte. Aber keine zehn Pferde hätten mich in dieses gräßliche Haus zurückgebracht. Am nächsten Morgen reiste ich nach Vancouver, und von dem Tag an bis zu diesem Augenblick habe ich keinen der beiden Männer wiedergesehen. Bis heute habe ich nicht die leiseste Idee, wer der blonde junge Mann war oder was aus ihm geworden ist. Aber ich hörte auf Umwegen, daß Loder tot sei – ich glaube, er hat einen Unfall gehabt.«

Es trat eine Pause ein. Dann:

»Eine verdammt gute Geschichte, Mr. Varden«, bemerkte Armstrong – er war ein begeisterter Bastler und hauptsächlich verantwortlich für Mr. Arbuthnots Antrag, das Thema Radio zu verbieten –, »aber wollen Sie damit sagen, daß ein komplettes Skelett in dem Silberguß vorhanden war? Meinen Sie, daß Loder es in das Innere der Form steckte, als die Figur gegossen wurde? Das wäre sehr schwierig und gefährlich gewesen – der geringste Zufall hätte ihn in die Hände seiner Arbeiter geliefert. Und die Statue mußte überlebensgroß sein, damit das Skelett gut bedeckt war.«

»Mr. Varden hat Sie, ohne es zu wollen, irregeführt, Armstrong«, sagte eine ruhige, heisere Stimme plötzlich aus der Dunkelheit hinter Vardens Stuhl. »Die Figur war nicht aus Silber, sondern galvanisch versilbert auf einer direkt auf den Körper aufgetragenen Kupferbasis. Die Dame war also plattiert. Ich nehme an, daß ihre Weichteile durch Pepsin oder ein ähnliches Präparat aufgelöst worden sind, nachdem die

Geschichte fertig war, aber ich kann es nicht mit Sicherheit behaupten.«

»Hallo, Wimsey«, rief Armstrong. »Waren Sie das, der gerade hereingekommen ist? Und woher diese zuversichtliche Erklärung?«

Wimseys Stimme hatte eine außerordentliche Wirkung auf Varden ausgeübt. Er schnellte aus dem Sessel und drehte die Lampe so, daß das Licht auf Wimseys Gesicht fiel.

»Guten Abend, Mr. Varden«, erklang Lord Peters Stimme. »Es freut mich ungemein, Sie hier wiederzutreffen und Sie wegen meines nicht korrekten Benehmens anläßlich unserer letzten Begegnung um Entschuldigung bitten zu können.«

Varden nahm die dargebotene Hand, war aber völlig sprachlos.

»Wollen Sie etwa sagen, Sie verrückter Geheimniskrämer, daß *Sie* Vardens Großer Unbekannter sind?« wollte Bayes wissen. »Na ja«, fügte er unhöflich hinzu, »dank seiner lebhaften Beschreibung hätten wir's eigentlich erraten müssen.«

»Da Sie nun einmal hier sind«, erklärte Smith-Hartington, Journalist bei *The Morning Yell,* »sollten Sie auch mit dem Rest der Geschichte herausrücken.«

»War es etwa nur ein Scherz?« fragte Judson.

»Selbstverständlich nicht«, unterbrach Pettifer, ehe Lord Peter Zeit hatte zu antworten. »Warum denn auch? Wimsey hat genug Merkwürdiges gesehen und brauchte seine Zeit nicht damit zu verschwenden, es zu erfinden.«

»Da haben Sie ein wahres Wort gesprochen«, meinte Bayes. »Das kommt davon, wenn man ein gutes Kombinationsvermögen besitzt und immer seine Nase in Angelegenheiten steckt, die einen nichts angehen.«

»Das ist alles schön und gut, Bayes«, sagte Seine Lordschaft, »aber wenn ich an jenem Abend nicht mit Mr. Varden gesprochen hätte, wo wäre er wohl jetzt?«

»Ja, wo? Das wollen wir ja gerade wissen«, verlangte Smith-Hartington. »Nun mal los, Wimsey, hier wird sich nicht gedrückt. Wir müssen die Geschichte hören.«

»Und zwar die ganze Geschichte«, fügte Pettifer hinzu.

»Und nichts als die Geschichte«, erklärte Armstrong energisch und nahm Lord Peter mit einer geschickten Bewegung Whiskyflasche und Zigarren vor der Nase weg. »Also ran an den Speck, alter Knabe. Keinen Zug sollst du paffen, keinen Schluck sollst du trinken, bis die Geschichte zu Ende ist.«

»Scheusal!« jammerte Seine Lordschaft. »Tatsächlich«, fuhr er mit veränderter Stimme fort, »ist es keine Geschichte, die ich an die große Glocke hängen möchte. Sie könnte mich nämlich in eine sehr unangenehme Situation bringen – Totschlag wahrscheinlich, vielleicht sogar Mord.«

»Mein Gott!« sagte Bayes.

»Sie dürfen ganz beruhigt sein«, versicherte Armstrong ihm, »niemand wird darüber reden. Wir können es uns nämlich nicht leisten, daß der Klub Sie verliert. Smith-Hartington muß eben seine Schreibsucht bezähmen.«

Nachdem ihm von allen Seiten Verschwiegenheit zugesichert worden war, lehnte Lord Peter sich zurück und begann zu erzählen.

»Die Geschichte von Eric P. Loder ist wieder einmal ein Beispiel für die seltsame Weise, in der eine Macht, die über unseren kleinlichen Plänen steht, die menschlichen Angelegenheiten regelt. Nennen Sie sie Vorsehung – nennen Sie sie Schicksal –«

»Wir nennen sie gar nichts«, erklärte Bayes. »Den Teil können Sie unter den Tisch fallen lassen.«

Lord Peter stöhnte und begann von neuem.

»Meine Neugierde in dieser Angelegenheit wurde zuerst durch eine zufällige Bemerkung geweckt, die ein Beamter im New Yorker Auswanderungsbüro machte, als ich dort gerade etwas zu tun hatte. Er fragte: ›Was in aller Welt will Eric Loder denn nur in Australien? Man sollte meinen, Europa würde ihn mehr reizen.‹

›Australien?‹ sagte ich erstaunt. ›Sie träumen wohl, alter Junge. Er hat mir vor kurzem noch erzählt, daß er in drei Wochen nach Italien fährt.‹

›Italien – dummes Zeug‹, entgegnete der andere. ›Er hat sich gerade heute noch hier breitgemacht und sich erkundigt, wie man nach Sydney komme und was für Formalitäten dafür zu erfüllen seien.‹

›Aha‹, sagte ich. ›Da nimmt er wohl die pazifische Route und macht unterwegs in Sydney halt.‹ Aber ich wunderte mich doch, daß er nichts davon erwähnt hatte, als wir uns am Tag zuvor getroffen hatten. Er hatte klipp und klar gesagt, daß er nach Europa reisen würde, zunächst nach Paris und dann nach Rom.

Ich war so furchtbar neugierig, daß ich Loder zwei Abende später aufsuchte.

Er schien sich über meinen Besuch zu freuen und war ganz erfüllt von seiner bevorstehenden Reise. Ich erkundigte mich noch mal nach seiner Route, und er erklärte eindeutig, daß er als erstes nach Paris fahren werde.

Na schön, es ging mich ja auch nichts an, und wir plauderten über andere Dinge. Er erzählte mir, daß Mr. Varden vor seiner Abreise bei ihm wohnen würde und daß er hoffe, ihn dazu zu bewegen, ihm für eine Skulptur zu sitzen. Er habe noch nie einen Mann mit einer so vollendeten Figur gesehen. ›Ich wollte ihn schon früher dazu überreden‹, fügte er hinzu, ›aber da brach der Krieg aus, und Varden meldete sich freiwillig, bevor ich mit der Arbeit beginnen konnte.‹

Er rekelte sich dabei auf dieser scheußlichen Couch herum, und als ich ihn zufällig ansah, entdeckte ich in seinen Augen ein so widerliches Glitzern, daß ich einen ziemlichen Schrekken bekam. Er streichelte den Hals der Figur und grinste sie an.

›Hoffentlich wird es nicht wieder so eine plattierte Statue‹, bemerkte ich.

›Nanu‹, entgegnete er, ›ich habe schon daran gedacht, hierzu eine Art Pendant zu machen. ‚Der schlafende Athlet', wissen Sie, oder dergleichen.‹

›Es wäre viel besser, sie gießen zu lassen‹, riet ich ihm. ›Warum haben Sie überhaupt den Kram so dick aufgetragen! Dadurch gehen die feinen Details verloren.‹

Das ärgerte ihn. An diesem Kunstwerk konnte er keinerlei Kritik vertragen.

›Es war nur ein Experiment‹, erklärte er. ›Die nächste Statue wird ein regelrechtes Meisterwerk. Das sollen Sie sehen.‹

Soweit waren wir gekommen, als der Butler eintrat und fragte, ob er ein Bett für mich herrichten solle, da das Wetter so schlecht sei. Uns war das nicht weiter aufgefallen, obgleich es bei meiner Abfahrt von New York schon etwas bedrohlich ausgesehen hatte. Jetzt blickten wir jedoch aus dem Fenster und sahen, daß es in Strömen goß. Das hätte mir nichts ausgemacht, wenn ich nicht ohne Mantel in einem kleinen, offenen Sportwagen hergekommen wäre. Und die Aussicht, fünf Meilen in diesem Platzregen zu fahren, war nicht allzu verlockend. Loder drängte mich zu bleiben, und ich willigte ein.

Ich war ziemlich abgekämpft und ging daher sofort zu Bett. Loder erklärte, er wolle noch ein wenig in seinem Atelier arbeiten, und ich sah, wie er den Korridor hinunterging.

Sie gestatten mir ja nicht, das Wort ›Vorsehung‹ in den Mund zu nehmen. Ich will daher nur sagen, daß es ein sehr bemerkenswerter Zufall war, daß ich um zwei Uhr morgens aufwachte und in einer Wasserlache schwamm. Der Butler hatte mir eine Wärmflasche ins Bett gesteckt, und das garstige Ding hatte sich entstöpselt. Zehn Minuten lag ich in feuchter Misere da, bevor ich genügend Energie aufbrachte, um der Sache auf den Grund zu gehen. Dann entdeckte ich, daß die Situation hoffnungslos war – Bettücher, Decken, Matratzen, alles klatschnaß. Während ich mir den Sessel ansah, kam mir eine glänzende Idee. Ich erinnerte mich an den wunderbaren, breiten Diwan im Atelier, auf dem ein großes Fell und viele weiche Kissen lagen. Warum sollte ich den Rest der Nacht nicht dort verbringen? Ich nahm meine kleine elektrische Taschenlampe und marschierte los.

Das Atelier war leer. Ich nahm also an, daß Loder seine Arbeit beendet hatte und zu Bett gegangen war. Da stand denn auch mein Diwan, halb versteckt hinter einem Paravent. Ich wickelte mich in das Fell und schickte mich an, wieder einzuschlafen.

Gerade, als ich so recht schön müde war, hörte ich Schritte, nicht im Gang, sondern offenbar auf der anderen Seite des Raumes. Ich war überrascht, da ich nicht wußte, daß sich in der Richtung ein Ausgang befand. Ich lag mucksmäuschenstill, und bald darauf erschien ein Lichtstreifen an dem Schrank, in dem Loder seine Werkzeuge aufbewahrte. Der Streifen wurde breiter, und siehe da! Loder erschien mit einer Taschenlampe in der Hand. Er machte die Schranktür

sehr leise hinter sich zu und tapste durch das Atelier. Er blieb vor der Staffelei stehen und nahm die Hülle ab. Ich konnte ihn durch einen Spalt im Paravent beobachten. Einige Minuten lang betrachtete er eine Skizze auf der Staffelei, und dann stieß er ein so garstiges, girrendes Lachen aus, wie ich es nie zuvor gehört habe. Wenn ich auch vorher ernsthaft daran gedacht hatte, meine unbefugte Gegenwart zu proklamieren, so gab ich in diesem Moment die Idee völlig auf. Bald darauf verhülllte er die Staffelei wieder und ging durch die Tür hinaus, durch die ich hereingekommen war.
Ich wartete, bis seine Schritte verhallt waren, und stand dann auf – ungemein ruhig, kann ich Ihnen versichern. Auf Zehenspitzen schlich ich zur Staffelei, um mir das faszinierende Kunstwerk anzusehen. Ich sah sofort, daß es der Entwurf für die Gestalt des ›schlafenden Athleten‹ war. Während ich die Skizze so betrachtete, spürte ich, wie sich eine gräßliche Überzeugung in mir breitmachte. Es war eine Idee, die offenbar von meinem Magen ihren Ausgang nahm und sich langsam bis zu meinen Haarwurzeln emporarbeitete.
Meine Familie behauptet, ich sei zu neugierig. Ich kann nur sagen, daß zehn wilde Pferde mich nicht von der Untersuchung jenes Schrankes hätten abhalten können. Mit dem Gefühl, daß mir etwas ganz Abscheuliches ins Gesicht springen würde, ergriff ich heroisch den Türknopf.
Zu meinem Erstaunen war das Ding überhaupt nicht verschlossen. Die Tür öffnete sich sofort und enthüllte eine Reihe Regale, auf denen Loder unmöglich Platz gefunden haben konnte. Es kochte allmählich in mir, wie Sie sich denken können, und so suchte ich nach dem Federschloß, das unbedingt vorhanden sein mußte. Ich fand es auch ohne große Schwierigkeiten. Die Rückwand des Schrankes drehte sich geräuschlos nach innen, und ich stand oben an einer engen Treppe.
Ich war so schlau und vergewisserte mich erst, ob sich die Tür auch von innen öffnen ließ, ehe ich einen Schritt weiterging. Ferner nahm ich mir eine recht stabile Mörserkeule von einem Regal, um im Notfall eine Waffe zu haben. Dann schloß ich die Tür und tänzelte mit elfenhafter Leichtigkeit die geheimnisvolle Treppe hinab.

Am Ende der Treppe war wieder eine Tür, deren Geheimmechanismus ich sehr bald ergründete. In großer Erregung stieß ich sie mutig auf und umklammerte dabei angriffsbereit meine Mörserkeule.
Der Raum schien jedoch leer zu sein. Im Schein meiner Taschenlampe glänzte etwas Flüssiges, und dann fand ich den Lichtschalter.
Vor mir lag ein ziemlich großer, viereckiger Raum, der als Werkstatt eingerichtet war. Auf der Wand zu meiner Rechten befand sich ein großes Schaltbrett mit einer Bank darunter. In der Mitte der Decke hing ein riesiger Scheinwerfer, der eine über zwei Meter lange und ein Meter breite Glaswanne beleuchtete. Diese Wanne war mit einer dunkelbraunen Flüssigkeit angefüllt, die ich als das übliche Gemisch von Zyanid und Kupfersulfat erkannte, das beim Verkupfern gebraucht wird.
Die Stangen hingen mit leeren Haken darüber. Aber an einer Seite des Raumes stand eine halbgeöffnete Packkiste. Als ich den Deckel zur Seite schob, konnte ich Reihen von Kupferanoden sehen – genug, um einen gut 6 mm dicken Überzug für eine lebensgroße Figur zu machen. Daneben stand eine kleinere, noch zugenagelte Kiste, die ihrem Gewicht und Aussehen nach Silber für den weiteren Prozeß enthielt. Ich suchte noch etwas und fand es auch bald – eine beträchtliche Menge von präpariertem Graphit und einen großen Behälter mit Firnis.
Natürlich war kein eigentlicher Beweis für eine Schurkerei vorhanden. Es stand Loder selbstverständlich frei, einen Gipsabguß zu machen und diesen zu versilbern, falls es ihn danach gelüstete. Aber dann entdeckte ich etwas, das nicht rechtmäßig dorthin gekommen sein konnte.
Auf der Bank lag eine ovale Kupferplatte, die nicht ganz vier Zentimeter lang war und wahrscheinlich Loders nächtliche Arbeit darstellte. Es war ein Klischee des amerikanischen Konsulatssiegels, mit dem man Ihr Paßbild stempelt, damit Sie es nicht abreißen und statt dessen das Bild Ihres Freundes Mr. Jiggs einkleben, der gern das Land verlassen möchte, weil er bei Scotland Yard so beliebt ist.
Ich setzte mich auf Loders Schemel und arbeitete dieses

nette kleine Komplott in allen Einzelheiten aus. Das Ganze hing von drei Punkten ab. Erstens mußte ich ausfindig machen, ob Varden vorhatte, in Kürze nach Australien abzudampfen. Wenn er nicht die Absicht hatte, wurden alle meine schönen Theorien über den Haufen geworfen. Zweitens würde es gut passen, wenn er zufällig dunkles Haar hätte wie Loder, was ja, wie Sie sehen, der Fall ist – jedenfalls dunkel genug, um der Paßbeschreibung zu genügen. Ich hatte ihn nur in dem Apollo-Film gesehen, wo er eine blonde Perücke trug. Und drittens mußte ich natürlich herauszufinden versuchen, ob Loder einen berechtigten Groll gegen Varden hegte.

Na, es kam mir zum Bewußtsein, daß ich mich da unten in dem Raum länger aufgehalten hatte, als meiner Gesundheit zuträglich sein mochte. Loder konnte jeden Augenblick zurückkommen, und die Wanne voll Kupfersulfat und Zyankalium war ein höchst bequemes Mittel, um einen allzu neugierigen Gast loszuwerden. Ich kann nicht behaupten, daß ich großes Verlangen spürte, Loders Wohnung möblieren zu helfen. Ich habe nie Sachen gemocht, die etwas darstellen, was sie nicht sind – Bände von Dickens, die sich als Keksdosen entpuppen, und dergleichen. Und wenn ich auch kein überwältigendes Interesse an meinem eigenen Begräbnis habe, so soll es doch einigermaßen geschmackvoll sein. Ich wischte also etwa hinterlassene Fingerabdrücke ab, kehrte ins Atelier zurück und brachte den Diwan in Ordnung. Ich hatte nicht das Gefühl, daß Loder über meinen Besuch da unten begeistert gewesen wäre.

Da war allerdings noch etwas, das meine Neugierde erregte. Ich schlich auf Zehenspitzen zurück über den Flur und in das Rauchzimmer. Die Silbercouch schimmerte im Schein meiner Taschenlampe. Ich verabscheute sie noch fünfzigmal mehr als vorher. Aber ich nahm mich zusammen und warf einen prüfenden Blick auf die Füße der Figur. Ich hatte genug von Maria Moranos zweiter Zehe gehört.

Den Rest der Nacht verbrachte ich in meinem Sessel.

Ich war dann mit diesem und jenem so sehr beschäftigt, daß ich meine Einmischung in Loders kleine Intrigen ziemlich lange aufschieben mußte. Ich entdeckte, daß Varden, einige

Monate bevor die schöne Maria Morano verschwand, Loders Gast gewesen war. Leider bin ich in dieser Beziehung ziemlich blöde gewesen. Ich dachte, es sei tatsächlich etwas vorgefallen.«

»Sie brauchen sich nicht zu entschuldigen«, sagte Varden lächelnd. »Filmschauspieler stehen ja bekanntlich in dem Ruf, unmoralisch zu sein.«

»Warum insistieren Sie?« fragte Wimsey, ein wenig verletzt. »Ich habe Sie doch bereits um Verzeihung gebeten. Jedenfalls kommt es, was Loder angeht, auf dasselbe heraus. Ein Beweismittel mußte ich mir allerdings noch verschaffen, um absolut sicher zu sein. Das Versilbern – besonders eine so heikle Arbeit, wie sie mir vorschwebte – war kein Unternehmen, das man in einer Nacht vollenden konnte. Andererseits erschien es notwendig, daß Varden bis zum Tag seiner geplanten Abreise lebend in New York gesehen wurde. Auch war es klar, daß Loder die Absicht hatte, beweisen zu können, daß ein Mr. Varden planmäßig aus New York abgefahren und tatsächlich in Sydney angekommen war. Daher sollte ein falscher Mr. Varden mit Vardens Papieren und Vardens Reisepaß, der mit einer neuen, ordnungsgemäß abgestempelten Fotografie ausgestattet war, abfahren und in aller Stille in Sydney verschwinden, um als Mr. Eric Loder wiederaufzutauchen, der mit einem ganz regulären eigenen Paß reiste. Nun, es lag ganz klar auf der Hand, daß in diesem Fall ein Kabel an die Mystofilms Ltd. geschickt werden mußte mit der Nachricht, daß Varden später als vereinbart eintreffen würde. Dieses ausfindig zu machen überließ ich meinem Diener Bunter, der ungewöhnlich tüchtig ist. Fast drei Wochen lang beschattete der treue Bursche Mr. Loder ständig, und zu guter Letzt, gerade an dem Tag von Mr. Vardens offizieller Abreise, wurde das Kabel von einem Telegrafenamt am Broadway abgeschickt, wo sie dank einer gütigen Vorsehung (wieder einmal!) außerordentlich harte Bleistifte im Gebrauch haben.«

»Wahrhaftig!« rief Varden. »Mir fällt jetzt ein, daß man bei meiner Ankunft von einem Kabel redete, aber ich habe es nie mit Loder in Verbindung gebracht. Ich hielt es für ein Versehen vom Telegrafenamt.«

»Ganz recht. Na, sowie ich das gehört hatte, sauste ich zu Loder, in der einen Tasche einen Dietrich, in der anderen einen Revolver. Der gute Bunter begleitete mich und hatte Anweisung, die Polizei zu benachrichtigen, falls ich nach einer bestimmten Zeit nicht wieder erschien. Alles war also ziemlich gesichert, wie Sie sehen. Bunter war der Chauffeur, der auf Sie wartete, Mr. Varden, aber Sie wurden plötzlich mißtrauisch – und ich kann es Ihnen nicht übelnehmen –, und so blieb uns nichts anderes übrig, als Ihr Gepäck zum Zug zu schicken.

Auf dem Weg zu Loder begegneten wir den Loderschen Dienstboten, die mit dem Auto nach New York fuhren. Ein weiterer Beweis, daß wir auf der richtigen Spur waren. Außerdem vereinfachte es meine Aufgabe.

Über mein Gespräch mit Varden wissen Sie Bescheid. Ich könnte es bestimmt nicht besser erzählen. Nachdem ich Varden und seine Siebensachen in Sicherheit gebracht hatte, ging ich zum Atelier. Es war leer. Also öffnete ich die Geheimtür und sah, wie ich erwartet hatte, einen Lichtschein unter der Tür der Werkstatt.«

»Dann war Loder also die ganze Zeit über im Hause?«

»Natürlich. Ich nahm meine kleine Knallbüchse fest in die Hand und öffnete sehr leise die Tür. Loder stand zwischen dem Tank und der Schalttafel, schwer beschäftigt – so beschäftigt, daß er mich nicht hereinkommen hörte. Seine Hände waren von Graphit geschwärzt, von dem ein großer Haufen auf einem Bogen Papier am Boden ausgebreitet lag, und er hantierte emsig mit einer langen, federnden Rolle Kupferdraht, der mit dem Transformator verbunden war. Die große Packkiste war offen, und alle Haken waren in Gebrauch.

›Loder!‹ rief ich.

Er drehte sich um. Sein Gesicht war verzerrt. ›Wimsey!‹ schrie er. ›Zum Teufel noch mal, was tun Sie denn hier?‹

›Ich bin gekommen‹, erwiderte ich, ›um Ihnen zu sagen, daß ich weiß, wie der Apfel in den Kloß kommt.‹ Dabei zeigte ich ihm die Pistole.

Er schrie laut auf, stürzte sich auf das Schaltbrett und drehte das Licht aus, damit ich nicht zielen konnte. Ich hörte, wie er auf mich zusprang – dann ein Krachen aus der Dunkelheit und ein Platschen – und ein Schrei, wie ich ihn noch nie gehört habe – selbst nicht in den fünf Jahren Krieg – und auch niemals wieder hören möchte.

Ich tastete mich zum Schaltbrett. Natürlich drehte ich erst alle anderen Schalter an, ehe meine Hand den richtigen fand, aber schließlich hatte ich ihn – und ein grelles Licht strömte aus der Scheinwerferlampe über der Wanne.

Er lag darin, und seine Glieder zuckten nur noch schwach. Zyankalium ist nämlich das schnellste und schmerzhafteste Mittel, um ins Jenseits zu kommen. Bevor ich irgend etwas tun konnte, wußte ich, daß er tot war – vergiftet, ertrunken und tot. Die Drahtrolle, über die er gestolpert war, hatte er mit in die Wanne gezogen. Gedankenlos faßte ich sie an und bekam einen Schlag, der mich beinahe umwarf. Dann wurde mir klar, daß ich den Strom angedreht haben mußte, als ich nach dem Lichtschalter suchte. Ich blickte noch einmal in die Wanne. Als er fiel, hatten sich seine sterbenden Hände an den Draht geklammert. Dieser hatte sich eng um seine Finger gewickelt, und der Strom lagerte vorschriftsmäßig einen Kupferüberzug auf seinen von Graphit geschwärzten Händen ab.

Ich war gerade schlau genug, um mir klarzumachen, daß ich gehörig in der Patsche saß, wenn diese Geschichte herauskam; denn ich hatte ihn ja mit einer Pistole bedroht.

Ich suchte nach einem Lötkolben, den ich schließlich auch fand. Dann ging ich nach oben und rief Bunter ins Haus, der seine zehn Meilen in Rekordgeschwindigkeit zurückgelegt hatte. Wir gingen ins Rauchzimmer und löteten den Arm der verfluchten Figur wieder an, so gut wir es vermochten, und brachten dann alles zurück in die Werkstatt. Wir wischten alle Fingerabdrücke fort und entfernten jede Spur unserer Gegenwart. Das Licht und die Schalttafel ließen wir so und kehrten auf großen Umwegen nach New York zurück. Das einzige, was wir mitnahmen, war das Faksimile des Konsulatsstempels, und das warfen wir in den Fluß.

Loder wurde am nächsten Morgen von seinem Butler gefunden. In den Zeitungen lasen wir, daß er bei einem Versilberungsversuch in die Wanne gefallen sei. Es wurde noch die

gräßliche Tatsache erwähnt, daß die Hände des Toten dick mit Kupfer überzogen waren. Da man diesen Überzug nicht ohne pietätlose Gewalt entfernen konnte, wurde er damit begraben.
Damit ist die Geschichte zu Ende. Bitte, Armstrong, darf ich nun meinen Whisky und Soda haben?«
»Was ist aus der Couch geworden?« erkundigte sich Smith-Hartington nach einer Weile.
»Die habe ich erstanden, als Loders Sachen verkauft wurden«, entgegnete Wimsey. »Dann habe ich einen guten, alten katholischen Priester, den ich kannte, aufgesucht und ihm die ganze Geschichte unter strengster Schweigepflicht erzählt. Er war ein sehr vernünftiger und teilnahmsvoller Kauz, und in einer Mondnacht schafften Bunter und ich das Ding im Wagen zu seiner kleinen Kirche, die ein paar hundert Meilen außerhalb der Stadt lag. Dort ließen wir ihr in einer Ecke des Friedhofs ein christliches Begräbnis zuteil werden. Das schien uns die beste Lösung zu sein.«

Die phantastische Schauergeschichte von der Katze im Sack

Wie ein flaches, stahlgraues Band schlängelte sich die Great North Road dahin. Mit der Sonne und dem Wind im Rücken bewegten sich zwei schwarze Flecke blitzschnell auf ihr entlang. Für den Bauern, der den Heuwagen lenkte, waren sie nur zwei von »diesen verdammten Motorradfahrern«, als sie kurz hintereinander an ihm vorbeiratterten und -knatterten.
Der Familienvater, der weiter vorn sehr vorsichtig ein Motorrad mit einem zweisitzigen Beiwagen fuhr, grinste angesichts der wilden Jagd zwischen Norton und Scott. Er hatte sich in seinen Junggesellentagen ebenfalls an diesem ewigen Wettstreit beteiligt. Voller Bedauern seufzte er hinter den beiden Rennmaschinen her, als sie in nördlicher Richtung verschwanden.
Bei der abscheulichen und unerwarteten S-Kurve an der Brücke oberhalb von Hatfield drehte sich der Norton-Fahrer stolz und siegesgewiß um und winkte seinem Verfolger herausfordernd zu. In dieser Sekunde rollte vom Brückenkopf her ein riesiger, vollbesetzter Autobus auf ihn zu. Mit einer ungestümen Bewegung, die ihn ins Wanken brachte, wich die Norton aus, und die Scott, die melodramatisch in die Kurve ging, wobei ihre Fußstützen abwechselnd den Boden streiften, gewann triumphierend einige Meter. Die Norton fuhr mit Vollgas weiter. Mehrere Kinder stürzten, von plötzlicher Panik ergriffen, holterdiepolter quer über die Straße. Die Scott torkelte wie ein Betrunkener durch sie hindurch. Dann war die Straße wieder frei, und die wilde Jagd begann von neuem.
Meile für Meile rollte die Chaussee unter ihnen dahin. Mit bellender Hupe und knallendem Auspuff ging's in vollem Tempo durch die Ortschaften.
Der Constable in Eaton Socon hatte durchaus nichts gegen

Motorräder. Er war gerade von seinem Fahrrad gestiegen, um mit dem Mann vom Straßendienst, der an der Kreuzung Wache stand, ein paar Worte zu wechseln. Aber er war gerecht und gottesfürchtig. Der Anblick zweier Verrückter, die in mörderischem Tempo in sein Protektorat brausten, ging ihm über die Hutschnur. Daß er so etwas durchgehen ließ, konnte niemand von ihm verlangen, besonders nicht, wo der Friedensrichter des Ortes in diesem Augenblick zufällig in seinem Ponywagen daherkam. Er stellte sich also mitten auf die Straße und breitete majestätisch die Arme aus. Der Norton-Fahrer sah mit schnellem Blick, daß die Straße hinter dem Constable durch eine Straßenbaumaschine und einen Ponywagen versperrt war, und fügte sich ins Unvermeidliche. Er warf den Gashebel zurück, stampfte auf die quietschenden Bremsen und kam rutschend zum Stehen. Der Scott-Fahrer, der beizeiten Lunte gerochen hatte, kam zimperlich und wie ein zufriedenes Kätzchen schnurrend hinterher.

»Nein«, sagte der Constable in tadelndem Ton, »haben Sie denn gar keinen Verstand, daß Sie hier in der Stadt mit hundertfünfzig Sachen aufkreuzen? Das hier ist doch keine Rennbahn. So was ist mir noch nie vorgekommen. Muß Ihre Namen und Nummern notieren. Also bitte! Mr. Nadgett, Sie sind Zeuge, daß sie über hundertzwanzig gefahren sind.«

Der Mann vom Straßendienst warf einen schnellen Blick auf die Maschinen, um sich zu vergewissern, daß die schwarzen Schafe nicht zu seiner Herde gehörten. Dann gab er sich den Anschein unparteiischer Genauigkeit und erklärte: »Ungefähr neunundneunzigeinhalb würde ich sagen, wenn Sie mich vor Gericht fragten.«

»Hören Sie mal zu, Sie Affe«, redete der Scott-Fahrer voller Empörung den Norton-Mann an, »warum haben Sie eigentlich nicht gehalten, als Sie mich hupen hörten, zum Donnerwetter? Ich bin fast fünfzig Kilometer mit Ihrem dämlichen Koffer hinter Ihnen hergesaust. Warum können Sie sich nicht selbst um Ihr blödes Gepäck kümmern?«

Er wies auf einen kleinen, robusten Koffer, der mit einer Schnur auf seinem Gepäckträger festgebunden war.

»Das Ding da?« fragte der Norton-Mann höhnisch. »Was

wollen Sie denn überhaupt? Das ist nicht mein Eigentum. Habe den Koffer nie im Leben gesehen.«

Dieses schamlose Ableugnen drohte dem Scott-Fahrer die Sprache zu verschlagen.

»Das ist doch –« keuchte er. »Sie verdammter Idiot, Sie, ich habe doch gesehen, wie er gerade vor Hatfield herunterfiel. Ich habe geschrien und wie verrückt gehupt. Aber Ihre unten gesteuerten Ventile machen wohl so viel Krach, daß Sie nichts anderes mehr hören können. Ich mache mir die Mühe, das Ding aufzuheben und Ihnen nachzufahren, und Sie rasen wie ein Wahnsinniger davon und lassen mich bei der Polizei landen. Schöner Dank, den man erntet, wenn man sich bemüht, zu Dummköpfen auf der Straße anständig zu sein.«

»All dies Gerede führt zu nichts«, warf der Constable dazwischen. »Ihren Führerschein, bitte.«

»Hier haben Sie ihn«, sagte der Scott-Fahrer und zog ihn wütend aus seiner Brieftasche. »Mein Name ist Walters, und dies ist das letzte Mal, daß ich jemandem einen Gefallen tue. Darauf können Sie Gift nehmen.«

»Walters«, murmelte der Constable, während er die Einzelheiten umständlich in seinem Notizbuch vermerkte, »und Simpkins. Sie werden Ihre Vorladung zu gegebener Zeit bekommen. Wahrscheinlich in einer Woche. Montag oder so.«

»Wieder mal vierzig Shilling flöten«, brummte Mr. Simpkins, während er mit dem Gashebel spielte. »Na ja, das läßt sich wohl nicht ändern.«

»Vierzig Shilling«, schnaubte der Constable. »Haben *Sie* 'ne Ahnung! Gemeingefährliches Fahren, so nennt man das. Sie können sich freuen, wenn Sie mit fünf Pfund pro Nase davonkommen.«

»Verdammt noch mal!« zischte der andere und trat wütend auf den Kickstarter. Der Motor heulte auf. Aber Mr. Walters schwang seine Maschine geschickt quer über den Weg.

»O nein, noch nicht«, sagte er giftig. »Sie nehmen schön Ihren schmierigen Koffer, und zwar ohne weitere Ausreden. Ich sage Ihnen, ich habe ihn runterfallen sehen.«

»Mäßigen Sie Ihre Sprache«, begann der Constable, als er plötzlich merkte, daß der Mann vom Straßendienst den Koffer recht merkwürdig anstarrte und ihm Zeichen machte.

»Nanu«, fuhr er fort, »was ist denn los mit dem – schmierigen Koffer? So nannten Sie ihn doch, nicht wahr? Zeigen Sie mal her, ich möchte mir das Ding mal näher ansehen, Sir, wenn Sie nichts dagegen haben.«
»Ich habe nichts damit zu tun«, erklärte Walters und händigte ihn dem Schutzmann aus. »Ich habe ihn runterfallen sehen und –« Seine Stimme versagte plötzlich, und er starrte wie gebannt auf eine Ecke des Koffers, wo etwas Feuchtes, Dunkles langsam durchsickerte. Gräßlich!
»Haben Sie diese Ecke hier bemerkt, als Sie ihn aufhoben?« fragte der Constable. Er tappte behutsam mit dem Finger darauf und betrachtete ihn hinterher.
»Ich weiß nicht – nein – nicht besonders«, stammelte Walters. »Ich habe nichts bemerkt. Vielleicht – vielleicht ist er geplatzt, als er auf die Straße knallte.«
Der Constable prüfte schweigend die geplatzte Naht. Dann wandte er sich eilig um und scheuchte ein paar junge Frauen fort, die stehengeblieben waren. Der Mann vom Straßendienst trat neugierig näher und fuhr dann zurück. Es wurde ihm beinahe übel.
»O Gott!« ächzte er. »Es ist ja lockig – Frauenhaar.«
»Ich war's nicht« schrie Simpkins. »Ich schwöre bei Gott, daß er mir nicht gehört. Der Mann versucht, ihn mir aufzuhalsen.«
»Ich?« stieß Walters hervor. »Ich? Sie gemeiner, brutaler Mörder, ich sage Ihnen doch, ich habe ihn von Ihrem Gepäckträger fallen sehen. Kein Wunder, daß Sie ausgerissen sind, als Sie mich kommen sahen. Verhaften Sie ihn, Constable. Bringen Sie ihn ins Gefängnis –«
»Hallo, Constable«, erklang eine Stimme hinter ihnen. »Warum so aufgeregt? Sie haben nicht zufällig einen Motorradfahrer vorbeifahren sehen, der einen Koffer auf seinem Gepäckträger hatte?«
Ein großer, offener Wagen mit einer unnatürlich langen Haube war leise und unbemerkt herangefahren. Die ganze aufgeregte Gesellschaft wandte sich wie ein Mann dem Fahrer zu.
»Könnte es dieser hier sein, Sir?«
Der Autofahrer schob seine Schutzbrille hoch und enthüllte

eine lange, schmale Nase und ein Paar zynisch dreinblickender, grauer Augen.

»Er sieht fast so aus –« begann er, und dann entdeckte er das fürchterliche Etwas, das sich da an einer Ecke herausdrängte.

»In Gottes Namen«, fragte er, »was ist denn das?«

»Das möchten wir auch gern wissen,« antwortete der Constable.

»Hm«, meinte der Autofahrer, »ich scheine ja einen äußerst passenden Moment gewählt zu haben, um mich nach meinem Koffer zu erkundigen. Taktlos. Jetzt zu sagen, es sei nicht mein Koffer, ist zwar einfach, aber keineswegs überzeugend. Tatsächlich gehört er mir nicht, und ich darf wohl sagen, wenn es doch der Fall wäre, würde ich nicht so eifrig hinter ihm herrennen.«

Der Constable kratzte sich den Kopf.

»Diese beiden Herren –« begann er.

Die beiden Motorradfahrer brachen gleichzeitig in einen heftigen und leidenschaftlichen Wortschwall aus, mit dem sie alles abstritten. Inzwischen hatte sich eine kleine Zuschauermenge eingefunden, die der Mann vom Straßendienst zu verscheuchen suchte.

»Bitte, kommen Sie mit zur Wache«, erklärte der geplagte Constable. »Wir können hier kein Verkehrshindernis bilden. Aber keine Ausflüchte! Sie schieben Ihre Motorräder, und ich setze mich in Ihren Wagen, Sir.«

»Aber wenn ich nun davonsauste und Sie entführte, was dann?« fragte der Autofahrer grinsend. Darauf wandte er sich an den Mann vom Straßendienst: »Hier, können Sie mit diesem Ungetüm fertig werden?«

»Aber klar«, erwiderte der Mann, dessen Blicke liebevoll über das langgeschwungene Auspuffrohr und die rasanten Linien des Wagens glitten.

»Gut. Steigen Sie ein. Sie, Constable, können nun mit den anderen Verdächtigen dahinzockeln und ein wachsames Auge auf sie haben. Fabelhaft, wie ich so an alle Einzelheiten denke. Nebenbei bemerkt, ist die Fußbremse ziemlich mitgenommen. Drangsalieren Sie sie nicht, sonst können Sie Ihr blaues Wunder erleben.«

Auf der Polizeiwache wurde der Koffer aufgebrochen, wobei

eine Aufregung herrschte, wie sie das ruhige Eaton Socon nie zuvor gekannt hatte. Den furchterlichen Inhalt legte man ehrerbietig auf einen Tisch. Außer einer ganzen Menge Gaze, in die er eingewickelt war, gab es keinerlei Aufschluß für dieses Rätsel.
»Nun«, fragte der Inspektor, »was wissen Sie über die Angelegenheit, meine Herren?«
»Gar nichts«, erklärte Mr. Simpkins mit kreidebleichem Gesicht. »Ich weiß nur, daß dieser Mann versucht hat, mir den Koffer anzudrehen.«
»Ich habe ihn vor Hatfield von seinem Gepäckträger fallen sehen«, wiederholte Mr. Walters mit fester Stimme, »und ich bin fünfzig Kilometer hinter ihm hergefahren, um ihn wieder abzuliefern. Mehr weiß ich darüber nicht, und ich wünschte von ganzem Herzen, daß ich das grauenhafte Ding nie angerührt hätte.«
»Auch ich weiß persönlich nichts darüber«, sagte der Autobesitzer, »aber ich glaube, ich weiß, was es ist.«
»Nanu?« fragte der Inspektor scharf.
»Ich glaube, es ist der Kopf des Finsbury-Park-Mordes. Aber wohlgemerkt, ich kann es nicht mit Bestimmtheit sagen.«
»Denselben Gedanken hatte ich auch«, pflichtete ihm der Inspektor bei und warf einen Blick auf die neben ihm liegende Tageszeitung, deren Schlagzeilen die finsteren Einzelheiten dieses schaurigen Verbrechens enthüllten. »Und wenn das der Fall ist, muß man Ihnen, Constable, zu einem wichtigen Fang gratulieren.«
»Danke vielmals, Sir«, sagte der Beamte und stand stramm.
»Jetzt möchte ich all Ihre Aussagen aufschreiben«, erklärte der Inspektor. »Nein, nein, zuerst kommt der Constable. Nun, Briggs?«
Nachdem der Constable, der Mann vom Straßendienst und die beiden Motorradfahrer ihre Version von der Geschichte zu Protokoll gegeben hatten, wandte sich der Inspektor an den Autofahrer. »Und was haben Sie dazu zu sagen?« fragte er. »Zunächst einmal Ihren Namen und Ihre Adresse.«
Der Angeredete holte eine Karte hervor, die der Inspektor abschrieb und ihm ehrerbietig zurückreichte.
»Gestern wurde mir in Piccadilly ein Koffer mit wertvollem

Schmuck aus dem Wagen gestohlen«, begann der Autofahrer. »Er ähnelt diesem Koffer sehr, hat aber ein Kombinationsschloß. Ich zog mit Hilfe von Scotland Yard Erkundigungen ein, und heute wurde mir mitgeteilt, daß ein ganz ähnlicher Koffer gestern nachmittag beim Handgepäck im Bahnhof Paddington abgegeben worden sei. Ich eilte sofort hin und erfuhr, daß der Koffer bereits von einem Motorradfahrer abgeholt worden sei, bevor die Polizeimeldung durchgegeben wurde. Das war vor ungefähr einer Stunde. Die Sache erschien natürlich hoffnungslos, da man nicht einmal darauf geachtet hatte, was für eine Maschine es war, von der Nummer gar nicht zu reden. Glücklicherweise war da ein kluges kleines Mädel, das vor dem Bahnhof gespielt und gehört hatte, wie ein Motorradfahrer sich bei einem Taxichauffeur nach dem schnellsten Wege nach Finchley erkundigte. Ich ließ die Polizei nach dem Taxichauffeur suchen und folgte selbst den Spuren des Motorradfahrers. In Finchley stieß ich auf einen intelligenten Pfadfinder. Er hatte einen Motorradfahrer gesehen, mit einem Koffer auf dem Gepäckträger, und ihn durch Winken und Rufen darauf aufmerksam gemacht, daß der Riemen sich gelokkert habe. Der Fahrer war dann abgestiegen, hatte den Riemen festgezurrt und war in Richtung Chipping Barnet weitergefahren. Der Junge hatte aus der Entfernung die Maschine nicht identifizieren können. In Barnet vernahm ich die merkwürdige Geschichte von einem Mann im Automantel, der mit kreidebleichem Gesicht in eine Wirtschaft getorkelt sei, zwei doppelte Brandy getrunken habe und dann wie verrückt weitergefahren sei. Hinter Hatfield hörte ich von einem Wettrennen auf der Straße, und hier sind wir nun.«

»Es sieht so aus, Mylord«, bemerkte der Inspektor, »als ob auch Sie nicht gerade im Schneckentempo gefahren seien.«

»Das gebe ich zu«, erwiderte der andere, »aber ich beantrage mildernde Umstände, da ich Frauen und Kinder verschont und nur auf offener Strecke aufs Gaspedal getreten habe. Der springende Punkt –«

»Nun, Mylord«, unterbrach der Inspektor, »ich habe Ihre Aussage, die nötigenfalls durch Nachfragen in Paddington und Finchley bestätigt werden kann. Was aber diese beiden Herren angeht –«

»Die Sache ist völlig klar«, fiel Mr. Walters ein, »der Koffer ist diesem Mann vom Gepäckträger gefallen, und als er mich damit ankommen sah, hielt er es für eine günstige Gelegenheit, mir die ganze Sache in die Schuhe zu schieben. Das ist doch sonnenklar.«
»Das ist eine Lüge«, erklärte Mr. Simpkins. »Dieser Mann ist in den Besitz des Koffers gekommen – wie, das weiß ich nicht, kann es mir aber denken –, und nun hat er die schlaue Idee, ihn bei mir abzuladen. Er kann ja gut sagen, das Ding sei von meinem Träger gefallen. Wo ist der Beweis? Wo ist der Riemen? Wenn seine Behauptung wahr wäre, müßte der Riemen doch noch an meiner Maschine hängen. Der Koffer war aber auf seiner Maschine, und zwar fest angebunden.«
»Ja, mit einem Bindfaden«, entgegnete der andere. »Wenn ich jemanden ermordet und mir den Kopf zum Andenken mitgenommen hätte, glauben Sie, ich würde so ein Esel sein und ihn mit einem armseligen Stück Bindfaden festmachen? Der Riemen hat sich gelöst und ist irgendwo auf die Straße gefallen. Ganz einfach.«
»Hören Sie mal zu«, sagte der Mann, der mit ›Mylord‹ angeredet worden war. »Ich habe eine Idee. Ob sie etwas taugt, weiß ich nicht. Wie wär's, wenn Sie, Inspektor, so viele Ihrer Leute zusammentrommelten, wie Sie brauchen, um ein wachsames Auge auf drei Schwerverbrecher zu haben, und wir dann alle zusammen nach Hatfield kutschierten. Wenn's sein muß, kann ich zwei in meinem Auto unterbringen, und Sie haben doch sicher einen Streifenwagen. Wenn dieses Ding wirklich vom Gepäckträger gefallen ist, so lassen sich vielleicht noch andere Zeugen auftreiben außer Mr. Walters.«
»Das hat keiner gesehen«, erklärte Mr. Simpkins prompt.
»Es war niemand zu sehen in dem Moment«, bestätigte Mr. Walters. »Aber woher wissen *Sie* das denn? Ich dachte, Sie hätten von der ganzen Geschichte keine Ahnung.«
»Ich meinte, er ist nicht heruntergefallen, und infolgedessen *konnte* es niemand gesehen haben«, keuchte der andere.
»Mylord«, ließ sich der Inspektor vernehmen, »ich bin geneigt, Ihren Vorschlag zu akzeptieren, zumal er uns Gelegenheit bietet, auch Ihre Aussage zu überprüfen. Womit ich

nicht sagen will, daß ich die anzweifle, besonders da ich weiß, wer Sie sind. Ich habe von Ihren Leistungen als Detektiv gelesen, Mylord, und war sehr angetan davon. Aber es ist meine Pflicht, nach Möglichkeit *alle* Aussagen von anderen bestätigen zu lassen.«

»Tadellos! Da haben Sie ganz recht«, rief Seine Lordschaft. »Also, die ganze Abteilung, marsch! Wir schaffen es mit Leichtigkeit in – das heißt, bei dem gesetzlich vorgeschriebenen Tempo brauchen wir wohl nicht viel mehr als anderthalb Stunden.«

Eine dreiviertel Stunde später schaukelten der Sportwagen und das Polizeiauto friedlich nebeneinander in die Stadt Hatfield. Von hier ab fuhr der Viersitzer, in dem Walters und Simpkins saßen und sich wütende Blicke zuwarfen, voran. Bald darauf hob Walters die Hand, und beide Wagen kamen zum Stehen.

»Ungefähr an dieser Stelle fiel der Koffer herunter, soweit ich mich erinnere«, meinte er. »Natürlich kann man jetzt nichts mehr davon sehen.«

»Sind Sie ganz sicher, daß der Riemen nicht gleich mit abgefallen ist?« fragte der Inspektor.

»Es war kein Riemen vorhanden«, sagte Simpkins, bleich vor Zorn. »Sie haben kein Recht, solche Suggestivfragen zu stellen.«

»Einen Augenblick mal«, sagte Walters langsam. »Nein, der Riemen ist nicht heruntergefallen. Aber es kommt mir so vor, als hätte ich ungefähr dreihundert Meter weiter zurück etwas auf der Straße gesehen.«

»Das ist gelogen«, schrie Simpkins. »Das hat er sich ausgedacht.«

»Ungefähr da, wo wir vor einigen Minuten den Mann mit dem Beiwagen passierten«, stellte Seine Lordschaft fest. »Ich sagte Ihnen doch, Inspektor, wir hätten halten und ihn fragen sollen, ob wir ihm helfen können. Sie wissen doch, Höflichkeit auf der Landstraße und so weiter.«

»Der hätte uns auch nichts erzählen können«, erwiderte der Inspektor. »Er hatte wahrscheinlich gerade erst angehalten.«

»Da bin ich nicht so sicher«, meinte der andere. »Haben Sie

nicht bemerkt, was er tat? Herrje, wo hatten Sie denn nur Ihre Augen? Aha! Hier kommt er ja.«
Er sprang auf die Straße und winkte dem Fahrer, der es beim Anblick von vier Polizisten für richtiger hielt, anzuhalten.
»Entschuldigen Sie, bitte«, sagte Seine Lordschaft, »wir wollten nur fragen, ob mit Ihrer Maschine alles in Ordnung ist. Wollte schon vorhin halten, aber ich konnte den Motor nicht abdrosseln. Sie hatten wohl eine kleine Panne, wie?«
»O ja, aber jetzt ist alles wieder in Ordnung, vielen Dank. Ich wäre allerdings sehr froh, wenn Sie mir vier Liter Benzin überlassen könnten. Mein Tank hat sich gelöst. Verflixte Schweinerei. Glücklicherweise hat mir eine gütige Vorsehung einen abgerissenen Riemen auf den Weg gelegt. Damit konnte ich den Schaden kurieren. Die Schweißnaht ist etwas gerissen. Ein Glück, daß es keine Explosion gab. Aber Motorradfahrer haben eben einen besonderen Schutzengel.«
»Sie haben also einen Riemen gefunden, wie?« fragte der Inspektor. »Leider muß ich Sie bitten, ihn mir zu zeigen.«
»Was?« rief der Mann entrüstet. »Gerade, wo ich das vermuckte Ding wieder hingekriegt habe? Zum Do . . . Schon gut, meine Liebe, schon gut« – dies zu seiner Begleiterin. »Handelt es sich um etwas Wichtiges?«
»Leider ja, Sir. Es tut mir leid, Sie bemühen zu müssen.«
»Heda!« gellte einer der Polizisten und schnappte sich Mr. Simpkins mit einer geschickten Bewegung, als dieser gerade das Weite suchen wollte. »Das hat gar keinen Zweck. Man hat Sie erwischt, Bürschchen.«
»Zweifellos«, rief der Inspektor triumphierend, nachdem er den Riemen inspiziert hatte. »Sein Name steht sogar darauf: ›J. Simpkins‹, riesengroß in Tinte. Sehr verbunden, Sir. Sie haben dazu beigetragen, daß wir jetzt eine wichtige Verhaftung vornehmen können.«
»Nein! *Wer* ist es denn?« rief das Mädchen im Beiwagen. »Wie aufregend! Handelt es sich um einen Mord?«
»Schauen Sie morgen in Ihre Zeitung, Miss«, riet ihr der Inspektor, »da werden Sie alles Nähere erfahren. Hier, Briggs, Sie legen ihm am besten Handschellen an.«

»Und wie sollen wir von hier wegkommen?« fragte der Mann kläglich. »Ich gönne dir ja die Aufregung, Babs, aber du mußt aussteigen und schieben helfen.«
»Aber nein«, erklärte Seine Lordschaft. »Hier ist ein Riemen. Ein *viel* schönerer. Dem anderen weit überlegen. Und Benzin. *Und* eine Flasche Kognak. Alles, was ein junger Mann bei sich haben sollte. Und wenn Sie in London sind, besuchen Sie beide mich, nicht vergessen. Lord Peter Wimsey, 110A Piccadilly. Freut mich jederzeit, Sie zu sehen. Prost!«
»Prost!« echote der andere besänftigt und wischte sich die Lippen. »Es war mir ein Vergnügen, Ihnen behilflich sein zu können. Denken Sie bitte daran, Inspektor, wenn ich das nächste Mal die Höchstgeschwindigkeit überschreite und dabei geschnappt werde.«
»Wie gut, daß wir diesen Mann entdeckt haben«, bemerkte der Inspektor selbstgefällig, als sie wieder zurückfuhren. »Geradezu eine Fügung des Schicksals.«
»Ich will alles gestehen«, sagte der unglückliche Simpkins, als er gefesselt auf der Polizeiwache von Hatfield saß. »Ich schwöre bei Gott, daß ich nichts davon weiß – von dem Mord, meine ich. Ich kenne da einen Mann, der ein Juwelengeschäft in Birmingham hat. Das heißt, ich kenne ihn nicht sehr gut, habe ihn tatsächlich erst letzte Ostern in Southend kennengelernt, wo wir uns etwas anfreundeten. Er heißt Owen – Thomas Owen. Gestern schrieb er mir, er habe versehentlich einen Koffer in der Gepäckaufbewahrung von Paddington zurückgelassen, und fragte mich, ob ich ihn wohl abholen – er hatte den Schein beigelegt – und das nächste Mal, wenn ich in seine Gegend käme, mitbringen würde. Ich bin nämlich beim Transportdienst, wie Sie aus meiner Karte ersehen, und komme überall herum. Zufällig fuhr ich mit dieser Norton gerade in die Gegend, und da habe ich das Ding um die Mittagszeit geholt. Ich habe nicht auf das Datum des Gepäckscheins geachtet. Es war keine Extragebühr zu bezahlen. Also konnte der Koffer nicht lange dort gelegen haben. Bis Finchley ging alles so, wie Sie es erzählten, und dort machte mich der Junge auf meinen lockeren Riemen aufmerksam. Ich stieg ab, um ihn enger zu schnallen. Und da entdeckte ich, daß die eine Ecke des Koffers geplatzt und

ganz feucht war – und – und ich sah, was Sie gesehen haben. Ich bekam einen Schrecken und verlor den Kopf. Ich hatte nur noch einen Gedanken: das Ding so schnell wie möglich loszuwerden. Mir fiel ein, daß es auf der Great North Road viele einsame Strecken gab. Also schnitt ich den Riemen fast durch – das war, als ich bei der Wirtschaft in Barnet hielt –, und später, als ich dachte, daß niemand zu sehen sei, langte ich einfach zurück und zog kräftig an dem Riemen. Der Koffer fiel herunter – mitsamt dem Riemen, den ich nicht durch die Kerben gezogen hatte, und es war mir, als fiele mir ein schwerer Stein vom Herzen. In dem Augenblick muß Walters wohl um die Kurve gekommen sein. Ein paar Kilometer weiter mußte ich langsamer fahren, weil eine Schafherde in ein Feld einbog, und da hörte ich ihn hupen – und – o mein Gott!«

Stöhnend vergrub er den Kopf in den Händen.

»So, so«, bemerkte der Inspektor von Eaton Socon. »Das ist also Ihre Version. Na, und dieser Thomas Owen –«

»Oh«, rief Lord Peter Wimsey dazwischen, »lassen Sie bloß Thomas Owen aus dem Spiel. Der hat nichts damit zu tun. Es ist wohl kaum anzunehmen, daß ein Bursche, der einen Mord begangen hat, sich von einem anderen den Kopf bis nach Birmingham nachtragen läßt. Es liegt doch klar auf der Hand, daß der Kopf im Gepäckraum bleiben sollte, bis der erfinderische Täter das Weite gesucht hatte oder das Gesicht unkenntlich geworden war. Im Gepäckraum von Paddington werden wir übrigens auch meinen Familienschmuck finden, den Ihr einnehmender Freund Owen mir aus dem Wagen geklaut hat. Mr. Simpkins, nun reißen Sie sich mal zusammen und sagen Sie uns, wer an der Gepäckausgabe dicht neben Ihnen stand, als Sie den Koffer holten. Denken Sie scharf nach; denn diese hübsche kleine Insel ist kein Platz für ihn, und er wird mit dem nächsten Schiff abdampfen, während wir hier stehen und schwatzen.«

»Ich kann mich nicht darauf besinnen«, stöhnte Simpkins. »Ich habe nicht darauf geachtet. Mir schwirrt der Kopf.«

»Macht nichts. Versetzen Sie sich zurück. Denken Sie ruhig nach. Stellen Sie sich vor, wie Sie von Ihrer Maschine abstiegen – sie gegen irgend etwas lehnten –«

»Nein, ich habe den Ständer ausgeklappt.«

»Gut! Da kommen wir der Sache schon näher. Nun denken Sie weiter – Sie nehmen den Gepäckschein aus der Tasche – Sie gehen zum Schalter und versuchen, die Aufmerksamkeit des Beamten zu erregen.«

»Das ging vorerst nicht. Vor mir stand eine alte Dame, die einen Kanarienvogel aufgeben wollte. Dann war da noch ein äußerst eiliger Mann mit Golfschlägern. Der war ziemlich unhöflich zu einem ruhigen kleinen Mann mit – wahrhaftig, ja – mit einem Koffer wie diesem hier. Ja, so war's. Der schüchterne Mann hatte ihn ziemlich lange vor sich stehen, und der große Mann drängte den kleineren beiseite. Was dann eigentlich geschehen ist, weiß ich nicht, da mein Koffer mir gerade zugeschoben wurde. Der große Mann stellte sein Gepäck vor uns beide, so daß ich hinüberlangen mußte, und ich muß dann wohl den falschen Koffer gegriffen haben. Mein Gott! Wollen Sie etwa sagen, daß der schüchterne, kleine, nichtssagende Mann ein Mörder war?«

»Mancher Mörder erscheint nichtssagend«, warf der Inspektor von Hatfield ein. »Aber wie sah der Mann denn aus – schnell!«

»Er war etwa einen Meter fünfundsechzig groß und trug einen weichen Hut und einen langen, staubfarbenen Mantel. Eine ganz alltägliche Erscheinung mit ziemlich kurzsichtigen, vorstehenden Augen, glaube ich, aber ich bin nicht sicher, ob ich ihn wiedererkennen würde. Doch, warten Sie mal! Da fällt mir etwas ein. Er hatte eine merkwürdige, sichelförmige Narbe unter seinem linken Auge.«

»Dann besteht kein Zweifel mehr«, erklärte Lord Peter. »Ich hatte es mir schon halb gedacht. Haben Sie das – das Gesicht erkannt, als wir den Kopf herausnahmen, Inspektor? Nein? Aber ich. Es war die Schauspielerin Dahlia Dallmeyer, die angeblich in der letzten Woche nach Amerika gefahren ist. Und der kleine Mann mit der sichelförmigen Narbe ist ihr Mann, Philip Storey. Düstere Geschichte. Sie hat ihn ruiniert und wie Dreck behandelt. Außerdem war sie ihm untreu, aber er hat anscheinend das letzte Wort behalten. Und jetzt wird das Gesetz wohl bei ihm das letzte Wort haben. Nun gehen Sie rasch an den Apparat, Inspektor. Auch könnten Sie vielleicht Paddington anrufen und den Leuten dort Anweisung geben, mir meinen Koffer auszuhändigen, bevor Mr. Thomas Owen dahinterkommt, daß eine kleine Panne passiert ist.«

»Na, jedenfalls«, meinte Mr. Walters und reichte dem niedergeschlagenen Mr. Simpkins großmütig die Hand, »war es ein erstklassiges Wettrennen – für das sich eine Vorladung schon gelohnt hat. Das müssen wir demnächst wiederholen.«

Früh am nächsten Morgen ging ein kleiner, unbedeutend aussehender Mann an Bord des Atlantikdampfers »Volucria«. Oben am Laufsteg rempelten ihn zwei Männer an. Der jüngere der beiden, der einen kleinen Koffer trug, drehte sich um und entschuldigte sich, wobei es wie ein Erkennen über seine Züge huschte.

»Nanu, wenn das nicht Mr. Storey ist!« rief er aus. »Wohin geht's denn? Ich habe Sie lange nicht mehr gesehen.«

»Leider«, sagte Philip Storey, »habe ich nicht das Vergnügen –«

»Ach, tun Sie doch nicht so«, erwiderte der andere lachend. »Ich würde Ihre Narbe überall wiedererkennen. Fahren Sie in die Staaten?«

»Ja«, gab der andere zu, als er sah, daß das ungestüme Benehmen seines Bekannten Aufmerksamkeit erregte. »Ich bitte um Verzeihung. Sie sind Lord Peter Wimsey, nicht wahr? Ja. Ich reise meiner Frau nach.«

»Und wie geht es ihr?« erkundigte sich Wimsey, während er den anderen in die Bar bugsierte, wo er sich mit ihm an einen Tisch setzte. »Sie ist schon vorige Woche gefahren, nicht wahr? Ich habe es in der Zeitung gelesen.«

»Ja. Sie hat mir gerade gekabelt, ich möchte nachkommen. Wir – hm – wollen unsere Ferien an – den großen Seen verbringen. Sehr angenehm dort im Sommer.«

»So, sie hat Ihnen also gekabelt. Und wir reisen auf demselben Schiff. Merkwürdig, wie sich das oft so fügt, wie? Ich habe meinen Marschbefehl erst in der letzten Minute bekommen. Bin auf Verbrecherjagd – das ist nämlich mein Steckenpferd.«

»Tatsächlich?« Mr. Storey netzte sich die Lippen.

»Ja. Dies hier ist Inspektor Parker von Scotland Yard – ein guter Freund von mir. Ja. Sehr unangenehme Sache. Höchst verdrießlich. Koffer, der friedlich im Bahnhof Paddington stehen sollte, taucht plötzlich in Eaton Socon auf. Hat dort nichts zu suchen, wie?«

Er knallte den Koffer so heftig auf den Tisch, daß das Schloß aufsprang.

Mit einem Schrei fuhr Storey auf und warf seine Arme über den Koffer, als wolle er den Inhalt verbergen.

»Wie sind Sie dazugekommen?« schrie er. »Eaton Socon? Das – ich habe niemals –«

»Es ist meiner«, sagte Wimsey ruhig, als der unglückliche Mann zurücksank, nachdem ihm zum Bewußtsein gekommen war, daß er sich verraten hatte. »Etwas Schmuck von meiner Mutter. Was dachten Sie denn?«

Inspektor Parker berührte den kleinen Mann behutsam an der Schulter.

»Die Frage brauchen Sie nicht zu beantworten«, sagte er. »Ich verhafte Sie, Philip Storey, wegen Mordes an Ihrer Frau. Alles, was Sie von nun an sagen, kann gegen Sie verwandt werden.«

Das unwürdige Melodram vom Zankapfel

»Sie haben ja furchtbares Wetter mitgebracht, Lord Peter«, meinte Mrs. Frobisher-Pym schelmisch. »Wenn das so weitergeht, sieht es nicht gut aus für die Beerdigung.«

Lord Peter Wimsey blickte aus dem Fenster des Frühstückszimmers auf den durchweichten grünen Rasen und die Büsche, wo der Regen unbarmherzig über die Lorbeerblätter strömte, die steif und glänzend wie Regenmäntel aussahen.

»Man ist den Elementen einfach gräßlich ausgesetzt bei Begräbnissen«, stimmte er zu.

»Ja, die alten Leute tun mir dann immer leid. In einem so kleinen Dorf ist es praktisch das einzige Vergnügen, das sie im Winter haben. Es gibt ihnen wochenlang Gesprächsstoff.«

»Handelt es sich um ein besonderes Begräbnis?«

»Mein lieber Wimsey«, warf sein Gastgeber ein. »Man merkt, daß Sie aus dem kleinen London kommen; Sie sind ja überhaupt nicht im Bilde. Little Doddering hat noch nie eine solche Beerdigung erlebt. Es ist ein Ereignis.«

»Wirklich?«

»Meine Güte, ja. Können Sie sich noch an den alten Burdock erinnern?«

»Burdock? Warten Sie mal. Ist das nicht ein hiesiger Gutsbesitzer oder dergleichen?«

»Er war's«, korrigierte Mr. Frobisher-Pym. »Nun ist er tot – starb vor ungefähr drei Wochen in New York und wird jetzt hierher überführt. Die Burdocks haben Hunderte von Jahren in dem großen Haus gelebt und sind alle hier auf dem Friedhof begraben außer dem einen, der im Krieg gefallen ist. Burdocks Sekretär hat die Nachricht vom Tod seines Herrn telegrafiert und erwähnt, daß die Leiche nach der Einbalsamierung verschifft werden würde. Das Schiff legt heute morgen in Southampton an, denke ich. Jedenfalls wird die Leiche mit dem Zug, der um sechs Uhr dreißig von London abfährt, hier ankommen.«

»Gehst du zum Bahnhof, Tom?«

»Nein, meine Liebe. Ich glaube, das ist nicht nötig. Das ganze Dorf wird vertreten sein. Joliffes Leute sind in ihrem Element. Sie haben sich für diese Gelegenheit extra ein Paar Pferde vom jungen Mortimer ausgeliehen. Ich hoffe nur, daß sie nicht über die Stränge schlagen und den Leichenwagen umwerfen. Mortimers Gäule sind im allgemeinen etwas temperamentvoll.«

»Aber, Tom, wir müssen doch den Burdocks etwas Achtung zollen.«

»Wir gehen morgen zur Beerdigung, das ist weiß Gott genug. Das müssen wir wohl mit Rücksicht auf die Familie tun; denn was den Alten selbst angeht, so würde wohl kaum jemand auf den Gedanken kommen, ihm Ehre zu erweisen.«

»O Tom, er ist tot.«

»Wurde auch endlich Zeit. Nein, Agatha, es hat keinen Zweck, so zu tun, als sei der alte Burdock nicht ein gehässiger, übelgelaunter, schmutziger alter Lump gewesen, dem die Welt nicht nachzutrauern braucht. Nach dem letzten Skandal, den er sich geleistet hat, wurde ihm der Boden hier zu heiß. Er mußte das Land verlassen und nach Amerika gehen. Und wenn er nicht das Geld gehabt hätte, um die Leute zu beschwichtigen, wäre er sogar ins Gefängnis gewandert. Deshalb ärgere ich mich so über Hancock. Ich habe ja nichts dagegen, daß er sich Priester nennt, wenn auch für den guten alten Weeks, der doch immerhin Stiftsherr war, die Bezeichnung ›Geistlicher‹ gut genug war. Auch nichts gegen seine Meßgewänder. Meinetwegen kann er sich in unsere Nationalflagge hüllen. Aber wenn er den alten Burdock, von Kerzen umgeben, im Südschiff aufbahren und Hubbard, den Wirt von der ›Red Cow‹, und Duggins' Jungen ihm die halbe Nacht über Gebete sprechen läßt, dann geht das doch etwas zu weit. Die Leute mögen das nämlich nicht – wenigstens die ältere Generation nicht. Die kannten Burdock schließlich zu gut. Simpson, der Armenpfleger, kam gestern abend noch ganz unglücklich deswegen zu mir. Ich versprach ihm, mit

Hancock zu reden, und das habe ich heute morgen auch getan. Aber man kann genausogut mit dem Westportal der Kirche reden.«

»Mr. Hancock gehört zu den jungen Leuten, die sich einbilden, alles zu wissen«, erklärte seine Frau. »Ein vernünftiger Mann hätte auf dich gehört, Tom. Du bist in diesem Dorf Friedensrichter und hast dein ganzes Leben hier verbracht. Da liegt es doch auf der Hand, daß du bedeutend besser über die Gemeinde Bescheid weißt als er.«

»Er beharrte auf dem lächerlichen Standpunkt, daß ein Mann das Gebet um so nötiger habe, je sündiger er sei. Worauf ich erwiderte: ›Ich glaube, selbst wenn wir beide mit vereinten Kräften beteten, so könnten wir ihn doch nicht aus den Regionen holen, in denen er jetzt weilt.‹ Ha, ha! Darauf sagte er: ›Ganz meine Meinung, Mr. Frobisher-Pym; darum lasse ich auch acht Wächter die ganze Nacht für ihn beten.‹ Darauf konnte ich nichts mehr sagen, das gebe ich zu.«

»Acht Leute?« rief Mrs. Frobisher-Pym aus.

»Nicht alle zur gleichen Zeit, wie ich höre; sondern nach und nach, immer zwei auf einmal. Ich machte ihn natürlich darauf aufmerksam, daß er damit den Nonkonformisten eine Handhabe bieten würde, was er nicht abstreiten konnte.«

Wimsey nahm sich Marmelade. Die Nonkonformisten suchten anscheinend immer nach einer Handhabe. Da er jedoch in der Atmosphäre der Staatskirche aufgewachsen war, kannte er solche Meinungsverschiedenheiten und sagte einfach:

»Schade, daß man in einem so kleinen Dorf zu solchen Extremen neigt. Es stört die Vorstellung von den einfachen Dorfvätern, vom Dorfschmied mit seiner im Chor singenden Tochter, vom alten hundertsten Psalm und dergleichen. Hat die Familie Burdock sich nicht dazu geäußert? Es sind doch einige Söhne vorhanden, nicht wahr?«

»Nur noch zwei. Aldine ist ja gefallen, und Martin ist irgendwo im Ausland. Er ging weg nach dem Krach mit seinem Vater, und ich glaube nicht, daß er seitdem wieder in England gewesen ist.«

»Weshalb haben sie sich denn verkracht?«

»Oh, das war eine schreckliche Sache. Martin hatte ein Mädchen ins Unglück gebracht – eine Filmschauspielerin oder Stenotypistin oder etwas Ähnliches – und bestand darauf, es zu heiraten.«

»Oh?«

»Ja, furchtbar, nicht?« nahm die Dame des Hauses den Faden auf. »Wo er doch praktisch mit der einen Delaprime verlobt war – der mit der Brille, wissen Sie. Es gab einen schrecklichen Skandal. Fürchterlich vulgäre Leute kamen her, drängten sich ins Haus und wollten unbedingt den alten Mr. Burdock sprechen. Aber er hat sich ihnen gegenüber behauptet – er war kein Mann, der sich einschüchtern ließ. Er sagte ihnen glatt, daß das Mädchen selbst schuld habe, und sie könnten Martin verklagen, wenn sie Lust hätten – *er* lasse sich seines Sohnes wegen nicht erpressen. Der Butler hat natürlich an der Tür gelauscht und die Geschichte im ganzen Dorf herumgetragen. Und dann kam Martin Burdock nach Hause und stritt sich mit seinem Vater, daß man es meilenweit hören konnte. Er erklärte, daß das Ganze erstunken und erlogen sei und er das Mädchen sowieso heiraten wolle. Ich kann nicht verstehen, wie jemand in eine solche Erpresserfamilie einheiraten will.«

»Meine Liebe«, bemerkte Mr. Frobisher-Pym in sanftem Ton, »du tust da, glaube ich, Martin und den Eltern seiner Frau unrecht. Wie Martin mir erzählte, sind es recht brave Leute, allerdings nicht vom selben Stande, und sie kamen in guter Absicht, um zu hören, was für Pläne Martin habe. Du hättest genauso gehandelt, wenn es deine Tochter gewesen wäre. Der alte Burdock bildete sich natürlich ein, sie wollten ihn erpressen. Er war eben der Typ, der glaubt, alles könne mit Geld abgemacht werden. Auch er war der Ansicht, daß ein Sohn von *ihm* völlig berechtigt sei, ein junges Mädchen zu verführen, das für seinen Lebensunterhalt arbeitete. Ich will nicht behaupten, daß Martin im Recht war –«

»Der Apfel fällt nicht weit vom Stamm, fürchte ich«, entgegnete die Dame des Hauses. »Er hat das Mädchen jedenfalls geheiratet, und warum hätte er das tun sollen, wenn er es nicht mußte?«

»Du weißt aber, daß sie nie Kinder gehabt haben«, warf Mr. Frobisher-Pym ein.

»Das mag sein, wie es will. Ich bin fest davon überzeugt, daß das Mädchen mit den Eltern unter einer Decke steckte. Und du weißt, daß die beiden seitdem immer in Paris gelebt haben.«

»Das stimmt«, gab ihr Mann zu. »Es war eine unglückselige Angelegenheit, wie man's auch dreht und wendet. Man hatte einige Schwierigkeiten, Martins Adresse ausfindig zu machen, aber er wird sicher bald kommen. Wie ich höre, ist er dabei, einen neuen Film zu drehen. Da kann er vielleicht nicht rechtzeitig zur Beerdigung hier sein.«

»Wenn er irgendwelche natürliche Gefühle hätte, ließe er sich nicht durch einen Film abhalten.«

»Meine Teuerste, es gibt so etwas wie Kontrakte mit sehr hohen Geldstrafen, wenn man sie bricht. Und ich glaube nicht, daß Martin es sich leisten kann, eine große Summe zu verlieren. Von seinem Vater wird er kaum etwas erben.«

»Dann ist Martin wohl der jüngere Sohn?« fragte Wimsey mehr aus Höflichkeit als aus Interesse an dem abgedroschenen Thema dieses dörflichen Melodrams.

»Nein, er ist der Älteste. Das Haus und der Besitz sind natürlich ein unveräußerliches Erblehen. Aber es steckt kein Geld in dem Land. Der alte Burdock hat sein Vermögen während der Hochkonjunktur in Gummi gemacht, und das Geld bekommt der, dem er es vererbt. Wer das ist, weiß keiner; denn bislang hat man noch kein Testament entdeckt. Wahrscheinlich hat er es Haviland hinterlassen.«

»Ist das der jüngere Sohn?«

»Ja. Er bekleidet einen Posten in der City – Direktor einer Gesellschaft –, hat etwas mit Seidenstrümpfen zu tun, soviel ich weiß. Niemand hat viel von ihm gesehen. Als er vom Tod seines Vaters erfuhr, kam er sofort her. Er wohnt bei den Hancocks. Das große Haus ist unbewohnt, seitdem der alte Burdock vor vier Jahren nach Amerika ging. Haviland hat es nicht der Mühe wert gefunden, es herrichten zu lassen, bevor man weiß, was Martin damit vorhat. Daher wird die Leiche auch gleich in die Kirche gebracht.«

»Bestimmt viel weniger Arbeit«, bemerkte Wimsey.

»O ja – aber meiner Ansicht nach sollte Haviland standesbewußter handeln. Wenn man bedenkt, was für eine Rolle die

Burdocks hier immer gespielt haben, so konnten die Leute mit Recht einen angemessenen Empfang nach der Beerdigung erwarten. Das ist nun einmal so üblich. Aber diese Geschäftsleute halten weniger auf Tradition als wir hier. Und da Haviland bei den Hancocks zu Gast ist, kann er natürlich nicht viel sagen wegen der Kerzen und Gebete und so weiter.«

»Vielleicht nicht«, meinte Mrs. Frobisher-Pym, »aber es wäre schicklicher gewesen, wenn Haviland zu uns gekommen wäre; die Hancocks kennt er doch kaum.«

»Meine Liebe, du hast wohl die sehr unangenehme Auseinandersetzung vergessen, die ich mit Haviland hatte, weil er auf meinem Grund und Boden jagte. Nach der zwischen uns gewechselten Korrespondenz konnte ich ihm unmöglich meine Gastfreundschaft anbieten. Aber wir wollen Sie nicht mit unserem Dorfklatsch langweilen, Lord Peter. Was halten Sie von einem kleinen Inspektionsgang nach dem Frühstück? Es ist ein Jammer, daß es so stark regnet, und natürlich bietet der Garten um diese Jahreszeit nicht den allerbesten Anblick, aber ich habe da ein paar Schnepfenhunde, die Sie vielleicht interessieren.«

Lord Peter ging sofort auf diesen Vorschlag ein, und wenige Minuten später knirschten seine Schritte über den nassen Kiesweg, der zu den Hundezwingern führte.

»Geht nichts über ein gesundes Landleben«, meinte Mr. Frobisher-Pym. »Meiner Ansicht nach ist London im Winter deprimierend. Man kann nichts anfangen. Ein paar Tage lasse ich mir gefallen, um wieder einmal ins Theater zu gehen. Aber wie Sie alle es dort wochenlang aushalten können, geht einfach über meinen Horizont. Ich sollte unbedingt mit Plunkett über diesen Bogengang sprechen«, setzte er hinzu. »Der muß geschnitten werden.«

Er brach eine baumelnde Efeuranke ab. Die Pflanze schüttelte sich rachsüchtig und kippte Wimsey einen kalten Wasserfall in den Nacken.

Die Hundemutter hauste mit ihren Sprößlingen in einer bequemen, luftigen Hütte im Stallgebäude. Ein junger Mann in Kniehosen und Gamaschen kam zum Vorschein, um die Besucher zu begrüßen, und reichte ihnen ein paar kleine Hundebündel zur Besichtigung. Wimsey setzte sich auf einen umgestülpten Eimer und besah sich ein Bündel nach dem anderen mit ernsthafter Miene. Die Hündin knurrte ein wenig, kam aber nach vorsichtiger Beschnüffelung seiner Stiefel zu dem Schluß, daß er vertrauenswürdig sei, und besabberte freundschaftlich seine Knie.

»Na, wie alt sind sie denn nun?« fragte Mr. Frobisher-Pym.

»Dreizehn Tage, Sir.«

»Hat sie genug Milch?«

»Reichlich, Sir. Sie kriegt etwas von dem Malzpräparat. Scheint ihr gut zu bekommen, Sir.«

»Ach ja, richtig. Plunkett war nicht so ganz dafür. Aber es wurde mir sehr empfohlen. Plunkett hat für Experimente nicht viel übrig, und im allgemeinen gebe ich ihm recht. Wo ist er übrigens?«

»Er fühlt sich heute morgen nicht ganz wohl, Sir.«

»Das tut mir leid, Merridew. Wieder mal der leidige Rheumatismus?«

»Nein, Sir. Wie Mrs. Plunkett mir erzählte, hat er eine Art Schock erlitten.«

»Einen Schock? Was für einen Schock? Hat doch wohl nichts mit Alf oder Elsie zu tun?«

»Nein, Sir. Tatsächlich – ich meine, soviel ich weiß, hat er etwas gesehen, Sir.«

»Was soll das heißen: etwas gesehen?«

»Nun, Sir, wie er sagt, war's eine Art Warnung.«

»Eine Warnung? Gütiger Himmel, Merridew, solche Marotten darf er sich nicht in den Kopf setzen. Ich bin erstaunt über Plunkett. Ich habe ihn stets für einen vernünftigen Mann gehalten. Von was für einer Warnung hat er denn gesprochen?«

»Das weiß ich nicht, Sir.«

»Er hat doch bestimmt erwähnt, was er zu sehen glaubte.«

»Ich kann es wirklich nicht sagen, Sir.«

»So etwas geht ja nicht. Ich muß Plunkett unbedingt sprechen. Ist er in seinem Häuschen?«

»Ja, Sir.«

»Wir werden sofort hingehen. Sie haben doch nichts dagegen, Wimsey? Ich kann nicht einfach zusehen, wie Plunkett sich krankmacht. Wenn er einen Schock gehabt hat, müssen wir einen Arzt holen. Also, machen Sie nur weiter, Merridew. Ich kann mir einfach nicht vorstellen«, fuhr er fort, als er Lord Peter an einem Gewächshaus vorbei zu einem schmucken Häuschen führte, das von einem eigenen Gemüsegarten umgeben war, »was für ein Ereignis Plunkett so aus dem Gleichgewicht gebracht haben könnte. Er wird natürlich auch älter, aber er dürfte doch nicht an solche Dinge wie Warnungen und Vorzeichen glauben. Es ist unwahrscheinlich, was für merkwürdige Ideen sich die Leute hier in den Kopf setzen. In Wirklichkeit ist er vermutlich im ›Weary Traveller‹ eingekehrt und hat auf dem Heimweg irgendwo Wäsche hängen sehen.«

»Keine Wäsche«, korrigierte Wimsey mechanisch. Er besaß einen logisch arbeitenden Verstand, der die Torheit einer Idee sogar dann registrierte, wenn die Sache ganz unwesentlich war. »Es goß gestern abend in Strömen. Und außerdem war's Donnerstag. Am Dienstag und Mittwoch war das Wetter schön. Also war die Wäsche längst trocken. Daher keine Wäsche.«

»Nun gut, dann war's eben etwas anderes – ein Pfosten oder der weiße Esel der alten Mrs. Giddens. Plunkett trinkt leider manchmal einen über den Durst, aber er versteht sich gut auf Hunde, und da übersieht man das eben. Die hiesigen Bewohner sind sehr abergläubisch und können einem merkwürdige Dinge erzählen, wenn man ihr Vertrauen genießt. Sie würden staunen, wenn Sie wüßten, wie weit wir hier von der Zivilisation entfernt sind. In Abbots Bolton, nur fünfzehn Meilen von hier, darf man keinen Hasen schießen, wenn einem das Leben lieb ist. Hexen, wissen Sie, und ähnlicher Zauber.«

»Das überrascht mich gar nicht. In manchen Teilen Deutschlands spricht man noch vom Werwolf.«

»Was Sie nicht sagen! Na, da wären wir.« Mr. Frobisher-Pym klopfte mit seinem Spazierstock laut an die Haustür und drückte die Klinke herunter, ohne auf eine Einladung zu warten.

»Sind Sie da, Mrs. Plunkett? Dürfen wir hereinkommen? Ah, guten Morgen. Hoffentlich stören wir nicht, aber Merridew erzählte mir, daß Plunkett nicht so ganz auf dem Damm sei. Dies ist Lord Peter Wimsey – ein sehr alter Freund von mir; das heißt, ich bin ein sehr alter Freund von *ihm;* ha, ha!«

»Guten Morgen, Sir; guten Morgen, Eure Lordschaft. Plunkett wird sich über Ihren Besuch sicher freuen. Bitte, treten Sie näher. Plunkett, Mr. Pym ist hier, um dich zu besuchen.«

Der ältere Mann, der zusammengekauert vor dem Feuer saß, wandte ihnen ein klägliches Gesicht zu und stand halb auf, während er zum Gruß einen Finger an die Stirn legte.

»Nun, Plunkett, wo zwickt's denn?« erkundigte sich Mr. Frobisher-Pym in der herzhaften Art, die sich die Landjunker zugelegt haben, wenn sie ihre Untergebenen am Krankenbett besuchen. »Tut mir leid, daß Sie nicht wohlauf sind. Wieder mal das alte Leiden, was?«

»Nein, Sir; nein, Sir. Dank der Nachfrage. Mir geht es an sich ganz gut. Aber ich habe eine Warnung bekommen und werde nicht mehr lange leben.«

»Nicht mehr lange leben? Unsinn, Plunkett. So dürfen Sie nicht reden. Es wird wohl eine kleine Verdauungsstörung sein. Da wird man immer gleich ganz trübsinnig. Mit mir ist auch nichts los, wenn ich eine Gallenkolik habe. Versuchen Sie es mal mit einer Dosis Rizinusöl oder mit einem alten probaten Hausmittelchen. Die sind nicht zu unterschätzen. Dann werden Sie nicht mehr von Warnungen und vom Sterben reden.«

»Gegen *meine* Krankheit ist kein Kraut gewachsen. Niemand, der das gesehen hat, was ich gesehen habe, ist je mit heiler Haut davongekommen. Aber da Sie und der Herr gerade da sind, möchte ich Sie fragen, ob Sie mir wohl einen Gefallen tun würden?«

»Natürlich, Plunkett. Alles, was Sie wollen. Worum handelt es sich denn?«

»Nur um mein Testament, Sir. Der alte Pastor tat es gewöhnlich. Aber mit diesem neuen jungen Mann, mit seinen Kerzen und Geschichten, komm ich nicht klar. Ich weiß nicht, ob er alles so richtig nach dem Buchstaben des Gesetzes macht, Sir, und es soll keine Scherereien geben, wenn ich nicht mehr bin. Da mir nicht viel Zeit bleibt, wäre ich Ihnen dankbar, wenn Sie für mich klar und deutlich mit Tinte und Feder aufschreiben würden, daß das bißchen, was ich besitze, an Sarah und nach ihrem Tod zu gleichen Teilen an Alf und Elsie fallen soll.«

»Natürlich mache ich das für Sie, Plunkett, wenn Sie wollen. Aber es ist Unsinn, von Testamenten zu reden. Du meine Güte, es sollte mich nicht überraschen, wenn wir alle vor Ihnen stürben.«

»Nein, Sir. Ich bin ein gesunder, kräftiger Mann gewesen. Das will ich nicht bestreiten. Aber ich bin gerufen worden, Sir, und ich muß gehen. Ich weiß, es bleibt keiner verschont. Aber es ist doch furchtbar, wenn man den Totenwagen kommen sieht, der einen abholen wird, und weiß, daß die Toten darin sind, die nicht in ihrem Grabe ruhen können.«

»Na, na, Plunkett, Sie wollen mir doch wohl nicht erzählen, daß Sie an den alten Unsinn mit der Todeskutsche glauben. Ich habe Sie für einen aufgeklärten Mann gehalten. Was würde Alf wohl sagen, wenn er solchen Unsinn von Ihnen hörte?«

»Ach, Sir, junge Leute wissen auch nicht alles, und in Gottes Schöpfung gibt es noch viel mehr Dinge, als man in gedruckten Büchern findet.«

»Na ja«, meinte Mr. Frobisher-Pym, der dieser Gelegenheit nicht widerstehen konnte, »es gibt halt mehr Dinge zwischen Himmel und Erde, als unsere Schulweisheit sich träumen läßt . . . Ganz richtig. Aber das bezieht sich nicht auf heute«, fügte er etwas paradox hinzu. »Im zwanzigsten Jahrhundert gibt es keine Geister. Denken Sie einmal ruhig über die Sache nach, und dann werden Sie entdecken, daß Sie sich geirrt haben. Es gibt wahrscheinlich eine ganz einfache Erklärung dafür. Du meine Güte! Wenn ich daran denke, wie Mrs. Frobisher-Pym eines Nachts in Angst und Nöten aufwachte, weil sie glaubte, jemand habe sich an unserer Schlafzimmertür erhängt. Ein törichter Gedanke; denn ich lag ja wohlbehalten neben ihr im Bett – schnarchte sogar, wie sie sagte, ha, ha! –, und wenn jemand das Verlangen gehabt hätte, sich aufzuknüpfen, wäre er wohl nicht in unser Schlafzimmer gekommen, um es zu tun. Na, sie umklammerte völlig aufgelöst meinen Arm, und als ich aufstand und die Sache näher untersuchte, was meinen Sie wohl, was es war? Meine Hose, die ich am Hosenträger aufgehängt hatte und aus der die Socken noch herausbaumelten. Du lieber Gott! Was für Vorwürfe habe ich da bekommen, weil ich meine Sachen nicht ordentlich weggelegt hatte!«

Mr. Frobisher-Pym lachte, und Mrs. Plunkett sagte pflichtschuldigst: »Nein, so was.«

Ihr Mann schüttelte den Kopf.

»Das mag ja alles so sein, Sir, aber ich habe gestern nacht die Todeskutsche mit eigenen Augen gesehen. Die Kirchturmuhr schlug gerade Mitternacht, und da kam sie den Weg herauf, der an der Wand der alten Priorei entlangführt.«

»Und was machten Sie um Mitternacht noch da draußen?«

»Ich hatte meine Schwester besucht, Sir. Deren Sohn war gerade da. Er hatte Urlaub von seinem Schiff.«

»Und Sie haben natürlich tüchtig auf sein Wohl getrunken, nicht wahr, Plunkett?« Mr. Frobisher-Pym hob drohend den Zeigefinger.

»Nein, Sir. Ein paar Gläser Bier habe ich wohl getrunken, das will ich nicht abstreiten. Aber betrunken war ich nicht. Meine Frau kann Ihnen das bestätigen, daß ich ziemlich nüchtern war, als ich nach Hause kam.«

»Das stimmt, Sir«, mischte seine Frau sich ein. »Plunkett hatte gestern abend keinen Tropfen zuviel getrunken. Das kann ich beschwören.«

»Und was haben Sie denn gesehen, Plunkett?«

»Die Todeskutsche, wie ich Ihnen schon sagte. Geisterhaft weiß und völlig geräuschlos wie die Toten, die darin waren, Sir.«

»Ein Lastwagen, der nach Lymptree oder Herriotting fuhr.«

»Nein, Sir – es war kein Lastwagen. Ich habe die Pferde gezählt – vier weiße Pferde, und sie trabten vorbei ohne Hufschlag, ohne Klirren des Zaumzeugs. Und das war noch nicht –«

»Vier Pferde! Nanu, Plunkett, Sie müssen wohl doppelt gesehen haben. Niemand in dieser Gegend würde mit vier Pferden fahren, höchstens Mr. Mortimer aus Abbotts Bolton, und der würde seine Gäule nicht um Mitternacht herumkutschieren.«

»Vier Pferde waren's, Sir. Ich habe sie deutlich gesehen. Und es war auch nicht Mr. Mortimer; denn er fährt einen Jagdwagen, und dies war eine große, schwere Kutsche ohne Lichter, die aber von sich aus leuchtete, als wäre sie mit Mondlicht übergossen.«

»Unsinn, Mann! Der Mond war gestern abend nicht zu sehen. Es war eine pechschwarze Nacht.«

»Ja, Sir. Aber die Kutsche leuchtete doch wie Mondlicht.«

»Und keine Lichter? Was würde die Polizei wohl dazu sagen.«

»Keine irdische Polizei hätte die Kutsche anhalten können«, entgegnete Plunkett verächtlich, »noch konnte ein Sterblicher den Anblick ertragen. Ich sage Ihnen, das war noch nicht das Schlimmste. Die Pferde –«

»Fuhr die Kutsche langsam?«

»Nein, Sir. Im Galopp, nur berührten die Hufe den Boden nicht. Es war kein Laut zu hören, doch ich sah die schwarze Straße und die weißen Hufe etwa fünf bis zehn Zentimeter darüber. Und die Pferde hatten keine Köpfe.«

»Keine Köpfe?«

»Nein, Sir.«

Mr. Frobisher-Pym lachte.

»Na, na, Plunkett, Sie erwarten doch wohl nicht, daß wir das schlucken. Keine Köpfe? Wie könnte selbst ein Geist kopflose Pferde lenken? Wo lagen dann die Zügel?«

»Sie können ruhig lachen, Sir, aber wir wissen alle, daß bei Gott kein Ding unmöglich ist. Vier weiße Pferde waren es. Das habe ich deutlich gesehen. Aber über dem Kummet gab es keinen Hals und keinen Kopf, Sir. Ich sah die Zügel, die wie Silber schimmerten, und sie gingen bis zu den Ringen im Kummet, nicht weiter. Und wenn ich in dieser Sekunde tot umfallen sollte, es war so.«

»Gab es auch einen Kutscher bei diesem merkwürdigen Aufzug?«

»Ja, Sir, es gab auch einen Kutscher.«

»Etwa auch kopflos?«

»Ja, Sir, auch kopflos. Jedenfalls konnte ich nichts oberhalb des Mantels mit einer dieser altmodischen Schulterpelerinen sehen.«

»Na, ich muß schon sagen, Plunkett, Ihre Schilderung ist ja

sehr plastisch. Wie weit war diese – hm – Erscheinung von Ihnen entfernt?«

»Ich ging gerade am Kriegerdenkmal vorbei, Sir, als ich sie den Weg heraufkommen sah. Also waren es nicht mehr als zwanzig oder dreißig Meter. Sie kam im Galopp vorbei und bog links bei der Friedhofsmauer ein.«

»Das klingt ja höchst merkwürdig. Aber es war eine dunkle Nacht, und bei der Entfernung mögen Ihre Augen Sie getäuscht haben. Wenn ich Ihnen einen Rat geben darf, dann schlagen Sie sich die ganze Sache aus dem Kopf.«

»Ach, Sir, das ist leicht gesagt, aber jeder weiß, daß der Mann, der die Todeskutsche der Burdocks gesehen hat, innerhalb einer Woche sterben muß. Dagegen kann man sich nicht auflehnen; das ist einfach so. Und wenn Sie mir den Gefallen mit dem Testament tun wollten, würde ich glücklicher sterben in dem Bewußtsein, daß Sarah und die Kinder auch zu ihrem bißchen Geld kommen.«

Mr. Frobisher-Pym setzte das Testament auf, obschon ziemlich widerwillig, und ermahnte und schalt abwechselnd beim Schreiben. Wimsey unterschrieb ebenfalls als einer der Zeugen und versuchte, Plunkett auf seine Art zu trösten:

»An Ihrer Stelle würde ich mich nicht so sehr über die Kutsche aufregen. Sie können sich darauf verlassen, wenn es die Burdock-Kutsche war, so wollte sie nur die Seele des alten Gutsbesitzers holen. Sie konnte ja deswegen nicht gut nach New York fahren, nicht wahr? Es war sozusagen nur eine Vorbereitung auf das Begräbnis morgen.«

»Das mag wohl sein«, stimmte Plunkett zu. »Man hat sie häufig in dieser Gegend gesehen, wenn jemand von den Burdocks gestorben war. Aber sie bringt dem, der sie sieht, furchtbares Unglück.«

Der Gedanke an das Begräbnis schien ihn jedoch ein wenig aufzuheitern. Die Besucher baten ihn nochmals, sich die Geschichte aus dem Kopf zu schlagen, und verabschiedeten sich von ihm.

»Ist es nicht erstaunlich«, fragte Mr. Frobisher-Pym, »was eine blühende Phantasie bei diesen Leuten fertigbringt? Und sie sind hartnäckig. Man kann sich den Mund fusselig reden.«

»Ja. Aber ich schlage vor, wir gehen einmal zur Kirche und sehen uns das Ganze an. Ich möchte gern wissen, wieviel er wirklich von seinem Standort aus sehen konnte.«

Die Pfarrkirche von Little Doddering steht, wie so viele Landkirchen, abseits von den Häusern. Die Hauptstraße von Herriotting, Abbotts Bolton und Frimpton führt am Westtor des Kirchhofs vorbei – es ist ein großer Friedhof mit vielen alten Grabsteinen. Auf der Südseite befindet sich ein schmaler, düsterer, von alten Ulmen überschatteter Weg, der die Kirche von den noch älteren Ruinen der Priorei von Doddering trennt. An der Hauptstraße, etwas weiter als der Punkt, wo der alte Prioreiweg einmündet, steht das Kriegerdenkmal, und von hier läuft die Straße in gerader Richtung nach Little Doddering. Um die übrigen zwei Seiten des Friedhofs schlängelt sich noch ein Weg, der im Dorf einfach »Hintergasse« genannt wird. Dieser zweigt etwa hundert Meter nördlich der Kirche von der Herriotting-Straße ab, mündet in das untere Ende des Prioreiwegs und läuft von da aus in Kurven nach Shootering Underwood, Hamsey, Thripsey und Wyck.

»Was Plunkett auch gesehen zu haben glaubt«, sagte Mr. Frobisher-Pym, »muß von Shootering gekommen sein. Die Hintergasse führt nur an ein paar Feldern und kleinen Häusern vorbei, und es liegt klar auf der Hand, daß jeder, der von Frimpton gekommen wäre, die Hauptstraße gewählt haben würde. Die Gasse ist durch den vielen Regen in einem schlechten Zustand. Ich fürchte, daß sogar Sie, mein lieber Wimsey, trotz Ihrer vorzüglichen Eigenschaften als Detektiv es nicht fertigbringen, Wagenspuren auf diesen modernen Schotterstraßen zu entdecken.«

»Wohl kaum«, gab Wimsey zu, »besonders wenn es sich um eine Geisterkutsche handelt, die dahinrollt, ohne den Boden zu berühren. Aber Ihre Schlußfolgerung scheint wohlbegründet zu sein, Sir.«

»Wahrscheinlich waren es ein paar verspätete Lastwagen, die zum Markt fuhren«, setzte Frobisher-Pym hinzu. »Aberglaube und das hiesige Bier, fürchte ich, sind für den Rest verantwortlich. Aus dieser Entfernung hätte Plunkett nicht alle die Einzelheiten, die er erwähnte, erkennen können.

Und wenn die Kutsche geräuschlos war, wie kam's, daß er sie überhaupt bemerkte, wo er doch schon über die Biegung hinaus war und in die andere Richtung ging? Verlassen Sie sich darauf, er hat nur die Räder gehört und sich den Rest eingebildet.«

»Wahrscheinlich«, sagte Wimsey.

»Wenn die Wagen allerdings ohne Lichter fuhren«, gab sein Gastgeber zu bedenken, »müßte man der Sache natürlich auf den Grund gehen. So etwas ist gefährlich, vor allem wo diese vielen Autos auf den Straßen so rasen. Ich mußte den Leuten deswegen schon streng ins Gewissen reden. Gerade neulich habe ich einem Mann dafür eine Geldbuße aufgebrummt. Möchten Sie vielleicht die Kirche besichtigen, wo wir schon mal hier sind?«

Lord Peter, der wußte, daß eine Kirchenbesichtigung auf dem Lande nun einmal mit dazugehört, ging bereitwilligst auf den Vorschlag ein.

»Heutzutage ist sie immer offen«, erklärte der Friedensrichter, während er auf das Westportal zuschritt. »Der Vikar vertritt den Standpunkt, daß Kirchen für Privatgebete immer offen sein sollten. Er kommt natürlich von einer Stadtpfarrei. Die Leute in dieser Gegend sind immer draußen auf den Feldern, und man kann von ihnen nicht erwarten, daß sie in Arbeitskleidung und schmutzigen Stiefeln in die Kirche kommen. Sie würden es als unehrerbietig betrachten, und außerdem haben sie etwas anderes zu tun. Auch habe ich den Vikar darauf hingewiesen, daß dadurch unerwünschtem Betragen Tür und Tor geöffnet sei. Aber er ist ein junger Mann und muß durch Erfahrung klug werden.«

Er stieß die Tür auf. Ein merkwürdiger, dumpfer Geruch von altem Weihrauch, Feuchtigkeit und Öfen schlug ihnen beim Eintritt entgegen – gewissermaßen ein konzentrierter Hochkirchenextrakt. Die beiden blumengeschmückten und vergoldeten Altäre, die sich wie grelle Flecken in den düsteren Schatten der bedrückenden Architektur dieser kleinen normannischen Kirche ausnahmen, strahlten dieselbe paradoxe Atmosphäre aus. Das Warme und Menschliche wirkte hier exotisch und fremd; das Kalte und Abstoßende schien dagegen dem Ort und den Leuten angemessen zu sein.

»Die Marienkapelle, wie Hancock sie nennt, im Südschiff, ist natürlich neu«, sagte Mr. Frobisher-Pym. »Sie stieß auf großen Widerstand, aber der Bischof ist nachsichtig mit den Anhängern der Hochkirche – zu nachsichtig, denken manche –, und was macht es schließlich aus? Ich kann meine Gebete genausogut verrichten, ob wir nun zwei Abendmahltische haben oder einen. Eins muß ich Hancock lassen: Er versteht es, mit den jungen Leuten umzugehen. In diesem Zeitalter der Motorräder will es schon was heißen, wenn jemand ein Interesse für die Religion in der Jugend erwecken kann. Dieses Gestell in der Kapelle ist wohl für den Sarg des alten Burdock bestimmt. Ah! Da kommt ja der Vikar.«
Ein dünner Mann in Soutane trat aus einer Tür neben dem Hochaltar, kam mit einem großen eichenen Kerzenleuchter in der Hand auf sie zu und hieß sie mit einem etwas professionellen Lächeln willkommen. Wimsey sah auf den ersten Blick, wen er vor sich hatte: einen ernsten, nervösen und nicht gerade hochintelligenten Mann.
»Die Kerzenleuchter sind eben erst angekommen«, bemerkte der Vikar nach der üblichen Begrüßung. »Ich fürchtete schon, sie würden nicht rechtzeitig eintreffen. Aber jetzt ist alles in Ordnung.«
Er stellte den Leuchter neben das Gestell für den Sarg und steckte eine lange Kerze aus ungebleichtem Wachs auf die Messingspitze.
Mr. Frobisher-Pym erwiderte nichts darauf. Wimsey hielt es jedoch für angebracht, ein gewisses Interesse zu bekunden.
»Es ist höchst erfreulich«, meinte der so ermunterte Mr.Hancock, »wenn man sieht, daß die Leute sich wirklich für ihre Kirche zu interessieren beginnen. Ich habe eigentlich sehr wenig Schwierigkeiten gehabt, Leute zu finden, die heute nacht die Totenwache halten. Wir haben acht Wächter, die zu zweit von heute abend um zehn Uhr – bis dahin bin ich im Dienst – bis morgen früh um sechs, wenn ich die Messe lese, wachen werden. Die Männer werden bis zwei Uhr auf ihren Posten sein, dann lösen meine Frau und Tochter sie ab, und Mr. Hubbard und der junge Raw-

linson haben sich bereit erklärt, die Stunden von vier bis sechs zu übernehmen.«

»Was für ein Rawlinson ist das?« erkundigte sich Mr. Frobisher-Pym.

»Mr. Grahams Schreiber aus Herriotting. Er gehört zwar nicht zu dieser Gemeinde, ist aber hier geboren und hat seine Dienste angeboten. Er kommt mit dem Motorrad herüber. Mr. Graham hat ja schließlich auch viele Jahre lang die Angelegenheiten der Familie Burdock verwaltet, und da wollte er wohl in irgendeiner Weise seine Achtung bezeugen.«

»Na, ich hoffe nur, daß er morgen früh seinen Pflichten nachkommen kann, wenn er sich die Nacht um die Ohren geschlagen hat«, brummte Mr. Frobisher-Pym. »Und was Hubbard angeht, so muß er ja wissen, was er tut. Es scheint mir allerdings eine merkwürdige Beschäftigung für einen Gastwirt zu sein. Nun, wenn's ihm Spaß macht und Sie damit zufrieden sind, läßt sich nichts weiter dazu sagen.«

»Sie haben hier eine sehr schöne alte Kirche, Mr. Hancock«, sagte Wimsey, der es nicht zum Disput kommen lassen wollte, ablenkend.

»Sie ist wirklich sehr schön«, pflichtete der Vikar ihm bei. »Haben Sie schon die Apsis gesehen? Es ist selten, daß eine Dorfkirche eine so vollkommene normannische Apsis hat. Betrachten Sie sie einmal aus der Nähe.« Er redete munter weiter, während sie zum Altar hinaufgingen, wobei er hin und wieder Wimseys Aufmerksamkeit auf hübsche Miserere-Stühle, eine schön gemeißelte Piscina oder herrlich geschnitzte Wandnischen lenkte. Wimsey half ihm dann noch, die übrigen Kerzenleuchter aus der Sakristei zu tragen. Sobald diese aufgestellt waren, verließ er mit Mr. Frobisher-Pym die Kirche.

»Sie erwähnten doch, daß Sie heute abend bei den Lumsdens zum Essen eingeladen seien«, sagte der Friedensrichter, als sie nach dem Lunch ihre Zigarette rauchten. »Wie wollen Sie hinkommen? Möchten Sie mit dem Auto fahren?«

»Lieber wäre mir eines Ihrer Pferde«, erwiderte Wimsey. »In der Stadt habe ich so wenig Gelegenheit zum Reiten.«

»Aber gewiß doch, mein Lieber, gewiß doch. Ich fürchte nur,

Sie werden ziemlich naß. Nehmen Sie Polly Flinders. Ihr täte etwas Bewegung gut. Ist Ihnen das auch wirklich lieber? Haben Sie Ihr Reitzeug mitgebracht?«
»Ja – ich habe ein paar alte Hosen bei mir und einen Regenmantel. Da kann mir nichts passieren. Sie werden mich nicht im Abendanzug erwarten. Wie weit ist es bis Frimpton?«
»Neun Meilen auf der Hauptstraße und den ganzen Weg leider Schotter, aber er ist von breiten Grasstreifen gesäumt. Auch können Sie etwa eine Meile abschneiden, wenn Sie über die Gemeindewiese reiten. Wann wollen Sie denn aufbrechen?«
»Gegen sieben, denke ich. Glauben Sie wohl, daß Mrs. Frobisher-Pym mich für sehr unhöflich halten wird, wenn ich etwas spät zurückkehre? Lumsden und ich sind alte Kriegskameraden, und wenn wir einmal die alten Zeiten beim Wikkel haben, werden wir wahrscheinlich bis in die frühen Morgenstunden hinein schwatzen. Ich möchte natürlich Ihr Haus nicht als Hotel betrachten, aber –«
»Selbstverständlich nicht! Das geht völlig in Ordnung. Meine Frau hat absolut nichts dagegen. Sie sollen Ihren Aufenthalt hier genießen und tun, was Sie wollen. Ich gebe Ihnen einen Hausschlüssel mit und werde daran denken, nicht die Kette vorzulegen. Vielleicht machen Sie es dann selbst, wenn Sie nach Hause kommen, ja?«
»Selbstverständlich. Aber wie steht's mit dem Gaul?«
»Ich werde Merridew sagen, daß er nach Ihnen Ausschau halten soll. Er schläft über den Ställen. Wenn Sie nur besseres Wetter hätten! Das Barometer fällt leider. Ja. Du meine Güte! Für morgen sieht es schlecht aus. Sie werden wohl dem Trauergefolge vor der Kirche begegnen, wenn der Zug pünktlich ist.«

Der Zug war offensichtlich pünktlich, denn als Lord Peter auf das Westtor der Kirche zutrabte, sah er dort einen prunkvollen Leichenwagen stehen, der von einer kleinen Gruppe Leidtragender umgeben war. Zwei Trauerkutschen gehörten zum Gefolge. Der Kutscher der zweiten schien Schwierigkeiten mit den Pferden zu haben, und Wimsey schloß daraus ganz richtig, daß das wohl das Paar war, das man sich von

Mr. Mortimer geliehen hatte. Während er Polly Flinders nach Kräften im Zaume hielt, stellte er sich in achtbarer Entfernung am Rande der Menge auf und beobachtete, wie der Sarg aus dem Leichenwagen gehoben und durch das Tor getragen wurde, wo ihn Mr. Hancock – in vollem Ornat, begleitet von einem Meßdiener und zwei Fackelträgern – erwartete. Die Wirkung wurde ein wenig verdorben durch den Regen, der die Kerzen ausgelöscht hatte. Aber in den Augen der Dorfbevölkerung war es dennoch ein erstklassiges Schauspiel. Ein massiver Mann, sehr korrekt in schwarzem Gehrock und Zylinder begleitet von einer Frau in Pelzen und hübscher Trauerkleidung, veranlaßte die Umstehenden zu teilnahmsvollen Bemerkungen. Es war der durch seine Seidenstrümpfe berühmte Haviland Burdock, der jüngere Sohn des Verstorbenen. Eine ganze Reihe weißer Kränze wurden dann herausgereicht und mit einem beifälligen Gemurmel der Bewunderung registriert. Der Chor stimmte – etwas unrein – eine Hymne an, und die Prozession bewegte sich in die Kirche. Polly Flinders schüttelte kräftig den Kopf. Wimsey, der dies als Aufbruchssignal deutete, setzte seinen Hut wieder auf und trabte gemächlich in Richtung Frimpton davon.
Vier Meilen weit folgte er der Hauptstraße, die sich durch ein schön bewaldetes Gelände bis an den Rand der Gemeindewiese von Frimpton hinzog. Hier machte die Straße einen weiten Bogen um die Wiese und schlängelte sich in sanften Kurven in Richtung Frimpton. Wimsey zögerte einen Augenblick; es wurde dunkel, und er kannte weder den Weg noch das Tier, das er ritt. Ein ziemlich ausgeprägter Reitweg schien jedoch über die Wiese zu führen, und letzten Endes beschloß er, diesen zu wählen. Polly Flinders kannte ihn anscheinend sehr gut und trabte ohne Zaudern dahin. Nach anderthalb Meilen landeten sie ohne jeden Zwischenfall wieder auf der Hauptstraße. Hier verursachte eine Straßengabelung Verwirrung, aber Taschenlampe und Wegweiser lösten das Problem. Ein weiterer Ritt von zehn Minuten brachte den Reiter ans Ziel.
Major Lumsden war ein großer, heiterer Mann, der, obwohl er im Krieg ein Bein verloren hatte, von seiner Heiterkeit nichts eingebüßt hatte. Er besaß eine große, heitere Frau, ein

großes, heiteres Haus und eine große, heitere Familie. Wimsey saß bald vor einem Feuer, das ebenso groß und heiter war wie der Rest des Haushalts, und tauschte über einem Whisky-Soda Klatsch und Tratsch mit seinen Gastgebern aus. Er beschrieb die Burdock-Prozession mit unehrerbietigem Spott und erzählte dann die Geschichte von der Geisterkutsche. Major Lumsden lachte.

»Es ist eine wunderliche Gegend«, gab er zu. »Der Polizist ist genauso schlimm wie die anderen. Erinnerst du dich noch daran, meine Liebe, wie ich einen Geist bannen mußte, da unten auf Pogsons Farm?«

»O ja«, erwiderte seine Frau mit Nachdruck. »Die Hausmädchen hatten eine herrliche Zeit. Trivett – das ist der Constable des Ortes – stürzte bei uns herein und schlug in der Küche hin. Alle saßen heulend um ihn herum und stärkten ihn mit unserem besten Brandy, während Dan sich aufmachte, um die Sache zu untersuchen.«

»Hast du den Geist gefunden?«

»Nicht gerade den Geist, aber ein Paar Stiefel und eine halbe Schweinefleischpastete in dem leeren Haus. Wir haben daher alles auf einen Handwerksburschen geschoben. Ich muß gestehen, es passieren hier tatsächlich merkwürdige Dinge. Wenn ich nur an die Feuer denke, die wir im vergangenen Jahr auf der Gemeindewiese hatten. Dafür hat man nie eine Erklärung gefunden.«

»Zigeuner, Dan.«

»Mag sein, aber niemand hat welche gesehen. Die Feuer brannten unter den merkwürdigsten Umständen, manchmal im strömenden Regen, und ehe man an eins herankam, war es aus und nur noch ein durchweichter, nasser schwarzer Fleck zu sehen. Es gibt da auch eine Stelle auf der Gemeindewiese, die die Tiere nicht leiden können – in der Nähe des sogenannten Totenmann-Pfostens. Meine Hunde meiden sie wie die Pest. Komische Viecher! Ich konnte dort nie etwas entdecken, aber selbst bei hellichtem Tag wollen sie nichts davon wissen. Die Wiese genießt keinen guten Ruf. Sie war früher ein idealer Platz für Straßenräuber.«

»Hat die Burdock-Kutsche etwas mit Straßenräubern zu tun?«

»Nein. Ich glaube mit einem wüsten, längst verblichenen Ahnen. Gehörte zum Höllenfeuerklub oder dergleichen. Die übliche Geschichte. Alle Leute in dieser Gegend glauben natürlich daran. In gewisser Beziehung ist das ganz gut. Da bleiben die Dienstboten wenigstens abends zu Hause. Wie wär's, wenn wir uns etwas zu Gemüte führten? Ich bin hungrig.«

»Erinnerst du dich noch an die verfluchte alte Mühle und die drei Ulmen beim Schweinestall?« fragte Major Lumsden.

»Na, und ob! Du hast sie ja sehr entgegenkommend aus der Landschaft gesprengt. Sie waren ein zu starker Blickfang.«

»Als sie fort waren, haben sie uns sehr gefehlt.«

»Gott sei Dank, daß du sie nicht verfehlt hast, als sie noch da waren. Etwas hast du aber verfehlt.«

»Was denn?«

»Die alte Sau.«

»Wahrhaftig, ja. Weißt du noch, wie der alte Piper sie hereinholte?«

»Das will ich meinen. Da fällt mir ein, du kanntest doch Bunthorne . . .«

»Ich sage gute Nacht«, erklärte Mrs. Lumsden, »und überlasse euch beide euren Erinnerungen.«

»Erinnerst du dich noch«, fragte Lord Peter, »an den unangenehmen Augenblick, als Popham überschnappte?«

»Nein. Ich war mit einer Gruppe von Gefangenen zurückgeschickt worden. Habe aber davon gehört. Was ist eigentlich aus ihm geworden?«

»Ich habe ihn nach Hause fahren lassen. Jetzt ist er verheiratet und lebt in Lincolnshire.«

»So? Er konnte wohl nichts dafür. War ja noch ein Kind. Was ist aus Philpotts geworden?«

»Oh, Philpotts . . .«

»Wo ist dein Glas, alter Knabe?«

»Hier, alter Knabe. Die Nacht ist noch jung . . .«

»Wirklich? Hör mal, warum bleibst du nicht über Nacht? Meine Frau würde sich freuen.«

»Tausend Dank. Aber ich muß mich nach Hause trollen. Ich hab versprochen, die Kette vorzulegen, weißt du.«

»Ganz wie du willst. Aber es regnet immer noch. Keine angenehme Nacht für einen Ritt.«

»Nächstes Mal komme ich in einer Chaise. Uns macht's nichts aus. Regen ist gut für die Haut – zaubert Rosen auf die Wangen. Weck bloß nicht deinen Diener. Ich kann das Pferd selbst satteln.«

»Aber das macht er doch gern.«

»Nein, wirklich nicht, alter Freund.«

»Ich komme mit und helfe dir.«

Ein nasser Windstoß fegte durch die Halle, als sie sich in die Nacht hinauskämpften. Es war nach ein Uhr. Noch einmal drängte Major Lumsden Wimsey zum Bleiben.

»Nein, wirklich nicht, danke. Die Dame des Hauses könnte beleidigt sein. Es ist auch nicht so schlimm – naß, ja, aber nicht kalt. Komm her, Polly, und laß dich satteln!«

Er schnallte den Riemen fest, während Lumsden die Laterne hielt. Die gefütterte und ausgeruhte Stute tänzelte mit vorgestrecktem Kopf und schnuppernden Nüstern aus dem warmen Stall.

»Also, auf Wiedersehen, alter Junge. Komm bald mal wieder. Es war herrlich.«

»Gern. Wahrhaftig, ja. Beste Empfehlung an deine Frau. Ist das Tor offen?«

»Ja.«

»Also, dann auf Wiedersehen!«

»Auf Wiedersehen!«

Jetzt, wo es nach Hause ging, legte sich Polly Flinders ins Zeug, um die neun Meilen Landstraße schnell hinter sich zu bringen. Vor den Toren schien die Nacht heller zu sein, obgleich es noch in Strömen regnete. Irgendwo hinter den sich zusammenballenden Wolken war der Mond verborgen, der sich hin und wieder als blasser Fleck am Himmel und noch blasserer Widerschein auf der schwarzen Straße zeigte. Wimsey, voll der Erinnerungen und des guten Whiskys, summte vor sich hin.

Als er die Gabelung erreichte, zögerte er einen Augenblick. Sollte er den Pfad über die Wiese nehmen oder doch lieber auf der Straße bleiben? Nach kurzer Überlegung beschloß er, die Wiese zu meiden – nicht wegen ihres bösen Rufs, sondern wegen der Rillen und Kaninchenlöcher. Er schüttelte die Zügel, sprach seiner Rosinante aufmunternd zu und blieb auf der Landstraße; auf der einen Seite dehnte sich die Wiese, auf der anderen Felder mit hohen Hecken, die etwas Schutz gegen den peitschenden Regen gewährten.

Er war über den höchsten Punkt hinweg und hatte gerade die Stelle passiert, wo der Reitweg auf die Landstraße mündete, als Polly Flinders durch ein leichtes Stolpern seine Aufmerksamkeit auf sich lenkte.

»Nicht schlafen, Polly«, sagte er mißbilligend.

Polly schüttelte den Kopf und versuchte, ihre leichte Gangart wieder aufzunehmen.

»Hallo!« Wimsey war beunruhigt und brachte sie zum Stehen.

»Hinkt mit dem linken Vorderfuß«, stellte er beim Absteigen fest. »Wenn du dir vier Meilen von zu Hause etwas verstaucht hast, mein Mädchen, wird Vater sich aber freuen.«

Jetzt erst fiel ihm ein, wie merkwürdig einsam die Straße war. Er hatte kein einziges Auto gesehen. Sie hätten ebensogut durch die afrikanische Wildnis reiten können.

Prüfend fuhr er mit der Hand am linken Vorderbein hinab. Der Gaul verhielt sich ganz ruhig, ohne zu zucken. Wimsey stand vor einem Rätsel.

»In der guten alten Zeit hätte ich angenommen, sie habe sich einen Stein in den Fuß getreten«, murmelte er vor sich hin.

Er hob ihren Fuß und untersuchte ihn sorgfältig mit Fingern und Taschenlampe. Seine Diagnose erwies sich als richtig. Eine Stahlschraube, die wohl von einem Auto gefallen war, hatte sich fest zwischen Hufeisen und Gabel eingeklemmt. Wimsey stöhnte und tastete nach seinem Messer. Glücklicherweise war es eins von jener ausgezeichneten altmodischen Sorte, die außer Klingen und Korkenzieher noch ein raffiniertes Gerät zum Entfernen von Fremdkörpern aus Pferdehufen besaß.

Das Pferd rieb ihn sanft mit der Nase, als er sich über seine Aufgabe beugte, die nicht ganz einfach war, da er sich die Taschenlampe unter den Arm klemmen mußte, um eine Hand für das Werkzeug und die andere für den Huf frei zu haben. Er fluchte leise vor sich hin, und als er zufällig die

Straße hinabblickte, glaubte er, etwas Glänzendes zu sehen, das sich bewegte. Es war nicht gut zu erkennen, denn an dieser Stelle standen hohe Bäume zu beiden Seiten der Straße, die stark abschüssig war. Für ein Auto war das Licht zu schwach. Ein Wagen vielleicht, mit einer trüben Laterne. Doch schien das Gefährt sich schnell zu bewegen. Einen Augenblick lang zerbrach Wimsey sich darüber den Kopf und ging dann wieder an die Arbeit.

Als er sich nach einiger Zeit aufrichtete und seinen Blick über die Straße schweifen ließ, sah er es.

Aus dem triefenden Dunkel der Bäume kam es herauf und strahlte in schwachem Mondesglanz. Kein Klappern von Hufen, kein Rollen von Rädern, kein Geklirr des Zaumzeugs war zu vernehmen. Wimsey sah die weißen, glatten, leuchtenden Schultern der Pferde und die Kummets, die wie schwache feurige Ringe darauf ruhten und nichts umschlossen. Er sah die glänzenden Zügel, deren Enden in den Ringen hin und her glitten. Die Füße, die die Erde nie berührten, bewegten sich schnell – viermal vier geräuschlose Hufe, die die blassen Leiber, wie in Nebelglanz gehüllt, vorbeitrugen. Der nach vorn gebeugte Kutscher schwang die Peitsche. Er war ohne Gesicht, ohne Kopf, aber seine ganze Haltung verriet schreckliche Hast. Die Kutsche war in dem peitschenden Regen kaum sichtbar. Aber Wimsey sah verschwommen die sich schnell drehenden Räder und etwas Mattweißes, still und steif, am Fenster. Sie sausten im Galopp vorbei – kopfloser Kutscher, kopflose Pferde und lautloses Gefährt. Als die Kutsche sich entfernte, spürte Wimsey ein leichtes Vibrieren in der Luft – und plötzlich brüllte der Wind hinter ihr her, während im Süden der Himmel seine Schleusen zu einem Wolkenbruch öffnete.

»Mein Gott!« flüsterte Wimsey. Und dann: »Wie viele Whiskys haben wir denn eigentlich getrunken?«

Er wandte sich um und blickte mit angestrengten Augen die Straße entlang. Dann fiel ihm plötzlich die Stute ein. Ohne sich weiter mit der Taschenlampe abzuquälen, hob er ihren Huf hoch und hantierte nach Gefühl. Bald darauf fiel die Schraube in seine Hand, und Polly Flinders blies ihm, dankbar seufzend, ins Ohr.

Wimsey führte sie ein paar Schritte. Sie setzte die Hufe fest und stark auf. Die unverzüglich entfernte Schraube hatte keine wunde Stelle hinterlassen. Wimsey schwang sich in den Sattel und ließ sie laufen – dann riß er ihr plötzlich den Kopf herum.

»Ich will doch mal sehen«, erklärte er resolut. »Vorwärts, Polly! Wir lassen uns doch nicht von ein paar kopflosen Pferden ins Bockshorn jagen. Gänzlich unanständig, ohne Kopf herumzulaufen. Schneller, alte Dame! Über die Wiese mit dir! Wir werden sie an der Gabelung schnappen.«

Ohne die geringste Rücksicht auf seinen Gastgeber oder dessen Eigentum lenkte er das Pferd wieder auf den Reitweg und ließ es galoppieren.

Zuerst glaubte er, auf der Straße etwas Flatterndes, Weißes zu erkennen. Aber als Straße und Reitweg sich voneinander entfernten, verlor er es aus den Augen. Doch er wußte, daß keine Seitenstraßen abzweigten. Wenn sein Pferd keinen Unfall hatte, mußte er die Kutsche an der Gabelung einholen. Polly Flinders, die auf die leiseste Berührung seiner Absätze reagierte, flog über den rauhen Pfad mit einer aus Vertrautheit geborenen Gleichgültigkeit dahin. Nach knapp zehn Minuten erklangen ihre Hufe wieder auf der Schotterstraße. Er brachte sie zum Stehen und blickte die Straße hinab, die nach Little Doddering führte. Noch konnte er nichts sehen. Entweder war er zu früh da oder sie war bereits mit unglaublicher Geschwindigkeit vorbeigefahren, oder aber –

Er wartete. Nichts. Der heftige Regen hatte aufgehört, und der Mond kämpfte sich wieder durch die Wolken. Die Straße schien völlig verlassen zu sein. Er blickte über seine Schulter. Ein kleiner Lichtstrahl bewegte sich nahe am Boden, blitzte grün, rot und dann wieder weiß auf und kam auf ihn zu. Bald erkannte er, daß es ein Polizist war, der sein Rad neben sich führte.

»Eine schlechte Nacht, Sir«, bemerkte der Mann höflich, jedoch mit einem leicht fragenden Ton in der Stimme.

»Scheußlich«, bestätigte Wimsey.

»Mußte einen geplatzten Schlauch flicken. So was fehlt einem gerade in einer solchen Nacht noch«, fügte der Polizist hinzu.

Wimsey bezeugte seine Anteilnahme. Dann fragte er: »Sind Sie schon lange hier?«
»An die zwanzig Minuten.«
»Ist etwas an Ihnen vorbeigekommen von Little Doddering her?«
»Nichts, solange ich hier war. Was sollte es denn sein?«
»Ich dachte, ich hätte –« Wimsey zauderte. Er spürte kein allzu großes Verlangen, sich lächerlich zu machen. »Einen Wagen mit vier Pferden gesehen«, fuhr er zögernd fort. »Vor kaum einer Viertelstunde ist er auf dieser Straße an mir vorbeigekommen – unten am anderen Ende der Gemeindewiese. Ich – ich bin zurückgeritten, um zu sehen, was es war. Es war so merkwürdig –« Er spürte, daß sein Bericht sehr schwach klang.
Der Polizist sprach ziemlich scharf und schnell.
»Es ist nichts vorbeigekommen.«
»Bestimmt nicht?«
»Nein, Sir. Nehmen Sie's mir nicht übel, aber ich rate Ihnen, sich nach Hause zu begeben. Es ist eine einsame Gegend hier.«
»Ja, nicht wahr?« meinte Wimsey. »Gute Nacht, Constable.«
Langsam ritt er nach Little Doddering zurück. Er sah nichts, hörte nichts und kam an nichts vorbei. Die Nacht war jetzt heller, und er stellte noch einmal fest, daß es keine Seitenstraßen gab. Was das Ding, das er gesehen hatte, auch gewesen sein mochte, es war irgendwo am Rande der Gemeindewiese verschwunden; es hatte weder die Hauptstraße benutzt noch irgendeine andere Straße.

Wimsey kam reichlich spät am nächsten Morgen zum Frühstück herunter und fand seine Gastgeber in ziemlicher Aufregung vor.
»Es ist etwas ganz Ungewöhnliches passiert«, rief Mrs. Frobisher-Pym ihm entgegen.
»Himmelschreiend!« setzte ihr Mann hinzu. »Ich habe Hancock ja gewarnt – das kann er nicht abstreiten. Aber wie man auch über sein Getue denken mag, für ein so abscheuliches Betragen läßt sich keine Entschuldigung finden. Wehe, wenn ich die Burschen in die Finger bekomme, wer sie auch sein mögen –«

»Was ist denn los?« fragte Wimsey und nahm sich von den geschmorten Nieren, die auf dem Büfett standen.
»Einfach skandalös!« erklärte Mrs. Frobisher-Pym. »Der Vikar ist sofort zu Tom gekommen – hoffentlich haben wir Sie nicht mit all dem Theater gestört. Als Mr. Hancock heute morgen um sechs Uhr zur Kirche kam, um den Frühgottesdienst zu halten –«
»Nein, nein, meine Liebe, so kannst du nicht beginnen. Laß *mich* erzählen. Als Joe Grinch – das ist der Küster, wissen Sie, und er muß zuerst dasein, um die Glocken zu läuten – als er ankam, fand er das Südportal weit offen und niemanden in der Kapelle, wo sie doch neben dem Sarg Wache halten sollten. Er war natürlich ganz bestürzt, dachte sich aber, daß Hubbard und der junge Rawlinson der Sache vielleicht überdrüssig geworden und nach Hause gegangen seien. Also ging er zur Sakristei, um die Meßgewänder und das alles zurechtzulegen, und hörte zu seinem Erstaunen Frauenstimmen darin, die ihm etwas zuriefen. Er war so verwirrt, daß er nicht mehr wußte, wo er sich befand. Dann ist er aber hingegangen und hat die Tür aufgeschlossen –«
»Mit seinem eigenen Schlüssel?« fragte Wimsey.
»Der Schlüssel steckte in der Tür. In der Regel hängt er an einem Nagel unter einem Vorhang bei der Orgel. Aber diesmal steckte er im Schloß – wo er nichts zu suchen hat. Und drinnen fand er Mrs. Hancock und ihre Tochter, die vor Angst und Ärger halbtot waren.«
»Du lieber Himmel!«
»Das kann man wohl sagen. Sie hatten eine höchst seltsame Geschichte zu erzählen. Um zwei Uhr hatten sie die Wache abgelöst und waren, wie vorgesehen, am Sarg in der Marienkapelle niedergekniet, um die Gebete zu sprechen. Etwa zehn Minuten später hörten sie vom Hochaltar her ein Geräusch, als schleiche dort jemand herum. Miss Hancock besitzt ziemlich viel Mut. Sie erhob sich und ging im Dunkeln den Gang entlang. Mrs. Hancock folgte ihr, weil sie nicht allein bleiben wollte. Als sie bis zum Altargitter gekommen waren, rief Miss Hancock laut: ›Wer ist da?‹ Daraufhin hörte sie ein Rascheln und einen Laut, als sei etwas umgeworfen worden. Miss Hancock griff äußerst mutig nach einem Stab

des Kirchenvorstehers, der am Chorgestühl befestigt war, und trat vor im Glauben, daß jemand versuchte, etwas vom Altar zu stehlen. Es gibt da ein sehr schönes Kreuz aus dem fünfzehnten Jahrhundert –«

»Laß das Kreuz aus dem Spiel, Tom. Das wurde jedenfalls nicht gestohlen.«

»Nein, aber Miss Hancock befürchtete es. Gerade als sie bei den Altarstufen anlangte und Mrs. Hancock, die dicht hinter ihr war, sie zur Vorsicht mahnte, stürzte jemand aus dem Chorgestühl, packte sie am Arm und stieß sie, wie sie sich ausdrückte, in die Sakristei. Bevor sie überhaupt Atem holen konnte, um zu schreien, wurde Mrs. Hancock ebenfalls hineingeschoben und die Tür zugeschlossen.«

»Herrje! In Ihrem Dorf geht es aber lebhaft zu.«

»Na, die beiden hatten natürlich furchtbare Angst; denn sie konnten doch nicht wissen, ob diese Schurken zurückkommen und sie umbringen würden. Auf jeden Fall nahmen sie an, daß ein Kirchendiebstahl geplant war. Aber die Fenster der Sakristei sind sehr schmal und außerdem vergittert. Es blieb ihnen also nichts anderes übrig, als abzuwarten. Sie versuchten zu lauschen, konnten aber nicht viel hören. Ihre einzige Hoffnung bestand darin, daß die Vier-Uhr-Wache früh kommen und die Diebe überraschen würde. Doch sie warteten und warteten und hörten es vier Uhr schlagen, dann fünf, und niemand kam.«

»Wo waren denn dieser Dingsda und Rawlinson geblieben?«

»Das konnte keiner sagen, auch Grinch nicht. Sie haben jedoch gründlich in der Kirche nachgesehen, und es schien nichts gestohlen oder in Unordnung gebracht worden zu sein. Dann kam der Vikar hinzu, dem sie den ganzen Vorgang berichteten. Er war natürlich ganz entsetzt, und sein erster Gedanke war – als er merkte, daß nichts gestohlen worden war –, daß jemand die Hostie aus dem – wie nennt man das Ding doch? – gestohlen haben könnte.«

»Tabernakel«, schlug Wimsey vor.

»Ganz recht, so heißt es. Der Gedanke beunruhigte ihn sehr. Er hat ihn dann aufgeschlossen und nachgesehen, aber die Hostie war noch da. Also schickte er Mrs. und Miss Hancock nach Hause und sah sich draußen vor der Kirche um. Das erste, was er entdeckte, war das Motorrad des jungen Rawlinson, das im Gebüsch beim Südportal lag.«

»Aha!«

»Sein nächster Gedanke war daher, Rawlinson und Hubbard aufzustöbern. Er brauchte jedoch nicht lange zu suchen. Als er zum Heizungsraum an der Nordseite kam, hörte er einen fürchterlichen Radau. Es wurde geschrien und an die Tür gehämmert. Er holte also Grinch, und beide guckten durch das kleine Fenster hinein. Dort, bitte sehr, entdeckten sie dann Hubbard und den jungen Rawlinson, die schrien, tobten und die fürchterlichsten Ausdrücke gebrauchten. Es stellte sich heraus, daß man mit ihnen in derselben Weise verfahren war wie mit den beiden Frauen, aber ehe sie die Kirche betreten hatten. Rawlinson hatte den Abend mit Hubbard verbracht. Um die anderen Hausbewohner so früh nicht zu stören, hätten sie hinten in der Bar ein Nickerchen gemacht so sagten sie jedenfalls, aber in Wirklichkeit werden sie sich wohl einen kräftigen Schluck genehmigt haben. Und wenn das Hancocks Vorstellung ist von einer geziemenden Vorbereitung für Kirche und Gebet, so kann ich nur sagen, ich teile sie nicht. Jedenfalls brachen sie kurz vor vier Uhr auf. Am Südtor, das zugeschoben war, mußten sie absteigen, und als Rawlinson das Rad den Weg hinaufschob, sprangen mehrere Männer hinter dem Gebüsch und den Bäumen hervor. Es gab ein kleines Handgemenge, aber da sie das Motorrad hatten und das Ganze so unerwartet kam, konnten sie nicht viel machen. Außerdem warfen ihnen die Männer Decken über die Köpfe. Dann wurden sie im Heizungsraum eingeschlossen. Wenn inzwischen der Schlüssel nicht gefunden wurde, sind sie wahrscheinlich immer noch dort. Es müßte eigentlich ein zweiter Schlüssel vorhanden sein, aber ich weiß nicht, wo der geblieben ist.«

»Dann haben sie ihn also diesmal nicht im Schloß stecken lassen, wie?«

»Nein. Man hat nach dem Schlosser geschickt. Ich will eben hingehen, um zu sehen, wie es steht. Möchten Sie mitkommen, wenn Sie fertig sind?«

Wimsey willigte ein. Alles, was nach Problem aussah, faszinierte ihn.

»Sie sind übrigens ziemlich spät nach Hause gekommen«, bemerkte Mr. Frobisher-Pym leutselig, als sie aus dem Hause gingen. »Haben wohl die alten Zeiten durchgehechelt, was?«

»Allerdings«, entgegnete Wimsey.

»Der alte Gaul hat sich doch wohl anständig benommen? Einsame Straße, nicht wahr? Sie haben hoffentlich nichts Schlimmeres gesehen als sich selbst, wie man so zu sagen pflegt.«

»Nur einen Polizisten«, log Wimsey. Er war sich noch nicht schlüssig, ob er über die Phantomkutsche reden sollte. Zweifellos würde Plunkett erleichtert sein, wenn er wüßte, daß er nicht der einzige war, der eine »Warnung« bekommen hatte. Aber war es auch wirklich die Geisterkutsche gewesen und nicht eine von Whisky und Erinnerungsseligkeit erzeugte Illusion? Bei Tageslicht besehen, war Wimsey seiner Sache nicht mehr so sicher.

Als sie bei der Kirche anlangten, fanden der Friedensrichter und sein Gast eine stattliche Schar versammelt. Ins Auge stachen der heftig gestikulierende Vikar in Soutane und Birett und der Constable, dessen Uniformrock schief zugeknöpft war und dessen Würde darunter litt, daß sämtliche Kinder des Dorfes sich an seine Beine klammerten. Er hatte soeben die Aussagen der Männer notiert, die endlich aus dem Kohlenkeller befreit worden waren. Der jüngere der beiden, ein frischer, kecker Bursche von etwa fünfundzwanzig Jahren, war gerade dabei, sein Motorrad in Gang zu bringen. Er begrüßte Mr. Frobisher-Pym freundlich. »Leider hat man uns ganz schön mitgespielt, Sir. Sie entschuldigen mich, nicht wahr? Ich muß schleunigst zurück nach Herriotting. Mr. Graham ist wenig erfreut, wenn ich zu spät ins Büro komme. Ich glaube, ein paar Typen haben sich einen Scherz mit uns erlaubt.« Er grinste, als er den Gashebel umlegte und in einer unnötig dicken Rauchwolke, die Mr. Frobisher-Pym zum Niesen brachte, davonsauste. Sein Mitopfer, ein großer, fetter Mann, der typische fidele Gastwirt, lächelte den Friedensrichter beschämt an.

»Na, Hubbard«, meinte letzterer, »ich hoffe, Sie haben Ihr Erlebnis genossen. Ich muß schon sagen, ich bin überrascht, daß ein Mann von Ihrem Format sich wie ein ungezogener Lausbub im Kohlenkeller einsperren läßt.«

»Ja, Sir, ich war selbst im Moment überrascht«, erwiderte der Gastwirt ziemlich gutmütig. »Als mir die Decke über den Kopf geworfen wurde, war ich der erstaunteste Mann im ganzen Lande. Ich habe ihnen aber ein paar vors Schienbein gegeben, damit sie an mich denken.« In Erinnerung daran mußte er lachen.

»Wie viele waren es denn?« fragte Wimsey.

»Drei oder vier, möchte ich wohl schätzen, Sir. Aber da ich sie nicht gesehen habe, kann ich nur nach ihrem Reden urteilen. Zwei haben mich geschnappt, das weiß ich ziemlich sicher, und der junge Rawlinson meinte, daß er nur von einem gepackt wurde. Der muß mächtig stark gewesen sein.«

»Wir müssen alle Hebel in Bewegung setzen, um die Namen dieser Leute ausfindig zu machen«, stieß der Vikar aufgeregt heraus. »Ah, Mr. Frobisher-Pym, kommen Sie und sehen Sie sich an, was die in der Kirche angerichtet haben. Es ist so, wie ich annahm: ein antiklerikaler Akt. Wir müssen dankbar sein, daß es nicht noch schlimmer gekommen ist.«

Damit führte er sie in die Kirche. Irgend jemand hatte ein paar Ampeln bei dem düsteren kleinen Altar angezündet. Auf diese Weise konnte Wimsey sehen, daß der Hals des Adlers am Lesepult mit einer ungeheuren rot-weiß-blauen Schleife geziert war und außerdem ein großes Plakat trug – offenbar aus einem Zeitungsbüro entwendet – »Vatikan verbietet unsittliche Kleidung«. Auf jedem Chorstuhl saß ein einfältig liebenswürdiger Teddybär, anscheinend darin vertieft, das Gesangbuch von unten nach oben zu lesen, während auf der Ablage vor jedem Stofftier das Exemplar eines Witzblattes aufdringlich ausgebreitet war. Auf der Kanzel hatte man einen papierenen Eselskopf angebracht, der aus einem eleganten Nachthemd herausragte und mit einem hübschen, aus Goldpapier gebastelten Heiligenschein gekrönt war.

»Schandbar, nicht wahr?« sagte der Vikar.

»Na, Hancock«, erwiderte Mr. Frobisher-Pym, »ich muß sagen, ich glaube, Sie haben sich das selbst zuzuschreiben, obgleich ich natürlich zugebe, daß so etwas unter keinen Umständen geduldet werden darf. Die Missetäter müssen gefunden und streng bestraft werden. Aber Sie sehen doch nun ein, daß viele Ihrer neuen Sitten diesen Leuten wie papistischer Unsinn vorkommen, wenn das auch keine Entschuldigung ist . . .«

Seine tadelnde Stimme dröhnte weiter.

Der Polizist hatte inzwischen die herumstehenden Dorfbewohner abgeschoben und stand nun neben Lord Peter am Eingang des Altargitters.

»Waren Sie das nicht, den ich heute morgen auf der Straße traf, Sir? Aha! Ich habe doch Ihre Stimme wiedererkannt. Sind Sie gut nach Hause gkeommen, Sir? Ist Ihnen nichts mehr begegnet?«

Sein Tonfall verriet mehr als müßige Neugierde. Wimsey drehte sich schnell um.

»Nein, mir ist nichts – mehr begegnet. Wer fährt hier nachts in einer Kutsche mit vier weißen Pferden im Dorf herum, Sergeant?«

»Bin kein Sergeant, Sir – mit meiner Beförderung hat's noch gute Weile. Na, Sir, was die weißen Pferde angeht, so kann ich Ihnen keine rechte Auskunft geben. Mr. Mortimer drüben in Abbotts Bolton hat ein paar hübsche Grauschimmel, er ist der größte Pferdezüchter in dieser Gegend. Aber er würde bei einem so furchtbaren Regen nicht draußen herumkutschieren, nicht wahr, Sir?«

»Man sollte es nicht annehmen.«

»Nein, Sir. Und« – der Polizist beugte sich dicht zu Wimsey hinüber und flüsterte ihm zu – »und Mr. Mortimer ist ein Mann, der einen Kopf auf seinen Schultern hat – *und was noch wichtiger ist, seine Pferde ebenfalls.*«

»Na«, fragte Wimsey, ein wenig betroffen über die Bemerkung, »haben Sie je ein Pferd gesehen, das keinen Kopf auf den Schultern hatte?«

»Nein, Sir«, erwiderte der Polizist mit Nachdruck, »ein *lebendes* Pferd jedenfalls nicht. Aber das alles hat weder Hand noch Fuß, wie man zu sagen pflegt. Was diese Kirchenangelegenheit betrifft, so ist das nur ein kleiner Schabernack, den sich die Jungen geleistet haben, weiter nichts. Sie haben sich nichts Böses dabei gedacht, Sir, sie machen eben gern mal einen Streich. Der Vikar hat gut reden, Sir, aber es waren keine religiös motivierten Täter, das kann ein Blinder sehen. Nur ein kleiner Ulk, weiter nichts.«

»Zu der Überzeugung bin ich auch gekommen«, sagte Wimsey interessiert. »Aber ich möchte gern wissen, was Sie zu dieser Ansicht gebracht hat.«

»Gütiger Himmel, Sir, ist das nicht sonnenklar? Wären es irgendwelche Fanatiker gewesen, hätten sie sich dann nicht über die Kreuze und Bilder und Lichter und – das da hergemacht?« Er wies mit einem schwieligen Finger auf den Tabernakel. »Nein, Sir, die Burschen, die dies taten, haben nichts von dem angerührt, was man Heiligtümer nennen könnte – und sie haben auch nicht den Abendmahlstisch berührt. Daher sage ich, das Ganze hat mit einem Glaubensstreit nichts zu tun; es ist nur ein kleiner Scherz. Außerdem haben sie Mr. Burdocks Leiche mit Respekt behandelt. Das deutet darauf hin, daß sie nichts Böses im Schilde führten. Leuchtet Ihnen das nicht ein?«

»Vollkommen«, entgegnete Wimsey. »Sie haben sich tatsächlich bemüht, nichts anzurühren, was ein Kirchenbesucher heilig hält. Wie lange sind Sie eigentlich schon im Dienst?«

»Im Februar werden es drei Jahre, Sir.«

»Haben Sie sich jemals mit dem Gedanken getragen, nach London zu gehen oder Detektiv zu werden?«

»Ja, Sir, das habe ich wohl. Aber es geht nicht immer so, wie man möchte.«

Wimsey nahm eine Karte aus seiner Brieftasche.

»Wenn Sie jemals ernstlich daran denken sollten«, sagte er, »dann geben Sie diese Karte Chefinspektor Parker und unterhalten Sie sich mit ihm über die Sache. Sagen Sie ihm, ich sei der Ansicht, daß Sie hier nicht genug Gelegenheit hätten, Ihre Fähigkeiten zu entfalten. Er ist ein guter Freund von mir und wird Ihnen sicher helfen. Das weiß ich.«

»Ich habe schon von Ihnen gehört, Mylord«, sagte der Polizist erfreut, »es ist sehr freundlich von Eurer Lordschaft. Na, jetzt muß ich aber wohl weiter. Überlassen Sie die Sache nur mir, Mr. Frobisher-Pym, wir werden ihr schon auf den Grund kommen.«

»Wollen's hoffen«, entgegnete der Friedensrichter. »Inzwischen, Mrs. Hancock, werden Sie wohl eingesehen haben, wie wenig ratsam es ist, die Kirchentüren nachts offenzulassen. Kommen Sie, Wimsey, wir wollen jetzt gehen, damit man die Kirche für das Begräbnis in Ordnung bringen kann. Was haben Sie denn da entdeckt?«
»Nichts«, antwortete Wimsey, der auf den Fußboden der Marienkapelle gestarrt hatte. »Ich befürchtete, Sie hätten den Holzwurm hier, aber ich sehe, es ist nur etwas Sägemehl.« Mit diesen Worten wischte er sich die Finger ab und folgte Mr. Frobisher-Pym aus dem Gebäude.

Wenn man auf dem Dorf lebt, muß man an den Interessen und Vergnügungen der Bevölkerung teilnehmen. Daher beteiligte sich auch Lord Peter pflichtschuldigst an der Beerdigung des Gutsbesitzers Burdock und sah, wie der Sarg unversehrt in die Erde gelassen wurde. Trotz des Sprühregens hatte sich ein großes, ehrfürchtiges Gefolge eingefunden. Nach der feierlichen Handlung wurde Wimsey Mr. und Mrs. Haviland Burdock vorgestellt und fand seinen früheren Eindruck bestätigt, daß die Dame sich gut, beinahe zu gut kleidete, wie das ja auch von einer Frau zu erwarten war, deren Garderobe auf Seidenstrümpfen basierte. Sie war eine hübsche Person in einer auffallenden, kühnen Art, und die Hand, die Wimseys Finger umfaßt hielt, war ziemlich schmerzhaft mit Brillanten gespickt. Haviland war betont freundlich – ein Seidenwarenfabrikant hatte ja auch keine Veranlassung, sich reichen Herren aus altem Adel gegenüber anders zu verhalten. Er schien Wimseys Ruf als Antiquitäten- und Büchersammler zu kennen und lud ihn herzlich ein, das alte Haus zu besichtigen.
»Mein Bruder Martin ist noch im Ausland«, meinte er, »aber er würde sich bestimmt freuen, wenn Sie sich das Haus ansähen. Es sollen einige sehr schöne alte Bücher in der Bibliothek sein. Wir werden bis Montag hierbleiben, falls Mrs. Hancock uns noch solange behalten will. Wie wär's, wenn Sie morgen nachmittag kämen?«
»Mit dem größten Vergnügen«, erklärte Wimsey.
Hier mischte sich Mrs. Hancock ein und fragte, ob Lord Peter nicht vorher erst ins Pfarrhaus zum Tee kommen wolle.

»Sehr freundlich von Ihnen«, erklärte Wimsey.
»Es bleibt also dabei«, bemerkte Mrs. Burdock, »Sie und Mr. Pym kommen zum Tee, und dann werden wir uns alle das Haus ansehen. Ich bin selbst kaum darin gewesen.«
»Es lohnt sich schon«, meinte Mr. Frobisher-Pym. »Feiner alter Besitz. Kostet aber einiges Geld, ihn richtig instand zu halten. Hat man das Testament immer noch nicht gefunden, Mr. Burdock?«
»Immer noch nicht«, lautete die Antwort. »Es ist merkwürdig, weil Mr. Graham – das ist unser Rechtsanwalt, Lord Peter – bestimmt eins aufgesetzt hat, und zwar unmittelbar nach der unglücklichen Auseinandersetzung zwischen Martin und meinem Vater. Er kann sich noch ganz deutlich daran erinnern.«
»Auch an den Inhalt?«
»Gewiß. Aber die Etikette verbietet es ihm, darüber zu sprechen. Er ist noch einer vom guten alten Schlage. Der arme Martin nannte ihn immer einen alten Gauner, aber Martin war auch nicht gut bei ihm angeschrieben und daher wohl kaum ganz objektiv. Außerdem ist das alles, wie Mr. Graham betont, schon etliche Jahre her, und es ist durchaus möglich, daß der alte Herr das Testament später vernichtet oder in Amerika ein neues gemacht hat.«
»Der ›arme Martin‹ scheint in dieser Gegend nicht sehr beliebt gewesen zu sein«, bemerkte Wimsey zu Mr. Frobisher-Pym auf dem Heimweg.
»N-nein«, gab der Friedensrichter zu. »Jedenfalls nicht bei Graham. Ich persönlich habe den Burschen ganz gern gemocht, wenn er auch ein bißchen leichtsinnig war. Zeit und Heirat werden ihn wohl vernünftiger gemacht haben. Merkwürdig, daß das Testament nicht zu finden ist. Aber wenn es nach dem Spektakel aufgesetzt wurde, muß es ja zu Havilands Gunsten sein.«
»Das denkt Haviland, glaube ich, auch«, meinte Wimsey. »Er trug eine nur mühsam unterdrückte Befriedigung zur Schau. Der diskrete Graham hat sicher durchblicken lassen, daß der abscheuliche Martin nicht der Begünstigte ist.«
Am nächsten Morgen war das Wetter schön, und Wimsey, der in Little Doddering Ruhe und frische Luft genießen

wollte, bat noch einmal um Polly Flinders. Sein Gastgeber willigte mit Vergnügen ein und bedauerte nur, nicht mit ausreiten zu können, da er an einer Sitzung der Armenbehörde teilnehmen mußte.

»Sie könnten sich auf der Gemeindewiese ordentlich durchwehen lassen«, schlug er vor. »Reiten Sie über Petering Friars bis zum Totenmann-Pfosten und kommen Sie über die Frimpton Road zurück. Ein netter Rundritt – ungefähr neunzehn Meilen. Sie können bequem zum Lunch wieder zurück sein.«

Wimsey ging auf den Plan ein – zumal er seinem eigenen Vorhaben entsprach. Er wollte sich aus einem bestimmten Grunde die Frimpton Road mal bei Tageslicht ansehen.

»Seien Sie vorsichtig am Totenmann-Pfosten«, warnte Mrs. Frobisher-Pym etwas besorgt. »Die Pferde scheuen dort. Ich weiß nicht, warum. Man sagt natürlich –«

»Alles Unsinn«, schalt ihr Mann. »Die Dörfler mögen den Platz nicht, und das macht die Pferde nervös. Merkwürdig, wie die Gefühle eines Reiters sich auf sein Pferd übertragen. *Ich* habe nie Schwierigkeiten am Totenmann-Pfosten.«

Es war eine ruhige und selbst an diesem Novembertag hübsche Straße, die nach Petering Friars führte. Wimsey fühlte sich beruhigt und glücklich, als er so im Wintersonnenschein durch die Essex-Landschaft trabte. Ein strammer Galopp über das Gemeindeland regte seine Lebensgeister besonders an. Den Totenmann-Pfosten und seinen unheimlichen Ruf hatte er darüber ganz vergessen, bis eine plötzliche, heftige Bewegung des Pferdes, die ihn beinahe aus dem Sattel geworfen hätte, ihn wieder in die Gegenwart zurückriß. Mit einiger Mühe beruhigte er Polly Flinders und brachte sie zum Stehen.

Er befand sich am höchsten Punkt des Gemeindelandes auf einem Reitweg, der zu beiden Seiten mit Ginster und totem Farnkraut bewachsen war. Etwas weiter vorn schien ein anderer Reitweg in diesen einzumünden, und an der Kreuzung stand etwas, das er für einen verfallenen Wegweiser gehalten hatte. Es war allerdings ein wenig zu kurz und zu dick für einen Wegweiser und besaß auch keine Arme. Auf der ihm zugewandten Seite entdeckte er jedoch eine Inschrift.

Er redete der Stute gut zu und drängte sie sanft nach dem Pfosten hin. Sie machte auch ein paar zaudernde Schritte, sprang dann aber schnaubend und zitternd zur Seite.

»Merkwürdig!« murmelte Wimsey. »Wenn das wirklich mein Geisteszustand ist, der sich auf das Pferd überträgt, dann konsultiere ich am besten einen Arzt. Meine Nerven müssen ja völlig kaputt sein. Nur zu, altes Mädchen! Was ist denn los mit dir?«

Polly Flinders weigerte sich höflich, aber energisch, von der Stelle zu gehen. Er drängte sie sanft mit seinem Absatz. Sie länzelte mit zurückgelegten Ohren zur Seite, und er sah das Weiße eines protestierenden Auges. Er glitt aus dem Sattel und versuchte, sie am Zügel zu führen. Nach einigen Überredungskünsten folgte ihm die Stute mit gestrecktem Hals, aber so, als ginge sie auf Eierschalen. Ein paar zaudernde Schritte, und sie blieb wieder stehen, am ganzen Leib zitternd. Er befühlte ihren Hals und entdeckte, daß er schweißnaß war.

»Verdammt noch mal!« rief Wimsey. »Ich möchte aber lesen, was da auf dem Pfosten steht. Wenn du nicht mitkommen willst, wirst du dann wenigstens stillstehn?«

Er ließ die Zügel fallen. Die Stute stand mit gesenktem Kopf ruhig da. Er ging vorwärts, blickte aber von Zeit zu Zeit nach ihr, um zu sehen, ob sie auch keine Anstalten machte, auszureißen. Sie stand aber ganz ruhig da, trat nur manchmal von einem Fuß auf den anderen.

Wimsey trat an den Pfosten heran, eine kräftige Säule aus uralter Eiche, die kürzlich weiß angestrichen worden war. Die vor nicht langer Zeit schwarz aufgemalte Inschrift lautete:

An dieser Stelle
wurde
Georg Winter,
als er das Hab und Gut
seines Herrn verteidigte,
niederträchtig ermordet
vom schwarzen Ralph
aus Herriotting,
der hinterher am Tatort

in Ketten erhängt wurde.
9. November 1674
Fürchte die Gerechtigkeit

»Sehr schön«, sagte Wimsey. »Totenmann-Pfosten – der Name paßt zweifellos. Polly Flinders scheint dasselbe zu fühlen wie die Bevölkerung. Na, Polly, wenn dem so ist, sollst du deinen Gefühlen keinen Zwang antun. Aber wenn du dich bei einem einfachen Pfosten schon so anstellst, wie kommt's, daß du angesichts einer Totenkutsche mit vier kopflosen Pferden einen so unerschütterlichen Gleichmut bewahrt hast?«

Die Stute nahm die Schulter seiner Jacke sanft zwischen die Lippen und knabberte daran herum.

»Ganz recht. Ich verstehe vollkommen. Du möchtest, wenn du könntest, aber du kannst wirklich nicht. Doch jene Pferde, Polly – brachten sie keinen Schwefelpesthauch aus der Hölle mit sich? Sollte es möglich sein, daß sie wirklich nur einen rechtschaffenen, vertrauten Stallgeruch ausströmten?«

Er stieg wieder in den Sattel und ritt in einem weiten Bogen um den Pfosten herum und zurück zum Pfad.

»Eine übernatürliche Erklärung ist wohl ausgeschlossen. Nicht *a priori*. Das wäre unzuverlässig. Sondern auf Grund von Pollys Sinnen. Die einzigen Alternativen waren Whisky und Hokuspokus. Eine nähere Untersuchung scheint angebracht zu sein.«

Während die Stute sich ruhig vorwärtsbewegte, grübelte er weiter darüber nach.

»Nehmen wir einmal an, ich wollte aus irgendeinem Grund die Nachbarschaft mit einer solchen Erscheinung erschrekken. Dann würde ich zunächst eine dunkle, regnerische Nacht wählen. Und die hatten wir ja. Wenn ich dann schwarze Pferde nähme und ihre Leiber weiß anstriche – arme Teufel! Wie furchtbar für sie! Nein. Wie werden doch diese Kunststücke von Maskelyne und Devant gemacht, wo man den Leuten die Köpfe abschlägt? Weiße Pferde natürlich – und schwarze Filzhauben über die Köpfe. Da haben wir's! Und Leuchtfarbe auf dem Geschirr, hier und da auch auf den Leibern. Das gibt einen guten Kontrast und garantiert die Si-

cherheit. Ganz einfach. Sie müssen sich aber lautlos bewegen. Warum auch nicht? Vier starke schwarze Säcke, mit Kleie gefüllt und um die Fesseln gebunden, verschaffen jedem Pferd einen lautlosen Gang, besonders, wenn's etwas stürmisch ist. Ein paar Lappen um die Zügelringe, um das Klirren zu verhindern, ebenfalls um die Enden der Zugriemen, damit sie nicht quietschen. Dazu einen Kutscher mit weißem Mantel und schwarzer Maske, einen gutgeölten Wagen mit Gummirädern, den man mit etwas Phosphor beschmiert – und man hätte etwas hinreichend Geisterhaftes, um einen gutgetränkten Herrn morgens um halb drei auf einsamer Landstraße zu erschrecken.«
Dieser Gedanke gefiel ihm, und er klopfte heiter mit seiner Peitsche gegen seine Stiefel.
»Aber verdammt noch mal! Sie sind nicht wieder an mir vorbeigekommen. Wohin fuhren sie? Eine Kutsche mit Pferden kann sich nicht einfach in blauen Dunst auflösen. Es muß doch einen Seitenweg geben, oder du hast mich die ganze Zeit zum Narren gehabt, Polly Flinders.«
Der Reitweg mündete schließlich wieder bei der vertrauten Gabelung auf die Landstraße, wo Wimsey den Polizisten getroffen hatte. Während Polly langsam mit ihm nach Hause tänzelte, nahm Seine Lordschaft die Hecken zur Linken genau aufs Korn, um den Feldweg zu entdecken, der einfach vorhanden sein mußte. Aber seine Suche blieb erfolglos. Eingezäunte Felder mit verschlossenen Gattern bildeten die einzige Unterbrechung der Hecken. Ehe er sich's versah, blickte er wieder die Baumallee hinab, durch die die Todeskutsche vor zwei Nächten heraufgaloppiert war.
»Verflixt noch mal!« knurrte Wimsey.
Zum erstenmal kam ihm der Gedanke, daß die Kutsche vielleicht umgekehrt und durch Little Doddering zurückgefahren sein mochte. Am Mittwoch war sie ja bei der Kirche gesichtet worden. Aber auch dann war sie in Richtung Frimpton davongaloppiert. Nach weiterer Überlegung kam Wimsey zu dem Schluß, daß sie von Frimpton gekommen, dann um die Kirche gefahren – natürlich in entgegengesetzter Uhrzeigerrichtung – und auf derselben Straße wieder zurückgekehrt sein mußte. Aber in dem Fall –

»Zurück, marsch, marsch!« sagte Wimsey, und Polly Flinders wendete gehorsam mitten auf der Straße. »Durch eines dieser Felder ist sie gefahren, oder ich heiße Hans.«
Er ritt im Schritt auf dem Grasstreifen an der rechten Seite und starrte auf den Boden, als sei er ein Schotte, der einen Penny verloren hat.
Das erste Gatter führte auf ein geeggtes Feld, das mit Winterweizen besät war. Man konnte deutlich sehen, daß seit Wochen kein Rad darüber hinweggerollt war. Das zweite Gatter sah verheißungsvoller aus. Dahinter lag unbebautes Land, und der Eingang war voller Radspuren. Eine weitere Untersuchung ergab jedoch, daß dies das einzige Gatter zu diesem Feld war, und es schien unwahrscheinlich, daß die geheimnisvolle Kutsche auf ein Feld gefahren war, das keinen Ausgang hatte. Wimsey suchte also weiter.
Das dritte Gatter war in schlechtem Zustand. Es sackte stark; die Haspe war verschwunden und das Gatter mit Draht am Pfosten festgebunden. Wimsey stieg ab und prüfte den Draht, überzeugte sich aber bald, daß seine rostigen Windungen in letzter Zeit nicht angerührt worden waren.
Es blieben noch zwei Gatter bis zur Kreuzung. Eins davon führte wieder auf ein gepflügtes Feld, dessen dunkle Furchen unberührt dalagen, aber beim Anblick des letzten Gatters hüpfte Wimseys Herz vor Freude.
Hier war ebenfalls gepflügtes Land, doch um das Feld herum lief ein breiter, ausgetretener Weg mit zahlreichen, teils unter Wasser stehenden Wagenspuren. Das Gatter war nur eingehängt, nicht verschlossen; Wimsey untersuchte die Anfahrt. Unter den breiten, von Farmwagen hinterlassenen Rillen sah er die Spur von vier eng zusammenstehenden Rädern und den unverkennbaren Abdruck von Gummireifen. Er stieß das Gatter auf und ritt hindurch.
Der Weg lief an zwei Seiten des Feldes entlang. Dann kam noch ein Gatter und ein anderes Feld, auf dem eine lange Futterrübenmiete und mehrere Scheunen standen. Beim Geräusch von Pollys Hufen kam ein Mann mit einem Malerpinsel in der Hand aus der nächsten Scheune und wartete, bis Wimsey herangeritten war.
»Morgen!« grüßte letzterer munter.

»Morgen, Sir.«

»Schöner Tag nach dem Regen.«

»Das ist wahr, Sir.«

»Ich bin doch hoffentlich nicht auf einem verbotenen Weg?«

»Wo wollten Sie denn hin, Sir?«

»Ich dachte – nanu!«

»Etwas nicht in Ordnung, Sir?«

Wimsey rückte im Sattel hin und her.

»Ich glaube, der Gurt ist etwas verrutscht. Er ist neu. Besser, ich sehe mal nach.«

Der Mann kam näher, um die Sache in Augenschein zu nehmen, aber Wimsey war bereits abgesprungen und zupfte, mit dem Kopf unter dem Bauch der Stute, an einem Riemen.

»Ja, er muß etwas enger geschnallt werden. Oh! Vielen Dank. Ist dies übrigens ein kürzerer Weg nach Abbotts Bolton?«

»Nicht zum Dorf, Sir, obgleich man von hier aus hinkommen kann. Dieser Weg führt zu Mr. Mortimers Ställen.«

»Ah, ja. Ist dies sein Land?«

»Nein, Sir, es gehört Mr. Topham. Aber Mr. Mortimer hat dieses und das benachbarte Feld gepachtet, um Viehfutter zu haben.«

»Ach so.« Wimsey lugte über die Hecke. »Luzerne. Oder Klee.«

»Klee, Sir. Und die Futterrüben sind für die Kühe.«

»Oh – hält Mr. Mortimer außer Pferden auch Kühe?«

»Ja, Sir.«

»Sehr schön. Zigarette?« Wimsey hatte sich interessiert bis an die Scheune herangeschlängelt und blickte geistesabwesend in das dunkle Innere. Dort standen einige Farmgeräte und ein antiker schwarzer Einspänner, der anscheinend gerade neu lackiert wurde. Wimsey zog ein paar Wachsstreichhölzer aus der Tasche. Die Schachtel war offenbar feucht; denn nach einigen vergeblichen Versuchen steckte er sie wieder ein und riß ein Streichholz an der Wand der Scheune an. Das Licht fiel auf den antiken Einspänner, und Wimsey sah, daß er ganz unpassend mit Gummireifen ausgestattet war.

»Wie ich gehört habe, hat Mr. Mortimer ein sehr feines Gestüt«, bemerkte Wimsey, ohne besonderes Interesse zu verraten.

»Ja, Sir, das stimmt.«

»Er hat wohl nicht zufällig ein paar Grauschimmel? Meine Mutter – eine imposante Frau mit viktorianischen Ideen – ist ganz versessen auf Schimmel. Hält sich eine zweispännige Equipage, wissen Sie.«

»So? Nun, ich glaube, Mr. Mortimer hätte bestimmt etwas Passendes für die Dame, Sir. Er hat mehrere Schimmel.«

»Wirklich? Dann muß ich ihn einmal aufsuchen. Ist es weit von hier?«

»Fünf bis sechs Meilen über die Felder, Sir.«

Wimsey blickte auf seine Uhr. »Das ist mir heute morgen leider zu weit. Ich habe fest versprochen, zum Lunch zurück zu sein. Vielleicht ein anderes Mal. Einstweilen vielen Dank. Sitzt der Gurt nun richtig? Tausend Dank. Hier, genehmigen Sie sich einen guten Schluck – und bestellen Sie Mr. Mortimer, er solle seine Schimmel nicht verkaufen, bevor ich sie gesehen habe. Also, guten Morgen und verbindlichen Dank.«

Wimsey schwang sich aufs Pferd und trabte langsam davon. Erst als er außer Sichtweite war, brachte er Polly zum Stehen, beugte sich aus dem Sattel und prüfte nachdenklich seine Stiefel. Sie waren reichlich mit Kleie beschmiert.

»Die muß aus der Scheune stammen«, meinte Wimsey. »Merkwürdig, wenn's stimmt. Warum sollte Mr. Mortimer in tiefster Nacht das Letzte aus seinen Gäulen herausholen – noch dazu mit umwickelten Hufen und ohne Köpfe? Nicht gerade sehr freundlich. Das hat Plunkett in Angst und Schrecken versetzt und bei mir Zweifel an meiner Nüchternheit erweckt. Soll ich es der Polizei melden? Gehen mich Mr. Mortimers Streiche etwas an? Was meinst *du* dazu, Polly?«

Die Stute, die ihren Namen hörte, schüttelte heftig den Kopf.

»Du bist nicht der Meinung. Vielleicht hast du recht. Nehmen wir an, Mr. Mortimer hat es wegen einer Wette getan. Warum soll ich mich um seinen Zeitvertreib kümmern? Aber ich bin doch froh«, fügte Seine Lordschaft hinzu, »daß es nicht an Lumsdens Whisky lag.«

»Dies ist die Bibliothek«, erklärte Haviland seinen Gästen. »Ein schöner Raum – und eine schöne Büchersammlung,

wie es heißt, denn ich selbst verstehe nichts weiter von Literatur. Mein alter Herr hatte leider auch nicht viel dafür übrig. Es muß alles instand gesetzt werden, wie Sie sehen. Ich weiß nicht, ob Martin es machen lassen wird. Dazu braucht man natürlich Geld.«
Die Bibliothek, ein langer, modriger Raum im kalten neuklassischen Stil, war an dem sonnenlosen grauen Nachmittag melancholisch genug, auch ohne die Spuren der Vernachlässigung, die einem Bücherliebhaber das Herz im Leibe umdrehten. Die Wände waren bis zur halben Höhe mit Bücherschränken bedeckt. Die andere Hälfte bis zur Stuckdecke war getüncht. Feuchtigkeit hatte groteske Figuren darauf hervorgezaubert, und hier und da zeigten sich häßliche Risse und abgeschuppte Stellen, von denen der Bewurf in gelblichen Blättern abfiel. Eine nasse Kälte schien den Büchern zu entströmen, den sich abschälenden Lederrücken, den grünlichen Schimmelflecken, die sich gräßlich von Band zu Band ausbreiteten. Der seltsam muffige Geruch von verdorbenem Leder und feuchtem Papier machte die ganze Atmosphäre noch trostloser.
»Ach, herrje!« stöhnte Wimsey, als er unglücklich in diese Gruft vergessener Gelehrsamkeit blinzelte. Mit hochgezogenen Schultern, langer Nase und halbgeschlossenen Augen glich er einem miesepetrigen Reiher, der über einer winterlichen Pfütze brütete.
»Was für ein eiskalter Raum!« rief Mrs. Hancock aus. »Sie sollten Mrs. Lovall wirklich schelten, Mr. Burdock. Als sie hier Hausverwalterin wurde, habe ich gleich zu meinem Mann gesagt – nicht wahr, Philip? –, daß Ihr Vater die faulste Frau in ganz Little Doddering ausgesucht hat. Sie hätte mindestens zweimal die Woche ein Feuer im Kamin machen sollen! Es ist wirklich schändlich, wie sie alles hat verkommen lassen.«
»Ja, nicht wahr?« pflichtete Haviland ihr bei.
Wimsey sagte nichts. Er schnüffelte an den Büchern, nahm hin und wieder einen Band heraus, um ihn sich näher anzusehen.
»Es war schon immer ein ziemlich deprimierender Raum«, fuhr Haviland fort. »Ich weiß noch, daß er mir als Kind gera-

dezu Schrecken einflößte. Martin und ich pflegten in den Büchern herumzuwühlen, aber wir fürchteten immer, daß irgend etwas oder irgend jemand aus den dunklen Ecken auf uns zuschleichen würde. Was haben Sie denn da, Lord Peter? Oh, *Foxe's Book of Martyrs.* Mein Gott! Wie haben mich diese Bilder in den alten Tagen erschreckt! Da war noch ein Band von *Pilgrim's Progress* mit einem höchst aufregenden Bild von Apollyon, das mir immer Alpdrücken verursachte. Es stand in diesem Erker. Ja, hier ist es. Ist es übrigens wertvoll?«
»Eigentlich nicht. Aber diese Erstausgabe von Burton ist kostbar. Und das hier ist ein außerordentlich feiner Boccaccio. Behandeln Sie ihn pfleglich.«
»John Boccaccio – *The Dance of Machabree.* Jedenfalls ein guter Titel. Ist das derselbe Boccaccio, der die anzüglichen Geschichten geschrieben hat?«
»Ja«, sagte Wimsey, etwas kurz angebunden. Ihm paßte diese Einstellung zu Boccaccio nicht.
»Habe sie nie gelesen«, erklärte Haviland, indem er seiner Frau zuzwinkerte, »aber ich glaube, der Vikar ist schockiert.«
»Durchaus nicht«, entgegnete Mr. Hancock mit einer sorgfältig zur Schau getragenen Toleranz. *›Et ego in Arcadia‹* – mit anderen Worten: Man wird nicht Pfarrer ohne eine klassische Ausbildung und ohne Bekanntschaft mit weltlicheren Autoren, als selbst Boccaccio es ist. Diese Holzschnitte erscheinen meinem Laienauge als sehr schön.«
»Das sind sie auch«, stimmte Wimsey zu.
»Da fällt mir noch ein anderes altes Buch ein mit fabelhaften Bildern«, sagte Haviland. »Eine Art Chronik – wie war doch gleich der Name – nach einer deutschen Stadt genannt, wo der Henker herkam. Gerade neulich wurde sein Tagebuch veröffentlicht. Wie hieß doch noch der Ort?«
»Nürnberg?« schug Wimsey vor.
»Richtig – die *Nürnberger Chronik.* Ob die wohl noch am alten Platz steht? Wenn ich mich recht erinnere, war sie hier am Fenster.«
Er führte sie zu einer Nische. Hier hatte die Feuchtigkeit verheerenden Schaden angerichtet; denn in dem nahe liegenden Fenster war eine Scheibe zerbrochen, durch die der Regen eindrang.

»Na, wo ist sie denn nur geblieben? Es war ein dickes Buch mit gepreßtem Ledereinband. Die alte Chronik würde ich gern mal wieder in die Hand nehmen. Ich habe sie ewig lange nicht mehr gesehen.«

Sein Blick glitt vage über die Regale. Wimsey mit dem Instinkt des Buchliebhabers war der erste, der die *Chronik* entdeckte. Er schob seine Finger hinter den Buchrücken, um das Buch herunterzuziehen. Als er jedoch spürte, daß das verrottete Leder bei der leisesten Berührung zerbröckelte, entfernte er ein benachbartes Buch und zog sie mit der ganzen Hand sanft heraus.

»Hier haben wir sie – leider in ziemlich schlechtem Zustand. Nanu!«

Als er das Buch von der Wand zog, fiel ihm ein gefaltetes Stück Pergamentpapier vor die Füße. Er bückte sich und hob es auf.

»Sagen Sie mal, Burdock – ist das nicht das Dokument, das Sie gesucht haben?«

Haviland Burdock, der auf einem der unteren Regale herumgewühlt hatte, richtete sich rasch auf. Sein Gesicht war vom Bücken rot angelaufen.

»Wahrhaftig!« rief er, wobei sein Gesicht vor Erregung zuerst noch roter und dann ganz blaß wurde. »Sieh mal, Winnie. Es ist das Testament. Wie merkwürdig! Wer hätte wohl daran gedacht, es ausgerechnet hier zu suchen?«

»Ist es wirklich das Testament?« rief Mrs. Hancock.

»Zweifellos«, bemerkte Wimsey kühl. »Letzter Wille und Testament von Simon Burdock.‹« Er stand da und drehte das schmutzige Dokument in den Händen.

»Wie seltsam!« sagte Mr. Hancock. »Es ist beinahe wie eine göttliche Vorsehung, daß Sie das Buch herausgenommen haben.«

»Was steht denn drin?« fragte Mrs. Burdock etwas aufgeregt.

»Verzeihung«, sagte Wimsey und reichte ihr das Dokument. »Ja, wie Sie schon bemerkten, Mr. Hancock, es sieht tatsächlich so aus, als ob ich es finden sollte.« Er blickte wieder auf die *Chronik* und zeichnete voll Kummer mit dem Finger einen feuchten Fleck nach, der den Deckel verrottet, sich bis auf die inneren Seiten ausgedehnt und den Kolophon fast ausgelöscht hatte.

Haviland Burdock hatte unterdessen das Testament auf einem nebenstehenden Tisch ausgebreitet. Seine Frau blickte ihm über die Schulter. Die Hancocks, die ihre Neugierde kaum bezähmen konnten, standen dabei und warteten auf weitere Enthüllungen. Wimsey tat so, als ob ihn diese Familienangelegenheit nichts angehe, und untersuchte die Wand, an der die *Chronik* gestanden hatte. Er betastete die feuchten Stellen, die wie ein grinsendes Gesicht aussahen, und verglich sie mit dem Fleck auf dem Buch. Dann schüttelte er traurig den Kopf.

Mr. Frobisher-Pym, der schon vor langem seine eigenen Wege gegangen war und sich in ein uraltes Buch über Roßarzneikunde vertieft hatte, kam nun herbei und erkundigte sich nach dem Grund der Aufregung.

»Hören Sie mal her!« rief Haviland. Obwohl seine Stimme ruhig klang, war doch ein verdeckter Triumph durchzuhören, und es glitzerte in seinen Augen. »›Ich vermache meinen ganzen Besitz‹ – hier folgt eine eingehende Aufstellung, die im Moment nicht von Bedeutung ist – ›meinem ältesten Sohn Martin –‹«

Mr. Frobisher-Pym pfiff vor sich hin.

»Hören Sie! ›Meinem ältesten Sohn Martin für so lange, wie meine Leiche sich über der Erde befindet. Aber sobald ich begraben bin, soll dieser ganze Besitz bedingungslos auf meinen jüngeren Sohn Haviland übergehen‹ –«

»Mein Gott!« stieß Mr. Frobisher-Pym hervor.

»Es steht noch viel mehr darin«, sagte Haviland, »aber das ist das Wesentlichste.«

»Darf ich sehen?« bat der Friedensrichter.

Er nahm das Testament in Empfang und las es mit gerunzelter Stirn durch.

»Ganz richtig«, bemerkte er dann. »Es besteht nicht der geringste Zweifel. Martin hat seinen Besitz gehabt und wieder verloren. Wie seltsam! Bis gestern hat ihm alles gehört, ohne daß jemand etwas davon wußte. Jetzt ist es Ihr Eigentum, Burdock. Dies ist bestimmt das eigenartigste Testament, das ich je gesehen habe. Man stelle sich das vor! Martin der Erbe bis zum Begräbnis und nun – na, Burdock, meinen Glückwunsch.«

»Danke«, erwiderte Haviland. »Das kommt ganz unerwartet für mich.« Er lachte etwas unsicher.

»Aber was für eine merkwürdige Idee!« rief Mrs. Burdock. »Wenn Martin nun zu Hause gewesen wäre! Es ist beinahe ein Segen, daß er nicht da war, nicht wahr? Es wäre alles so peinlich gewesen. Was wäre zum Beispiel passiert, wenn er versucht hätte, das Begräbnis zu verhindern?«

»Ja«, meinte Mrs. Hancock. »Hätte er etwas unternehmen können? Wer entscheidet solche Dinge?«

»Im allgemeinen die Testamentsvollstrecker«, erwiderte Mr. Frobisher-Pym.

»Wer sind die Testamentsvollstrecker in diesem Fall?« erkundigte sich Wimsey.

»Ich weiß es nicht. Woll'n mal sehen.« Mr. Frobisher-Pym las das Dokument noch einmal. »Aha, hier haben wir's. ›Ich ernenne meine beiden Söhne, Martin und Haviland, gemeinsam zu Testamentsvollstreckern dieses meines Letzten Willens.‹ Was für eine ungewöhnliche Bestimmung!«

»Ich nenne es eine böse, unchristliche Bestimmung«, rief Mrs. Hancock. »Sie hätte Unheil anrichten können, wenn das Testament nicht verlorengegangen wäre!«

»Pst, meine Liebe!« mahnte ihr Gatte.

»Leider«, sagte Haviland grimmig, »war es die Idee meines Vaters. Es ist sinnlos, so zu tun, als sei er nicht boshaft gewesen. Das war er ganz entschieden, und ich glaube, er hat Martin und mich bis aufs Blut gehaßt.«

»Das dürfen Sie nicht sagen«, flehte der Vikar.

»Ich tue es aber. Er hat uns das Leben zur Hölle gemacht, und offenbar wollte er das nach seinem Tod fortsetzen. Hätten wir uns gegenseitig die Gurgel durchgeschnitten, hätte er einen Mordsspaß gehabt. Es hat keinen Zweck zu heucheln. Er haßte unsere Mutter und war eifersüchtig auf uns. Das ist überall bekannt. Der Gedanke, daß wir uns um seine Leiche streiten würden, hat wahrscheinlich seinen unangenehmen Sinn für Humor gereizt. Glücklicherweise hat er sich selbst übertroffen, als er das Testament hier versteckte. Nun ist er begraben, und das Problem ist gelöst.«

»Sind Sie dessen ganz sicher?« fragte Wimsey.

»Aber natürlich«, erwiderte der Friedensrichter. »Der Besitz geht auf Haviland Burduck über, sobald die Leiche seines Vaters unter der Erde ist, und sein Vater wurde gestern begraben.«

»Aber sind Sie *davon* überzeugt?« wiederholte Wimsey. Er sah sie der Reihe nach merkwürdig an, wobei ein schwaches Grinsen um seine Lippen spielte.

»Davon überzeugt?« rief der Vikar aus. »Mein lieber Lord Peter, Sie haben doch selbst an der Beerdigung teilgenommen und mit eigenen Augen gesehen, wie er beigesetzt wurde.«

»Ich sah, wie sein Sarg beigesetzt wurde«, entgegnete Wimsey ganz ruhig. »Daß seine Leiche darin war, ist nur eine unbewiesene Folgerung.«

»Für meine Begriffe«, meinte Mr. Frobisher-Pym, »ist dies ein ziemlich unpassender Scherz. Es besteht kein Grund zu der Annahme, daß die Leiche nicht im Sarg war.«

»Ich habe sie im Sarg gesehen«, erklärte Haviland, »und meine Frau ebenfalls.«

»Ich auch«, betonte der Vikar. »Ich war zugegen, als sie aus dem zeitweiligen Sarg, in dem sie von den Staaten übers Meer geschickt worden war, in den endgültigen, mit Blei ausgeschlagenen Eichensarg gelegt wurde, den Joliffe geliefert hatte. Und wenn weitere Zeugen erforderlich sind, so kann man leicht Joliffe und seine Leute holen, die die Leiche eingesargt und den Deckel zugeschraubt haben.«

»Ganz recht«, gab Wimsey zu. »Ich bestreite nicht, daß die Leiche im Sarg war, als er in die Kapelle gestellt wurde. Ich bezweifle ja nur, ob sie noch darin war, als er in die Erde gesenkt wurde.«

»Das ist eine ganz unerhörte Idee, Lord Peter«, kritisierte Mr. Frobisher-Pym mit einiger Strenge. »Darf ich fragen, ob Sie eine Begründung für diese Annahme haben? Und vielleicht würden Sie uns auch verraten, wo sich die Leiche Ihrer Meinung nach befindet, wenn sie nicht im Grab ist.«

»Aber selbstverständlich«, antwortete Wimsey. Er schwang sich auf die Kante des Tisches, ließ seine Beine baumeln und blickte auf seine Hände herab, als er die einzelnen Punkte an den Fingern abzählte.

»Meiner Ansicht nach beginnt die ganze Geschichte mit dem jungen Rawlinson. Er ist Schreiber bei Mr. Graham, der das Testament aufsetzte, und ich nehme stark an, daß er über die Bestimmungen Bescheid weiß. Mr. Graham natürlich auch. Aber irgendwie habe ich ihn nicht im Verdacht, an dieser Angelegenheit beteiligt zu sein. Nach dem, was ich über ihn gehört habe, schlägt er sich auf keine Seite, bestimmt nicht auf die Mr. Martins.

Als die Nachricht von Mr. Burdocks Tod aus Amerika telegrafiert wurde, sind dem jungen Rawlinson wohl die Testamentsbestimmungen eingefallen, und er kam zu der Überzeugung, daß Mr. Martin durch seinen Aufenthalt im Ausland ziemlich benachteiligt war. Rawlinson muß übrigens sehr an Ihrem Bruder hängen –«

»Es ist immer Martins Art gewesen, Taugenichtse aufzulesen und seine Zeit mit ihnen zu verschwenden«, gab Haviland zu. Der Vikar hatte offenbar das Gefühl, daß diese Behauptung ein wenig gemildert werden müsse, und murmelte, daß er immer gehört habe, wie gut Martin es verstand, mit den Dorfburschen umzugehen.

»Ganz recht«, meinte Wimsey. »Na, ich glaube, der junge Rawlinson wollte Martin die gleiche Chance geben, sich das Erbteil zu sichern, verstehen Sie. Also beschloß er, die Leiche zu stehlen, damit sie über der Erde bleibt, bis Martin nach Hause kommt und selbst nach dem Rechten sehen kann.«

»Das ist eine ungewöhnlich schwere Beschuldigung«, begann Mr. Frobisher-Pym.

»Möglicherweise habe ich mich geirrt«, gab Wimsey zu. »Aber es ist nun einmal meine Idee, und es reimt sich alles tadellos zusammen. Als Rawlinson merkte, daß er die Aufgabe unmöglich allein bewältigen konnte, schaute er sich nach Helfern um und entschied sich für Mr. Mortimer.«

»Mortimer?«

»Ich kenne Mr. Mortimer nicht persönlich, sondern nur vom Hörensagen. Aber er soll kein Spielverderber sein, und außerdem besitzt er manche Vorteile, die nicht jeder hat. Der junge Rawlinson und Mortimer steckten die Köpfe zusammen und entwarfen einen Schlachtplan. Sie, Mr. Hancock, haben ihnen natürlich mit Ihrer Aufbahrungsidee tüchtig geholfen. Ich weiß nicht, ob sie es ohne diese günstige Gelegenheit geschafft hätten.«

Mr. Hancock schnalzte verwirrt mit der Zunge.

»Die Idee war folgende: Mortimer sollte einen alten Wagen mit vier weißen Pferden stellen und alles mit Leuchtfarbe und schwarzen Tüchern so herrichten, daß das Gespann die Todeskutsche der Burdocks darstellte. Dieser Plan hatte den Vorteil, daß niemand ein Verlangen spüren würde, dieses Gefährt zu inspizieren, wenn er es zu nächtlicher Stunde aus der Nähe auf dem Kirchhof stehen sähe. Inzwischen mußte Rawlinson dafür sorgen, daß er sich an der Totenwache in der Kapelle beteilgen durfte und einen Gefährten fand, der mit ihm die Wache teilte und die Sache mitmachte. Er verabredete sich mit dem Gastwirt und erzählte Mr. Hancock dies und jenes, damit er die Wache von vier bis sechs bekam. Schien es Ihnen nicht merkwürdig, Mr. Hancock, daß er unbedingt eigens von Herriotting herüberkommen wollte?«

»Ich bin gewohnt, daß die Mitglieder meiner Gemeinde Einsatzbereitschaft zeigen«, erwiderte Mr. Hancock gezwungen.

»Ja, aber Rawlinson gehört nicht zu Ihrer Gemeinde. Jedenfalls war alles geplant, und Mittwoch nacht fand eine Generalprobe statt, die den guten Plunkett zu Tode erschreckte.«

»Wenn ich wüßte, daß das wahr ist –«, sagte Mr. Frobisher-Pym.

»Donnerstag nacht«, fuhr Wimsey fort, »waren die Verschwörer startbereit und versteckten sich um zwei Uhr morgens beim Altar. Sie warteten, bis Mrs. und Miss Hancock ihren Platz eingenommen hatten, und machten dann Lärm, um die Aufmerksamkeit der beiden auf sich zu ziehen. Als die Damen mutig näher kamen, um herauszufinden, was los war, sprangen sie hervor und schoben sie in die Sakristei.«

»Meine Güte!« rief Mrs. Hancock dazwischen.

»Um diese Zeit sollte die Todeskutschenimitation am Südportal vorfahren. Sie kam wohl durch die Hintergasse, ich weiß es aber nicht genau. Dann nahmen Mortimer und die beiden anderen die einbalsamierte Leiche aus dem Sarg und legten statt dessen Säcke mit Sägemehl hinein. Ich weiß, daß es Sägemehl war; denn ich fand am Morgen Spuren davon auf dem Fußboden der Marienkapelle. Sie schafften die Leiche in den Wagen, und Mortimer fuhr damit los. Um halb drei Uhr kamen sie auf der Herriotting-Straße an mir vorbei, müssen sich also sehr beeilt haben. Mortimer mag allein gewesen sein, kann aber auch jemanden bei sich gehabt haben, der sich um die Leiche kümmerte, während er mit einer schwarzen Maske den kopflosen Kutscher spielte. Das kann ich nicht genau sagen. Sie fuhren durch das letzte Gatter, bevor man zu der Gabelung bei Frimpton kommt, dann über die Felder zu Mortimes Scheune. Dort ließen sie den Wagen stehen – das weiß ich zufällig, weil ich ihn gesehen habe. Auch habe ich die Kleie entdeckt, die sie zur Umwicklung der Pferdehufe benutzten. Von da aus haben sie die Leiche wohl in einem Auto weiterbefördert und die Pferde am nächsten Tag geholt. Ich weiß allerdings nicht, wo sie die Leiche gelassen haben. Aber wenn Sie Mortimer danach fragten, würde er Ihnen versichern können, daß sie noch über der Erde ist.«

Wimsey machte eine Pause. Mr. Frobisher-Pym und die Hancocks blickten nur verwirrt und zornig drein, aber Havilands Gesicht war grün. Bei Mrs. Haviland zeigte sich ein abgezirkelter roter Fleck auf jeder Backe, und ihr Mund sah verhärmt aus. Wimsey nahm die *Nürnberger Chronik* in die Hand und strich nachdenklich über den Einband, während er fortfuhr:

»Inzwischen besorgten natürlich der junge Rawlinson und sein Gefährte die Tarnung in der Kirche, um eine antiklerikale Ausschreitung vorzutäuschen. Sobald sie alles hübsch und nett hergerichtet hatten, brauchten sie sich nur noch in den Heizungsraum einzuschließen und den Schlüssel aus dem Fenster zu werfen. Dort werden Sie ihn wahrscheinlich finden, Mr. Hancock, wenn Sie Lust haben, nachzusehen. Erschien Ihnen die Geschichte eines Angriffs durch zwei oder drei Männer nicht etwas fadenscheinig? Hubbard ist groß und stämmig, und Rawlinson ist auch nicht gerade schwach auf der Brust – und doch wurden sie, wie sie selbst sagten, hilflosen Kindern gleich in einen Kohlenraum geschubst, ohne eine Schramme abzubekommen. Suchen Sie einmal die Männer, die nicht vorhanden sind, mein lieber Sir!«

»Hören Sie zu, Wimsey«, sagte Mr. Frobisher-Pym, »phantasieren Sie auch bestimmt nicht? Man müßte natürlich klare Beweise haben, ehe man –«

»Gewiß«, erwiderte Wimsey. »Holen Sie sich vom Innenministerium eine Genehmigung und lassen Sie das Grab öffnen. Dann werden Sie schon sehen, ob die Geschichte wahr oder nur ein Produkt meiner krankhaften Phantasie ist.«

»Für meine Begriffe ist die ganze Unterhaltung ekelhaft«, erklärte Mrs. Burdock. »Hör nicht darauf, Haviland. Ich kann mir einfach nichts Herzloseres vorstellen, als einen Tag nach Vaters Begräbnis hier zu sitzen und eine so abstoßende Geschichte zu erfinden. Sie ist es nicht wert, daß man ihr auch nur eine Sekunde Aufmerksamkeit schenkt. Du wirst doch wohl nicht gestatten, daß die Totenruhe deines Vaters gestört wird. Es ist schrecklich. Es ist eine Entweihung.«

»Es ist allerdings sehr unangenehm«, gab Mr. Frobisher-Pym mit ernster Miene zu. »Aber wenn Lord Peter allen Ernstes diese erstaunliche Theorie aufstellt, der ich kaum Glauben schenke kann –«

Wimsey zuckte die Schultern.

»– dann fühle ich mich verpflichtet, Sie darauf aufmerksam zu machen, Mr. Burdock, daß Ihr Bruder bei seiner Rückkehr auf einer Untersuchung bestehen mag.«

»Das kann er doch nicht!« protestierte Mrs. Burdock.

»Natürlich kann er das«, stieß ihr Mann wütend hervor. »Er ist doch einer der Testamentsvollstrecker. Er ist ebenso berechtigt, den alten Herrn ausgraben zu lassen, wie ich, es zu verbieten. Sei doch nicht so töricht.«

»Wenn Martin einen Funken von Anstand hat, wird er es nicht wollen«, erklärte Mrs. Burdock.

»Na ja«, warf Mrs. Hancock ein, »so unerhört es auch klingen mag, man muß doch die Geldfrage berücksichtigen. Mr. Martin betrachtet es vielleicht als eine Pflicht seiner Frau und seinen Kindern gegenüber – wenn er jemals welche haben sollte –«

»Das Ganze ist einfach lächerlich«, sagte Haviland resolut. »Ich glaube kein Wort davon. Wenn das der Fall wäre, würde

ich als allererster entsprechende Schritte unternehmen – nicht nur, um Martin Gerechtigkeit widerfahren zu lassen, sondern auch meinetwegen. Aber wenn ich glauben soll, daß ein verantwortungsbewußter Mann wie Mortimer eine Leiche gestohlen und eine Kirche entweiht hat – mein Gott, man braucht es bloß in Worte zu fassen, um zu sehen, wie absurd und undenkbar die Sache ist. Vielleicht findet Lord Peter Wimsey, der sich ja viel mit Verbrechen und Polizeibeamten abgeben soll, die Vorstellung nachvollziehbar. Ich jedenfalls nicht. Es tut mir leid, daß sein Herz sich gegen jedes anständige Gefühl so abgestumpft hat. Damit basta. Guten Tag.«
Mr. Frobisher-Pym sprang auf.
»Na, na, Burdock, so dürfen Sie es nicht auffassen. Ich bin überzeugt, daß Lord Peter keine Unhöflichkeit beabsichtigte. Meiner Ansicht nach hat er völlig unrecht. Aber du meine Güte, in den letzten Tagen ist im Dorf so viel Aufregendes passiert, daß ich nicht überrascht bin, wenn jemand glaubt, es stecke etwas dahinter. Denken wir nicht mehr daran – und wäre es nicht besser, wenn wir diesen schrecklichen Raum endlich verließen? Es ist beinahe Essenszeit. Gütiger Himmel, was wird Agatha von uns denken?«
Wimsey reichte Burdock die Hand, der sie zögernd nahm.
»Es tut mir leid«, erklärte Wimsey. »Meine Phantasie geht leicht mit mir durch, wissen Sie. Wahrscheinlich Überreizung der Schilddrüse. Achten Sie nicht auf mich. Ich bitte nochmals um Entschuldigung.«
»Ich glaube, Lord Peter«, stichelte Mrs. Burdock, »Sie sollten Ihre Phantasie nicht auf Kosten des guten Geschmacks ins Kraut schießen lassen.«
Wimsey folgte ihr etwas verwirrt aus dem Zimmer. Ja, er war so verstört, daß er die *Nürnberger Chronik* mitnahm, was unter diesen Umständen etwas merkwürdig war.

»Ich bin tief bestürzt«, sagte Mr. Hancock.
Er war nach dem Abendgottesdienst am Sonntag zu den Frobisher-Pyms herübergekommen und saß mit vor Besorgnis gerötetem Gesicht aufrecht auf seinem Stuhl.
»Das hätte ich von Hubbard niemals erwartet. Es war ein schwerer Schock für mich. Es ist nicht nur die schwere

Sünde, einen Leichnam aus dem Bereich der Kirche zu stehlen, obwohl das schwerwiegend genug ist. Nein, es ist vor allen Dingen die traurige Heuchelei seines Verhaltens – das Verspotten heiliger Dinge, das Ausnutzen heiliger religiöser Bräuche für weltliche Zwecke. Mit allen Zeichen der Trauer und des Respekts nahm er an der Beerdigung teil, Mr. Frobisher-Pym. Selbst jetzt kommt ihm offenbar die Sündhaftigkeit seines Betragens noch nicht zum Bewußtsein. Es geht mir sehr nahe als Priester und als Seelsorger, wirklich sehr nahe.«
»Nun ja, Hancock«, entgegnete Mr. Frobisher-Pym, »Sie müssen eben etwas Nachsicht üben. Hubbard ist kein schlechter Kerl, aber von einem Menschen seines Standes können Sie kein Zartgefühl erwarten. Der springende Punkt ist: Was sollen wir machen? Mr. Burdock muß es natürlich gesagt werden. Es ist eine sehr peinliche Situation. Meine Güte! Hubbard hat also das ganze Komplott eingestanden? Wie kam er dazu?«
»Ich habe ihn bezichtigt«, erwiderte der Pfarrer. »Als ich über Lord Peter Wimseys Bemerkungen nachdachte, war ich innerlich sehr beunruhigt. Ich hatte das Gefühl – warum, weiß ich nicht –, es könnte etwas Wahres an der Geschichte sein, so phantastisch sie auch klang. Ich habe mir so viele Gedanken darüber gemacht, daß ich gestern abend die Marienkapelle selbst ausgekehrt habe, und ich entdeckte eine Menge Sägemehl im Kehricht. Das bewog mich, nach dem Schlüssel des Heizungsraums zu suchen, und ich fand ihn im Gebüsch – tatsächlich in Wurfweite des Fensters. Ich suchte Zuflucht im Gebet und auch bei meiner Frau, auf deren Urteil ich sehr viel gebe – und faßte dann den Entschluß, nach der Messe mit Hubbard zu reden. Es war mir eine große Erleichterung, daß er nicht zur Frühmesse erschien. Angesichts meiner Gefühle hätte ich doch einige Skrupel gehabt.«
»Ganz recht, ganz recht«, bemerkte der Friedensrichter ein wenig ungeduldig. »Sie bezichtigten ihn also, und er bekannte Farbe?«
»Ja. Leider zeigte er überhaupt keine Reue. Er lachte sogar. Eine höchst peinliche Unterredung.«
»Das kann ich mir lebhaft vorstellen«, versicherte ihm Mrs. Frobisher-Pym teilnahmsvoll.

»Wir müssen unbedingt Burdock aufsuchen«, erklärte der Friedensrichter und erhob sich. »Ganz gleich, was der alte Burdock mit seinem ungerechten Testament beabsichtigt haben mag, es liegt klar auf der Hand, daß Hubbard, Mortimer und Rawlinson nicht so handeln durften. Ich weiß wahrhaftig nicht, ob Leichenraub ein strafbares Vergehen ist. Ich muß einmal nachschlagen. Aber ich glaube es bestimmt. Wenn eine Leiche einen Besitz darstellt, so muß sie der Familie oder den Testamentsvollstreckern gehören. Auf jeden Fall ist es ein Kirchenraub, ganz zu schweigen von dem Skandal in der Gemeinde. Ich muß schon sagen, Hancock, die Nonkonformisten werden sich ins Fäustchen lachen; der Meinung sind Sie sicher auch. Na, es ist eine unangenehme Aufgabe, und je eher wir sie in Angriff nehmen, desto besser. Ich gehe mit Ihnen ins Pfarrhaus und helfe Ihnen, Wimsey? Sie hatten also doch recht, und meiner Ansicht nach muß sich Burdock bei Ihnen entschuldigen.«

»Ich will mit der Sache nichts mehr zu tun haben«, antwortete Wimsey. »ich werde nicht gerade hoch im Kurs stehen bei den Burdocks; denn für Haviland und seine Frau bedeutet es doch eine ziemlich herbe Geldeinbuße.«

»Das stimmt. Höchst unangenehm. Na, vielleicht haben Sie recht. Kommen Sie, Hancock.«

Wimsey und seine Gastgeberin saßen am Feuer und hatten die Angelegenheit etwa eine halbe Stunde lang diskutiert, als Mr. Frobisher-Pym plötzlich seinen Kopf durch die Tür steckte und sagte:

»Hören Sie mal, Wimsey – wir wollen alle zu Mortimer gehen, und es wäre mir lieb, wenn Sie mitkämen und den Wagen fahren würden. Merridew hat sonntags immer frei, und ich setze mich nachts nicht gern ans Steuer, besonders nicht bei diesem Nebel.«

»Selbstverständlich«, lautete die Antwort. Wimsey rannte nach oben und kam nach wenigen Sekunden wieder herunter in einem schweren ledernen Fliegermantel und mit einem Paket unter dem Arm. Er begrüßte die Burdocks kurz, kletterte auf den Fahrersitz und steuerte den Wagen vorsichtig durch den Nebel die Herriotting-Straße entlang.

Er lächelte etwas grimmig vor sich hin, als sie die mit Bäumen bestandene Straße hinauffuhren und zu der Stelle kamen, wo die Geisterkutsche an ihm vorübergefahren war. Als sie das Gatter passierten, durch das die sinnreich erdachte Gespensterkutsche verschwunden war, ließ er es sich nicht nehmen, darauf hinzuweisen, und hörte mit Befriedigung, wie Haviland knurrte. Bei der altvertrauten Gabelung wählte er die rechte Biegung nach Frimpton und fuhr in gleichmäßigem Tempo etwa sechs Meilen weiter, bis ihn ein Warnruf von Mr. Frobisher-Pym auf den Seitenweg zu Mortimers Haus aufmerksam machte.

Mr. Mortimers Haus stand mit seinen ausgedehnten Stallungen und Scheunen etwa zwei Meilen abseits der Hauptstraße. In der Dunkelheit konnte Wimsey wenig erkennen, aber es fiel ihm auf, daß die Fenster des Erdgeschosses alle hell erleuchtet waren, und als auf das gebieterische Klingeln des Friedensrichters hin die Tür geöffnet wurde, deutete ein schallendes Gelächter aus dem Innern darauf hin, daß Mr. Mortimer seine Missetaten nicht allzu ernst nahm.

»Ist Mr. Mortimer zu Hause?« fragte Mr. Frobisher-Pym im Ton eines Mannes, der nicht mit sich spaßen läßt.

»Ja. Sir. Wollen Sie bitte eintreten?«

Sie kamen in eine große, altmodische, hell erleuchtete Halle, die durch eine vor der Haustür aufgestellte Schutzwand aus schwerer Eiche recht gemütlich wirkte. Als Wimsey aus der Dunkelheit blinzelnd ins Helle trat, sah er einen großen, beleibten Mann mit rötlichem Gesicht und ausgestreckten Händen auf sie zukommen.

»Frobisher-Pym! Wahrhaftig! Wie schön, daß Sie gekommen sind! Es sind ein paar gute Freunde von Ihnen hier. Oh!« (in etwas verändertem Ton) »Burdock! Das ist ja –«

»Zum Teufel mit Ihnen!« rief Haviland Burdock und stürzte wütend am Friedensrichter vorbei, der ihn zurückzuhalten versuchte. »Zum Teufel, Sie Schwein! Hören Sie auf mit dieser verdammten Farce. Was haben Sie mit der Leiche gemacht?«

»Leiche?« fragte Mr. Mortimer und trat etwas verlegen zurück.

»Ja, verflucht noch mal! Ihr Freund Hubbard hat alles gestanden. Also hat es keinen Zweck, die Sache abzustreiten. Zum

Kuckuck, was soll das eigentlich heißen? Die Leiche haben Sie sicher hier versteckt. Wo ist sie? Heraus damit!«

Er schritt drohend um die Schutzwand herum ins Lampenlicht. Ein großer, schlanker Mann erhob sich unerwartet aus einem tiefen Sessel und trat ihm entgegen.

»Nicht so hastig, alter Knabe!«

»Lieber Gott!« Haviland fuhr zurück und trat Wimsey dabei heftig auf die Zehen. »Martin!«

»Sicher«, erwiderte der andere. »Hier bin ich. Unkraut vergeht nicht. Wie geht's dir denn?«

»*Du* bist also die treibende Kraft in dieser Angelegenheit!« tobte Haviland. »Das hätte ich mir ja denken können. Du verdammter Hund. Bildest du dir vielleicht ein, daß es anständig ist, deinen Vater aus dem Sarg zu zerren und ihn wie eine Zirkusattraktion im Lande herumzuschleifen? Es ist entwürdigend. Es ist ekelhaft. Es ist abscheulich. Du bist anscheinend eines anständigen Gefühls nicht mehr fähig. Du willst die Sache doch wohl nicht etwa abstreiten?«

»Hören Sie mal, Burdock!« protestierte Mortimer.

»Halten Sie Ihren Mund, verflucht noch mal!« schimpfte Haviland. »Sie kommen schon noch an die Reihe. Nun hör zu, Martin, ich habe von diesem schändlichen Theater genug. Du wirst sofort die Leiche herausrücken und –«

»Einen Augenblick mal«, entgegnete Martin. Er stand, ein wenig lächelnd, da und hatte die Hände in den Taschen seines Smokings vergraben. »Diese Auseinandersetzung scheint ja reichlich öffentlich vor sich zu gehen. Wer sind alle diese Leute? Oh, der Pfarrer, wie ich sehe. Ich fürchte, wir schulden Ihnen eine kleine Erklärung. Und – hm –«

»Dies ist Lord Peter Wimsey«, schaltete sich Mr. Frobisher-Pym ein. »Er entdeckte Ihr – ich fürchte, Burdock, ich muß auch die Bezeichnung Ihres Bruders wählen und sagen – Ihr ekelhaftes Komplott.«

»Du liebe Zeit!« rief Martin. »Mortimer, Sie haben wohl nicht gewußt, daß Sie es mit Lord Peter Wimsey zu tun hatten, wie? Kein Wunder, daß die Katze aus dem Sack ist. Dieser Mann ist ein regelrechter Sherlock Holmes. Da bin ich offenbar im entscheidenden Moment nach Hause gekommen. Diana, darf ich dir Lord Peter Wimsey vorstellen – meine Frau.«

Eine hübsche junge Frau im schwarzen Abendkleid begrüßte Wimsey mit scheuem Lächeln und wandte sich bittend an ihren Schwager.

»Haviland, wir wollen dir erklären –«

Er schenkte ihr keine Aufmerksamkeit.

»Also, Martin, ich glaube, das Spiel ist aus.«

»Ich auch, Haviland. Aber warum dieser ganze Spektakel?«

»Spektakel! Das ist ja wunderbar. Dabei stiehlst du die Leiche deines eigenen Vaters aus dem Sarg –«

»Nein, nein, Haviland. Davon habe ich nichts gewußt. Das kann ich beschwören. Ich habe die Nachricht von seinem Tod erst vor wenigen Tagen erhalten. Wir waren weit ab vom Schuß, drehten einen Film in den Pyrenäen. Sobald ich weg konnte, bin ich hergeeilt. Mortimer hier hat mit Rawlinson und Hubbard die ganze Sache inszeniert. Ich habe nichts davon gewußt, bis ich gestern morgen in meiner alten Wohnung in Paris einen Brief von ihm vorfand. Ehrlich gesagt, Haviland, ich habe nichts damit zu tun. Warum auch? Ich hatte dergleichen ja gar nicht nötig.«

»Was willst du damit sagen?«

»Na, wenn ich hiergewesen wäre, hätte ich doch bloß den Mund aufzumachen brauchen, um die Beisetzung zu verbieten. Warum in aller Welt hätte ich mir die Mühe machen sollen, die Leiche zu stehlen? Ganz abgesehen von der Pietätlosigkeit und so weiter. Als Mortimer mir davon berichtete, war ich sogar ein wenig empört, obgleich ich ihnen ihren guten Willen und die Mühe, die sie sich meinetwegen gemacht hatten, hoch anrechnete. Mr. Hancock hat wohl am meisten Grund, zornig zu sein. Aber Mortimer ist so vorsichtig wie möglich gewesen, Sir – ganz bestimmt. Er hat den alten Herrn ganz ehrerbietig und hochanständig in der früheren Kapelle untergebracht, ihn mit Blumen umgeben und alles. Sie werden bestimmt zufrieden sein.«

»Ja, ja«, stimmte Mortimer zu. »Es war keine Pietätlosigkeit beabsichtigt. Das dürfen Sie mir glauben. Besuchen Sie ihn einmal.«

»Es ist schrecklich«, erklärte der Vikar hilflos.

»Während meiner Abwesenheit mußten sie eben tun, was in ihren Kräften stand. Das sehen Sie doch ein, nicht wahr? Sobald ich kann, werde ich die nötigen Anordnungen für eine passende Gruft treffen – oberhalb der Erde natürlich. Oder vielleicht wäre es ebenso richtig, ihn verbrennen zu lassen.«

»Was!« keuchte Haviland. »Bildest du dir etwa ein, daß ich meinen Vater unbeerdigt lasse nur wegen deiner widerlichen Geldgier?«

»Mein lieber Bruder, denkst du etwa, ich gestatte dir, ihn unter die Erde zu bringen, nur damit du meinen Besitz einheimsen kannst?«

»Ich bin sein Testamentsvollstrecker, und ich sage, er muß begraben werden, ob es dir paßt oder nicht!«

»Und ich bin auch sein Testamentsvollstecker – und ich sage, er wird nicht begraben. Er kann ganz anständig oberhalb der Erde aufbewahrt werden, und das soll auch geschehen.«

»Hören Sie doch mal einen Moment zu«, warf der Pfarrer ein, der ganz verstört zwischen diesen beiden Kampfhähnen stand.

»Ich will wissen, was Graham dazu sagt«, kreischte Haviland.

»Ach ja – dieser ehrliche Rechtsanwalt«, höhnte Martin. »*Er* wußte, was im Testament stand, nicht wahr? Er hat es wohl nicht zufällig *dir* gegenüber erwähnt, wie?«

»Das hat er nicht getan«, erwiderte Haviland. »Er hat überhaupt nichts davon gesagt, weil er nur zu gut wußte, was für ein Kotzbrocken du bist. Nicht damit zufrieden, daß du durch deine elende, erpresserische Heirat Schande über uns gebracht hast –«

»Mr. Burdock, Mr. Burdock –«

»Nimm dich in acht, Haviland!«

»Du bist so schamlos –«

»Schweig!«

»– daß du die Leiche deines Vaters und mein Geld stiehlst, damit du und deine verdammte Frau euren lockeren Lebenswandel mit einem Haufen Filmschauspielern und Tänzerinnen fortsetzen könnt –«

»Ich rate dir eins, Haviland. Laß meine Frau und meine Freunde aus dem Spiel. Wie ist es denn bei euch bestellt? Mir hat jemand gesagt, daß Winnie das Geldausgeben auch ziemlich gut versteht – du bist doch beinahe bankrott, nicht wahr? Durch die Pferdchen, die Spieltische und wer weiß was noch! Kein Wunder, daß du deinen Bruder um sein Geld betrügen willst. Ich habe nie eine hohe Meinung von dir gehabt, Haviland, aber bei Gott –«

»Einen Moment!«

Mr. Frobisher-Pym war es endlich gelungen, sich durchzusetzen, teils, weil er gewohnt war, Autorität auszuüben, teils, weil die Brüder sich heiser geschrien hatten.

»Einen Moment, Martin. Ich will Sie so nennen, weil ich Sie lange gekannt habe und Ihren Vater ebenfalls. Ich verstehe Ihren Zorn über das, was Haviland gesagt hat. Es war unverzeihlich, und ich bin überzeugt, daß er das einsehen wird, wenn er zu Verstande kommt. Aber Sie müssen daran denken, daß er – ebenso wie wir alle – durch diese sehr, sehr peinliche Angelegenheit im höchsten Grade schockiert ist. Und es ist auch nicht gerecht zu behaupten, daß Haviland versucht habe, Sie um Ihr Geld zu betrügen. Er hat von diesem boshaften Testament nichts gewußt, und er hat einfach dafür gesorgt, daß die üblichen Vorkehrungen für die Beerdigung getroffen wurden. Sie müssen sich auf gütlichem Wege einigen, wie Sie das auch getan haben würden, wenn das Testament nicht zufällig verlegt worden wäre. Also, Martin, und auch Haviland, überlegen Sie sich die Sache. Meine lieben Jungen, dieser Auftritt ist einfach entsetzlich. So etwas darf nicht vorkommen. Sie können den Besitz doch freundschaftlich unter sich aufteilen. Es ist schrecklich, daß die Leiche eines alten Mannes, nur des elenden Mammons wegen, einen Zankapfel zwischen seinen eigenen Söhnen darstellt.«

»Ich bitte um Entschuldigung«, sagte Martin. »Ich bin zu weit gegangen. Sie haben vollkommen recht, Sir. Hör mal, Haviland, vergiß die ganze Geschichte. Ich will dir die Hälfte des Geldes überlassen –«

»Die Hälfte des Geldes! Aber es gehört doch alles mir. *Du* willst mir dic Hälfte des Geldes überlassen? Wie verdammt großzügig von dir! Mein eigenes Geld!«

»Nein, alter Knabe. Im Augenblick gehört es mir. Der alte Herr ist noch nicht begraben, weißt du. Das ist doch korrekt, nicht wahr, Mr. Frobisher-Pym?«

»Ja; im Augenblick gehört das Geld gesetzlich Ihnen. Das

müssen Sie doch einsehen, Haviland. Aber Ihr Bruder bietet Ihnen die Hälfte an, und –«

»Die Hälfte! Ich wäre verrückt, wenn ich die Hälfte nähme. Der Mann hat versucht, mich zu betrügen. Ich werde die Polizei holen und ihn ins Gefängnis werfen lassen wegen Kirchenraubs, das kann ich Ihnen versichern. Wo ist das Telefon?«

»Entschuldigen Sie, bitte«, ließ Wimsey sich hören. »Ich wollte mich ja eigentlich nicht mehr in Ihre Familienangelegenheiten mischen, aber ich rate Ihnen wirklich ab, die Polizei kommen zu lassen.«

»So, *Sie* raten mir davon ab. Was hat das mit Ihnen zu tun, zum Kuckuck noch mal?«

»Nun«, sagte Wimsey eindringlich, »wenn diese Testamentsangelegenheit vor Gericht kommt, werde ich wahrscheinlich eine Aussage machen müssen, da ich schließlich derjenige war, der das Ding gefunden hat.«

»Ja, und?«

»Man könnte mich fragen, wie lange das Testament wohl in dem Versteck gelegen hat.«

Haviland schien einen Kloß im Hals zu haben, der seine Sprache beeinträchtigte.

»Und was täte das zur Sache?«

»Es ist ziemlich merkwürdig, wenn man es sich genau überlegt. Ich meine, Ihr verstorbener Vater muß das Testament im Bücherschrank versteckt haben, bevor er ins Ausland ging. Das war – vor drei Jahren? Vor fünf Jahren?«

»Vor etwa vier Jahren.«

»Na, also. Und seitdem hat Ihre gescheite Hausverwalterin die Feuchtigkeit in die Bibliothek eindringen lassen, nicht wahr? Kein Feuer, ein zerbrochenes Fenster und so weiter. Verheerend für die Bücher. Sehr traurig für Leute wie mich. Nun ja. Nehmen wir einmal an, man würde diese Frage stellen – und Sie würden antworten, es habe vier Jahre im Feuchten gelegen. Würde man es nicht komisch finden, wenn ich aussagte, daß sich am Ende des Bücherregals ein großer, feuchter Fleck befindet, der wie ein grinsendes Gesicht aussieht, daß ein entsprechendes großes, grinsendes Gesicht auf der alten *Nürnberger Chronik* zu finden ist und überhaupt kein Fleck auf dem Testament, das vier Jahre lang zwischen beiden gesteckt haben soll?«

Mrs. Haviland schrie plötzlich: »Haviland! Du Dummkopf! Du großer Dummkopf!«

»Halt deinen Mund!«

Mit einem Wutschrei fuhr Haviland auf seine Frau los, die in einem Sessel zusammenbrach und sich die Hand vor den Mund hielt.

»Danke vielmals, Winnie«, sagte Martin. »Nein, Haviland, du brauchst keine Erklärungen abzugeben. Winnie hat alles verraten. Du wußtest also Bescheid – du *kanntest* das Testament. Hast es absichtlich versteckt und alles für die Beerdigung vorbereitet. Ich bin dir unendlich dankbar – beinahe so dankbar wie dem diskreten Graham. Gilt das Verstecken von Testamenten als Unterschlagung oder als Komplott oder als was? Mr. Frobisher-Pym wird's wissen.«

»Ach, du liebe Zeit!« sagte der Friedensrichter. »Sind Sie Ihrer Sache auch sicher, Wimsey?«

»Ganz sicher«, erwiderte Wimsey und zog die *Nürnberger Chronik* hervor. »Hier ist der Fleck – Sie können sich selbst überzeugen. Verzeihen Sie, daß ich Ihr Eigentum entliehen habe, Mr. Burdock. Ich fürchtete aber, Mr. Haviland könnte in den stillen Stunden der Nacht über diese kleine Abweichung nachdenken und den Entschluß fassen, die *Chronik* zu verkaufen oder zu verschenken, oder zu der Ansicht gelangen, daß sie ohne Deckel besser aussähe. Gestatten Sie, daß ich sie Ihnen zurückgebe, Mr. Martin, und zwar intakt. Sie werden mir vielleicht verzeihen, wenn ich sage, daß ich keine der Rollen in diesem Melodram sehr bewundere. Es wirft, wie Mr. Pecksniff sagen würde, ein trauriges Licht auf die menschliche Natur. Aber besonders habe ich mich über die Art und Weise geärgert, in der man mich zum Bücherregal lotste und zum gescheiten, unabhängigen Zeugen machte, der das Testament fand. Ich mag ein Narr sein, Mr. Haviland Burdock, aber ich bin kein Erznarr. Gute Nacht. Ich werde im Wagen warten, bis alle fertig sind.«

Wimsey schritt würdevoll hinaus.

Bald folgten ihm der Vikar und Mr. Frobisher-Pym.

»Mortimer bringt Haviland und seine Frau zum Bahnhof«,

berichtete der Friedensrichter. »Sie kehren sofort nach London zurück. Sie können ihnen das Gepäck morgen nachschicken, Hancock. Wir machen am besten, daß wir fortkommen.«

Wimsey drückte auf den Anlasser.

Im selben Augenblick rannte ein Mann eilig die Treppe hinunter und trat zu ihm an den Wagen. Es war Martin.

»Hören Sie«, murmelte er. »Sie haben mir einen großen Gefallen getan – den ich eigentlich nicht verdiene. Sie müssen mich für ein Schwein halten. Aber ich werde dafür sorgen, daß der alte Herr anständig begraben wird, und ich werde das Vermögen mit Haviland teilen. Sie dürfen ihn auch nicht zu sehr verurteilen. Seine Frau ist ein schreckliches Wesen. Sie hat ihn bis über die Ohren in Schulden gebracht und sein Geschäft ruiniert. Ich sorge dafür, daß alles in Ordnung kommt. Verstehen Sie? Ich möchte nicht, daß Sie zu schlecht von uns denken.«

»So ist's recht!« sagte Wimsey.

Er legte den Gang ein und verschwand im nassen, weißen Nebel.

Die Anglerfarce vom gestohlenen Magen

»Was, um alles in der Welt, ist denn das?« fragte Lord Peter Wimsey.

Thomas Macpherson schälte den hohen Glasbehälter aus seinen letzten Stroh- und Papierhüllen und stellte ihn behutsam aufrecht neben die Kaffeekanne.

»Das ist«, erwiderte er, »Großonkel Josephs Vermächtnis.«

»Und wer ist Großonkel Joseph?«

»Er war der Onkel meiner Mutter. Hieß Ferguson. Exzentrischer alter Kauz. Ich hatte einen besonderen Stein bei ihm im Brett.«

»Das merkt man. Ist das alles, was er dir vermacht hat?«

»Hm, ja. Er behauptete immer, eine gute Verdauung sei das Wertvollste, was ein Mensch besitzen könne.«

»Darin hat er nicht unrecht. Ist dies die seine? Besaß er eine gute?«

»Das kann man wohl sagen. Er ist fünfundneunzig geworden und nicht einen Tag krank gewesen.«

Wimsey betrachtete den Glasbehälter mit großem Respekt.

»Woran ist er denn gestorben?«

»Stürzte sich aus einem Fenster im sechsten Stock. Er hatte einen Schlaganfall erlitten, und die Ärzte gaben ihm zu verstehen – vielleicht hat er es auch selbst erraten –, daß das der Anfang vom Ende sei. Er hinterließ einen Brief, darin stand, er sei nie in seinem Leben krank gewesen und wolle jetzt nicht noch damit anfangen. Das Urteil lautete natürlich: vorübergehende geistige Umnachtung. Aber ich glaube, er hatte alle seine fünf Sinne beisammen.«

»Das scheint mir auch so. Was war er eigentlich von Beruf?«

»Geschäftsmann – Schiffsbau, glaube ich. Aber er hatte sich schon vor langer Zeit zur Ruhe gesetzt. Er war ein Einsiedler, wie es in den Zeitungen hieß. Lebte ganz für sich allein auf einer kleinen Etage im obersten Stockwerk eines Hauses in Glasgow und verkehrte mit niemandem. Verschwand oft tagelang, und niemand wußte wohin oder warum. Ich besuchte ihn gewöhnlich einmal im Jahr und brachte ihm eine Flasche Whisky mit.«

»Hatte er Geld?«

»Das wußte niemand. Er hätte eigentlich etwas haben müssen – er war ein reicher Mann, als er sich zur Ruhe setzte. Aber als wir seinen Nachlaß prüften, stellte sich heraus, daß er bei der Glasgower Bank nur ein Konto von etwa fünfhundert Pfund hatte. Anscheinend hat er vor ungefähr zwanzig Jahren fast alles abgehoben. Um die Zeit machten einige große Banken pleite, und da muß er es mit der Angst bekommen haben. Aber wo er das Geld gelassen hat, das mag der Kuckuck wissen.«

»Hat es wahrscheinlich in einen alten Strumpf gesteckt.«

»Ich denke mir, Vetter Robert erhofft das sehnlichst.«

»Vetter Robert?«

»Er erbt den Rest. Entfernter Verwandter von mir und der einzige, der noch den Namen Ferguson trägt. Er war schrecklich aufgebracht, als er entdeckte, daß er nur fünfhundert Pfund bekam. Ist ein ziemlich lebenslustiger Geselle, dieser Robert, und hätte gut ein paar tausend gebrauchen können.«

»Ach so. Na, wie wär's, wenn wir uns nun dem Frühstück zuwendeten. Du kannst Großonkel Joseph wohl woanders unterbringen. Der Anblick ist nicht gerade begeisternd.«

»Ich dachte, du hättest eine besondere Vorliebe für anatomische Präparate.«

»Habe ich auch, aber nicht auf dem Frühstückstisch. ›Ein Platz für alles und alles an seinem Platz‹, wie meine Großmutter zu sagen pflegte. Außerdem würde Maggie einen Schock bekommen, wenn sie das sähe.«

Macpherson lachte und stellte den Behälter in einen Schrank.

»Maggie ist schockfest. Ich habe mir ein paar Knochen und dergleichen mitgebracht, um in den Ferien daran zu arbeiten. Ich steuere nämlich auf das Staatsexamen zu. Sie wird einfach denken, dieser Behälter gehöre auch mit dazu. Würdest du wohl eben auf die Klingel drücken, alter Junge? Wollen mal sehen, wie die Forellen schmecken.«

Die Haushälterin erschien in der Tür, in der einen Hand eine Schale mit gegrillten Forellen, in der anderen einen Teller mit gerösteten Haferkuchen.
»Das sieht appetitlich aus, Maggie«, lobte Wimsey und schnüffelte verständnisinnig, während er sich einen Stuhl heranzog.
»Ja, Sir, die Fische sind gut, nur viel zu klein.«
»Nicht ärgern«, mahnte Macpherson. »Sie sind das einzige Ergebnis eines höllischen Tages auf Loch Whyneon. Eine brennende Sonne und ein scharfer Ostwind haben mir bei lebendigem Leibe die Haut abgezogen. Ich hätte mich heute morgen beinahe nicht rasieren können.« Er strich sich in Erinnerung daran mit der Hand über sein rotes, sich schälendes Gesicht. »Au! Es wehte eine ziemlich steife Brise, und das Boot schaukelte dauernd hin und her wie im Golf von Biskaya.«
»Schauderhaft! Aber das Wetter ändert sich. Das Barometer ist gefallen. Der Regen wird nicht mehr lange auf sich warten lassen.«
»Wird auch höchste Zeit«, meinte Macpherson. »Die Bäche sind fast trocken und der Fleet führt nur noch wenig Wasser.« Er blickte durchs Fenster auf den kleinen Fluß, der am unteren Ende des Gartens hell und lustig über die Steine plätscherte. »Wenn wir jetzt nur ein paar Tage Regen bekämen, würden wir großartig fischen können.«
»Natürlich gerade jetzt, wo ich abreisen muß«, bemerkte Wimsey.
»Ja. Kannst du denn nicht länger bleiben? Ich würde gern ein paar Seeforellen fangen.«
»Tut mir leid, alter Freund, es geht nicht. Ich muß Mittwoch in London sein. Macht nichts. Ich habe die frische Luft und das Golfspielen sehr genossen.«
»Du mußt wiederkommen. Ich bleibe noch einen Monat hier – muß Kräfte fürs Examen sammeln. Wenn du in der Zeit nicht kannst, schieben wir es bis August auf und schießen dann Waldhühner. Das Haus steht dir immer zur Verfügung, Wimsey.«
»Vielen Dank. Es ist möglich, daß ich eher mit meinen Angelegenheiten fertig werde, als ich denke, und wenn das der

Fall wäre, würde ich hier wiederauftauchen. Wann ist dein Großonkel doch noch gestorben?«

Macpherson starrte ihn an.

»Irgendwann im April, soviel ich mich erinnern kann. Warum?«

»Nichts weiter – ich wollte es nur wissen. Du warst bei ihm gut angeschrieben, nicht wahr?«

»So ziemlich. Ich glaube, der alte Knabe mochte es ganz gern, daß ich von Zeit zu Zeit an ihn dachte. Alte Leute freuen sich nämlich über kleine Aufmerksamkeiten.«

»Hm. Na, es ist eine merkwürdige Welt. Wie war doch sein Name?«

»Ferguson – Joseph Ferguson, wenn du es ganz genau wissen willst. Onkel Joseph scheint dich ja außerordentlich zu interessieren.«

»Wo wir schon davon sprechen, dachte ich, ich könnte vielleicht einen Bekannten von mir aufsuchen, der ebenfalls mit dem Schiffsbau zu tun hat, und einmal hören, ob er etwas über den Verbleib des Geldes weiß.«

»Wenn du das fertigbringst, verleiht dir Vetter Robert eine Medaille. Aber wenn du wirklich deine Künste als Detektiv an dieses Problem verschwenden willst, hielte ich es für richtiger, wenn du die Etage in Glasgow durchsuchtest.«

»Gute Idee – wie ist die Adresse?«

Macpherson nannte sie ihm.

»Ich will sie mir notieren, und wenn mir etwas einfällt, werde ich mich mit Vetter Robert in Verbindung setzen. Wo hat er denn seine Zelte aufgeschlagen?«

»Oh, er arbeitet in London bei einem Rechtsanwaltsbüro. Crosbie & Plump, irgendwo in Bloomsbury. Robert wollte eigentlich ein schottischer Barrister werden, aber er kam nicht zu Rande, und da haben sie ihn zu den Engländern abgeschoben. Sein Vater starb vor einigen Jahren – er war Rechtsanwalt in Edinburgh –, und ich glaube, Robert ist seitdem ziemlich auf den Hund gekommen. Er ist da unten in eine fidele Gesellschaft geraten und hat den Rubel rollen lassen.«

»Schrecklich! Die Schotten dürften ihr Land eigentlich nicht verlassen. Was willst du mit Großonkel machen?«

»Ich weiß nicht so recht. Erst werde ich ihn wohl noch behalten. Ich mochte den alten Burschen recht gern und möchte ihn nicht wegwerfen. Er wird sich ganz gut in meinem Sprechzimmer machen, wenn ich mich niedergelassen habe. Meinst du nicht auch? Ich werde sagen, es ist ein Geschenk von einem dankbaren Patienten, an dem ich eine lebensrettende Operation ausgeführt habe.«

»Keine schlechte Idee. Magenverpflanzung. Ein Wunder der Operationskunst. Noch nie zuvor versucht. Großonkel wird die Leidenden in Scharen anlocken.«

»Der gute alte Großonkel – er stellt vielleicht doch noch ein Vermögen für mich dar.«

»Das kann gut möglich sein. Du hast wohl nicht zufällig eine Fotografie von ihm?«

»Eine Fotografie?« Macpherson starrte wieder. »Großonkel scheint eine Leidenschaft von dir zu werden. Ich glaube nicht, daß sich der alte Herr in den letzten dreißig Jahren hat fotografieren lassen. Eine Aufnahme wurde gemacht, als er sich zur Ruhe setzte, und die wird Robert wohl haben.«

»Och aye – ach ja«, sagte Wimsey in der Sprache des Landes.

Wimsey verließ Schottland noch am selben Abend. Auf dieser Nachtfahrt nach London dachte er scharf nach.

Am Montag morgen hatte er seine Angelegenheiten in der Stadt erledigt und seinen Denkprozeß beendet. Ein Besuch bei seinem Freund, dem Schiffsbauer, klärte ihn über Großonkel Josephs Vermögensverhältnisse auf, und durch den Londoner Vertreter der Glasgower Firma, zu der er gehört hatte, gelangte er in den Besitz seiner Fotografie. Es stellte sich heraus, daß der alte Ferguson zu seiner Zeit ein bedeutender Mann gewesen war. Das Bild zeigte ein feines, strenges, altes Gesicht mit langer Oberlippe und hohen Backenknochen – eines jener Gesichter, die sich im Laufe des Lebens wenig verändern. Wimsey betrachtete die Fotografie mit großer Befriedigung und ließ sie in die Tasche gleiten. Dann ging er schnurstracks nach Somerset House.

Hier wanderte er schüchtern in der Testamentsabteilung umher, bis ein uniformierter Beamter sich seiner erbarmte und ihn nach seinem Begehren fragte.

»Oh, ich danke Ihnen«, sagte Wimsey überschwenglich, »ich

danke Ihnen tausendmal. An solchen Orten fühle ich mich immer so nervös. Alle diese großen Tische und dergleichen, wissen Sie, so ehrfurchtgebietend und geschäftsmäßig. Ja, ich möchte nur eben einen kurzen Blick auf ein Testament werfen. Mir wurde gesagt, man könne für einen Shilling jedes beliebige Testament einsehen. Ist das wirklich so?«

»Selbstverständlich, Sir. Hatten Sie an ein bestimmtes Testament gedacht, Sir?«

»Ja, natürlich. Eigentlich merkwürdig, daß nach dem Tod eines Menschen jeder Fremde in seinen Privatangelegenheiten herumschnüffeln kann – sehen kann, wieviel er wert war, was für Mätressen er hatte und so weiter. Nein. Ganz und gar nicht schön. Scheußlich indiskret.«

Der Beamte lachte.

»Ich glaube, wenn man tot ist, macht einem das nicht mehr viel aus, Sir.«

»Da haben Sie recht. Ja, natürlich, man ist dann ja tot, und es hat nichts mehr zu sagen. Vielleicht etwas peinlich für die Verwandten, wenn sie erfahren, was für ein schwarzes Schaf man gewesen ist. Aber es macht viel Spaß, die Verwandten zu ärgern. Ich selbst verpasse da keine Gelegenheit. Na, wobei waren wir doch stehengeblieben? Ach ja – das Testament (ich bin immer so zerstreut). Es handelt sich um einen alten Schotten namens Joseph Alexander Ferguson, der in Glasgow gestorben ist – Sie wissen ja, Glasgow, wo der Akzent so stark ist, daß selbst Schotten umfallen, wenn sie ihn hören – im April, im letzten aller Monate April. Wenn es Ihnen nicht zuviel Mühe macht, kann ich dann wohl für einen Shilling Joseph Alexander Ferguson haben?«

Der Beamte versicherte ihm, daß dies möglich sei, fügte aber die Warnung hinzu, daß er den Inhalt des Testaments auswendig lernen müsse und sich auf keinen Fall Notizen machen dürfe. Dann führte er Wimsey in eine abgelegene Ecke, wo ihm nach kurzer Zeit das Testament vorgelegt wurde.

Es war ein lobenswert kurzes, eigenhändig geschriebenes Dokument, das vom vorhergehenden Januar datierte. Nach der üblichen Einleitung und dem Vermächtnis kleiner Summen und persönlicher Andenken an Freunde ging es dann folgendermaßen weiter:

> Ferner ordne ich an, nach meinem Tode meinen gesamten Ernährungs- und Verdauungsapparat von der Speiseröhre bis zum Darmausgang samt Inhalt aus meinem Körper zu entfernen, ihn an beiden Enden mit passenden Ligaturen zu verschließen, in einem Glasgefäß in Alkohol aufzubewahren und meinem Großneffen, Thomas Macpherson, Stone Cottage, Gatehouse-of-the-Fleet, Kirkcudbrightshire, der augenblicklich in Aberdeen Medizin studiert, zu übergeben. Und ich vermache ihm diese meine Organe mit Inhalt zu seiner Erbauung und Belehrung, nachdem sie mir fünfundneunzig Jahre in tadelloser Weise gedient haben, weil ich ihm einprägen möchte, daß kein Reichtum der Welt dem Besitz einer guten Verdauung gleichkommt. Und ich wünsche, daß er bei Ausübung seiner medizinischen Praxis sich bestens bemüht, seinen Patienten den Segen einer guten Verdauung ungeschwächt zu erhalten, daß er ihre Mägen nicht unnötig mit Drogen anfüllt aus Interesse für seine eigene Tasche, sondern sie zu einem nüchternen, mäßigen Leben anhält, wie es dem Plan einer Allmächtigen Vorsehung entspricht.

Nach dieser bemerkenswerten Stelle hieß es weiter, daß Robert Ferguson den Rest des Vermögens erben solle, ohne daß die Besitztümer im einzelnen aufgezählt wurden. Zum Schluß wurde ein Anwaltsbüro in Glasgow als Testamentsvollstrecker ernannt.

Wimsey dachte eine Weile über dieses seltsame Vermächtnis nach. Aus dem Stil schloß er, daß der alte Mr. Ferguson das Testament allein, ohne juristische Hilfe aufgesetzt hatte, und darüber war er froh; denn der Wortlaut gab ihm auf diese Weise wertvolle Aufschlüsse über Stimmung und Absicht des Erblassers. Er merkte sich drei Punkte: der »Ernährungs- und Verdauungsapparat samt Inhalt« war mit einer gewissen Betonung zweimal erwähnt worden. Er sollte oben und unten zugenäht werden. Und das Vermächtnis war von dem ausdrücklichen Wunsch begleitet, daß der Erbe die gewissenhafte Ausübung seiner Berufspflichten nicht durch finanzielle Interessen beeinflussen lassen möchte. Wimsey lachte vor sich hin. Großonkel Joseph war ihm sehr sympathisch.

Er stand auf, nahm Hut, Handschuhe und Stock und brachte dem Beamten das Testament zurück. Dieser unterhielt sich gerade mit einem jungen Mann, der ihm offenbar ernstliche Vorhaltungen machte.
»Es tut mir sehr leid, Sir«, erklärte der Beamte, »aber ich glaube nicht, daß es mit dem anderen Herrn sehr lange dauern wird. Ah!« rief er, als er Wimsey kommen sah, »da ist der Herr ja schon.«
Der junge Mann, der mit seinem rötlichen Haar, seiner langen Nase und seinen wäßrigen Augen wie ein ausschweifend lebender Fuchs aussah, begrüßte Wimsey mit einem unangenehmen Starren.
»Was ist los? Werde ich gewünscht?« fragte Seine Lordschaft etwas von oben herab.
»Ja, Sir. Hier ist etwas sehr Merkwürdiges, Sir. Dieser Herr wünscht dasselbe Dokument zu sehen, das Sie studiert haben, Sir. Ich bin schon fünfzehn Jahre in dieser Abteilung, aber so etwas ist mir noch nie vorgekommen.«
»Das glaube ich wohl«, meinte Wimsey, »im allgemeinen besteht keine lebhafte Nachfrage nach Ihren Artikeln hier.«
»Es ist wirklich höchst merkwürdig«, ließ sich der Fremde vernehmen, und seine Stimme verriet deutliches Mißfallen.
»Familienmitglied?« erkundigte Wimsey sich.
»Ich *bin* ein Mitglied der Familie«, gab das Fuchsgesicht zur Antwort. »Darf ich fragen, ob *Sie* zu uns in verwandtschaftlicher Beziehung stehen?«
»Selbstverständlich«, erwiderte Wimsey huldvoll.
»Das glaube ich nicht. Ich kenne Sie gar nicht.«
»Nein, nein – ich meinte, Sie dürfen selbstverständlich fragen.«
Der junge Mann fletschte regelrecht die Zähne.
»Wollen Sie mir vielleicht verraten, wer Sie sind und warum Sie eine so verdammte Neugierde für das Testament meines Großonkels bezeugen?«
Wimsey zog eine Karte aus seiner Brieftasche und präsentierte sie mit einem Lächeln. Mr. Robert Ferguson wurde rot.
»Wenn Sie Referenzen hinsichtlich meiner Person wünschen«, fuhr Wimsey liebenswürdig fort, »so wird Mr. Thomas Macpherson mit dem größten Vergnügen Auskunft

über mich erteilen. Ich bin neugierig – studiere die Menschheit. Ihr Vetter erwähnte mir gegenüber die merkwürdige Klausel, die sich auf den – hm – Magen und Zubehör Ihres geschätzten Großonkels bezieht. Merkwürdige Klauseln sind meine Leidenschaft. Ich kam hierher, um sie einzusehen und meiner Sammlung merkwürdiger Testamente einzuverleiben. Ich bin damit beschäftigt, ein Buch zu schreiben über das Thema – *Klauseln und ihre Konsequenzen.* Meine Verleger sind der Ansicht, daß es einen großen Absatz finden wird. Ich bedaure, daß ich mit meinen beiläufigen Notizen Sie von Ihren zweifellos ernsthaften Studien abgehalten habe. Ich wünsche Ihnen einen sehr guten Morgen.«

Als er mit strahlendem Gesicht zur Tür hinausging, hörte Wimsey, der scharfe Ohren hatte, wie der Beamte den empörten Mr. Ferguson darüber informierte, daß er (Wimsey) »ein sehr komischer Herr sei, der nicht alle Tassen im Schrank habe«. Anscheinend war sein Ruf als Detektiv noch nicht bis in den ruhigen Winkel von Somerset House vorgedrungen.

»Aber«, sagte Wimsey vor sich hin, »ich fürchte sehr, ich habe Vetter Robert einen Floh ins Ohr gesetzt.«

Angespornt durch diesen aufregenden Gedanken verschwendete Wimsey keine Zeit, sondern nahm ein Taxi nach Hatton Garden, um dort einem Freund einen Besuch abzustatten. Nathan Abrahams begrüßte Lord Peter mit einer Freundlichkeit, die an Begeisterung grenzte.

»Hocherfreut, Sie zu sehen. Nehmen Sie Platz, und trinken Sie ein Gläschen. Sie sind wohl endlich gekommen, um die Diamanten für die zukünftige Lady Peter auszusuchen, wie?«

»Noch nicht«, entgegnete Wimsey.

»Nein? Das ist aber schade. Sie sollten sich beeilen und einen Hausstand gründen. Es wird höchste Zeit. Vor Jahren hatten wir doch ausgemacht, daß ich die Ehre haben sollte, die junge Frau für diesen glücklichen Tag zu schmücken. Ich muß immer daran denken, wenn besonders schöne Steine durch meine Hände gleiten. Ich sage dann: ›Das wäre das Richtige für meinen Freund Lord Peter.‹ Aber ich höre nichts und verkaufe sie an dumme Amerikaner, die nur an den Preis und nicht an die Schönheit denken.«

»Früh genug, an die Diamanten zu denken, wenn ich die Dame gefunden habe.«

Mr. Abrahams hob die Hände.

»O ja! Und dann wird alles überstürzt! ›Schnell, Mr. Abrahams! Ich habe mich gestern verliebt und heirate morgen.‹ Aber es kann Monate – Jahre – dauern, bis man vollkommene Steine findet, die zusammenpassen. Das geht nicht von heute auf morgen. Ihre Braut wird am Hochzeitstag etwas Fertiges vom Juwelier tragen.«

»Wenn drei Tage für die Wahl einer Frau genügen«, meinte Wimsey lachend, »dann dürfte ein Tag für die Wahl einer Halskette ausreichen.«

»So machen es die Christen nun mal«, erwiderte der Diamantenhändler resigniert. »Sie nehmen es nicht so wichtig. Sie denken nicht an die Zukunft. Drei Tage, um sich eine Frau zu suchen. Kein Wunder, daß die Scheidungsanwälte soviel zu tun haben. Mein Sohn Moses heiratet nächste Woche. Das wurde bereits vor zehn Jahren arrangiert. Es ist Rachel Goldstein. Ein braves Mädchen, und ihr Vater hat eine sehr gute Position. Wir sind alle sehr zufrieden. Moses ist ein strebsamer Sohn, und ich werde ihn zum Partner machen.«

»Ich gratuliere Ihnen«, sagte Wimsey herzlich. »Ich hoffe, sie werden sehr glücklich.«

»Danke, Lord Peter. Sie werden bestimmt glücklich. Rachel ist ein reizendes Mädchen und hat Kinder sehr gern. Sie ist auch hübsch. Hübsches Aussehen allein macht es nicht, aber es bedeutet heutzutage einen Vorteil für einen jungen Mann. Es ist leichter für ihn, einer hübschen Frau treu zu bleiben.«

»Stimmt«, sagte Wimsey. »Ich werde daran denken, wenn meine Zeit kommt. Auf die Gesundheit des jungen Paares, und mögen Sie bald ein Ahne werden. Apropos Ahnen, ich habe da so einen alten Krauter, über den Sie mir vielleicht etwas sagen können.«

»Gern. Es macht mir immer besondere Freude, Ihnen in irgendeiner Weise helfen zu können, Lord Peter.«

»Dieses Bild ist vor etwa dreißig Jahren gemacht worden, aber vielleicht erkennen Sie den Mann.«

Mr. Abrahams setzte sich eine Hornbrille auf und betrachtete Großonkel Josephs Foto ernst und aufmerksam.

»O ja, ich kenne ihn sehr gut. Was wollen Sie über ihn wissen?« Er warf Wimsey einen schnellen, vorsichtigen Blick zu.

»Nichts zu seinem Nachteil. Er ist sowieso schon tot. Ich nehme nur an, daß er kürzlich Edelsteine gekauft hat.«

»Es ist nicht Usus, über einen Kunden Auskunft zu geben.«

»Ich will Ihnen sagen, warum ich es wissen möchte.« Wimsey skizzierte Großonkel Josephs Laufbahn in groben Umrissen und fuhr dann fort: »Ich habe mir die Sache überlegt. Wenn jemand den Banken mißtraut, was macht er mit seinem Geld? Er legt es in irgendeinem Besitz an. Grundstücke oder Häuser – aber das bringt Mieten ein und bedeutet wieder Geld für die Bank. Es ist eher anzunehmen, daß er Gold oder wertvolle Steine kauft. Gold braucht verhältnismäßig viel Platz. Edelsteine nicht. Gewisse Umstände haben mich veranlaßt anzunehmen, daß er wohl Steine gewählt hat. Wenn wir nicht herausfinden können, was er mit dem Geld angefangen hat, bedeutet es einen großen Verlust für die Erben.«

»Ach so. Wenn die Sache so liegt, kann ich es Ihnen ja ruhig sagen. Ich weiß, daß Sie ein Ehrenmann sind, und für Sie will ich meine Regel brechen. Dieser Herr, Mr. Wallace –«

»Wallace hat er sich genannt?«

»War das nicht sein Name? Sie sind schrullig, diese alten Herren mit ihrer Geheimniskrämerei. Aber das ist nichts Ungewöhnliches. Wenn sie Steine kaufen, fürchten sie oft, daß sie beraubt werden. Daher geben sie einen anderen Namen an. Na, dieser Mr. Wallace hat mich von Zeit zu Zeit aufgesucht. Ich hatte den Auftrag, ganz bestimmte Diamanten für ihn zu finden. Er suchte zwölf völlig gleichwertige Steine von hervorragender Qualität. Es dauerte ziemlich lange, bis ich sie beisammen hatte.«

»Natürlich.«

»Über einen Zeitraum von zwanzig Jahren habe ich ihm im ganzen sieben Steine verschafft. Andere Händler haben ihn auch beliefert. Er war in dieser Straße ziemlich bekannt. Den letzten Stein habe ich ihm, glaube ich, im vergangenen Dezember verkauft. Ein schöner Stein! Er zahlte siebentausend Pfund dafür.«

»Das muß ja ein fabelhafter Stein gewesen sein. Wenn sie alle so außerordentlich waren, muß die Sammlung einen beträchtlichen Wert haben.«

»O ja. Es ist natürlich schwer zu sagen, wieviel. Wie Sie wissen, sind zwölf zueinander passende Steine weit mehr wert als die Summe der für die einzelnen Diamanten gezahlten Preise.«

»Ganz recht. Würden Sie mir vielleicht verraten, auf welche Weise er sie im allgemeinen bezahlt hat?«

»Stets in englischen Banknoten. Cash auf die Hand. Er bestand auf einem Rabatt für Barzahlung.« Mr. Abrahams lachte vor sich hin.

»Er war ein Schotte«, erklärte Wimsey. »Na, die Sache scheint ziemlich klar zu sein. Er hatte zweifellos irgendwo einen Safe, und sobald er die Steine zusammenhatte, machte er sein Testament.«

»Aber was ist aus den Steinen geworden?« erkundigte sich Mr. Abrahams mit professioneller Besorgnis.

»Ich glaube, auch das weiß ich«, entgegnete Wimsey. »Ich bin Ihnen ungeheuer dankbar und sein Erbe wahrscheinlich auch.«

»Wenn sie wieder auf den Markt kommen sollten –«, deutete Mr. Abrahams an.

»Dann werde ich dafür sorgen, daß Sie davon erfahren«, ergänzte Wimsey prompt.

»Das ist sehr freundlich von Ihnen. Geschäft ist Geschäft. Tue Ihnen stets gerne einen Gefallen. Schöne Steine – wunderbar. Wenn Sie sie kaufen wollen, würde ich Ihnen als Freund einen besonders günstigen Preis machen.«

»Danke«, sagte Wimsey, »aber wie Sie wissen, ist die Zeit für Diamanten noch nicht reif.«

»Schade, schade«, jammerte Mr. Abrahams. »Es hat mich gefreut, Ihnen helfen zu können. Sind Sie vielleicht an Rubinen interessiert? Nein? Ich habe hier nämlich etwas sehr Schönes.« Er griff mit der Hand nachlässig in eine Tasche. Als er sie wieder herauszog und öffnete, funkelte darin ein karmesinrotes Feuer, das einem Miniatursonnenuntergang glich.

»Würde doch hübsch in einem Ring aussehen, nicht wahr?«

meinte Mr. Abrahams. »In einem Verlobungsring zum Beispiel, wie?«

Wimsey lachte und suchte das Weite.

Es drängte ihn sehr, sofort nach Schottland zurückzukehren und die Sache mit Großonkel Joseph persönlich in die Hand zu nehmen. Aber der Gedanke an eine wichtige Bücherversteigerung am nächsten Tag hielt ihn davon ab. Es wurde ein Manuskript von Catull angeboten, das er leidenschaftlich gern besitzen wollte, und er vertraute seine Interessen niemals einem Händler an. Er begnügte sich also damit, Thomas Macpherson ein Telegramm zu schicken:

»Rate Großonkel Joseph sofort aufschneiden.«

Das Mädchen am Postschalter wiederholte die Botschaft laut und ein wenig ungläubig. »Durchaus richtig«, bestätigte Wimsey und war mit den Gedanken schon bei der Auktion.

Bei der Bücherauktion am nächsten Tag hatte er viel Spaß. Er fand einen Ring von Händlern auf dem Plan, die eifrig damit beschäftigt waren, die anderen Bieter auszutricksen. Nachdem er eine Stunde lang hinter einer Bildsäule auf der Lauer gelegen hatte, kam er plötzlich zum Vorschein, gerade als der Hammer auf den Catull niedersausen wollte bei einem Preis, der den zehnten Teil seines Wertes darstellte, und machte ein so großes und schallendes Überangebot, daß der Ring vor Entsetzen nach Luft schnappte. Skrymes – ein Händler, der Wimsey wegen eines früheren kleinen Scharmützels anläßlich eines Justinian ewige Feindschaft geschworen hatte – faßte sich rasch und bot fünfzig Pfund mehr. Dieses Angebot wurde von Wimsey prompt verdoppelt. Scrymes bot wieder fünfzig Pfund mehr. Wimsey ließ den Preis sofort um hundert emporschnellen, und zwar in einem Ton, als sei er willens, die Sache bis zum Jüngsten Gericht fortzusetzen. Scrymes blickte finster drein und schwieg. Irgend jemand bot fünfzig Pfund mehr. Wimsey verwandelte die Pfunde in Guineen, und der Hammer fiel. Von diesem Erfolg ermutigt und im Gefühl, heute eine glückliche Hand zu haben, stürmte er selig in den Kampf um den nächsten Posten, eine *Hyperotomachia,* die er schon besaß und nach der er gar kein Verlangen hatte. Der durch seine Nie-

derlage verärgerte Scrymes biß die Zähne aufeinander und beschloß, Wimseys Bieterlaune auszunutzen und ihn für seine Tollkühnheit bezahlen zu lassen, bis er schwarz wurde. Wimsey, wie berauscht, trieb mit Begeisterung die Preise himmelhoch. Die Händler, die seinen Ruf als Sammler kannten und glaubten, das Buch müsse etwas Ausgezeichnetes an sich haben, das sie übersehen hätten, beteiligten sich mit Inbrunst an der Preistreiberei, und es wurde schnell und wild geboten. Aber nach und nach hörten sie alle wieder auf und überließen Scrymes und Wimsey das Feld. Sobald Wimsey ein Zaudern in der Stimme des Händlers wahrnahm, zog er sich raffiniert aus der Affäre und ließ Mr. Scrymes die Sache ausbaden. Nach diesem Unheil wurde der Ring mürrisch und mutlos und hielt sich ganz aus dem Spiel. So kam's, daß ein schüchterner kleiner Außenseiter, der plötzlich in die Arena sprang, ganz billig zu einem feinen Missale aus dem vierzehnten Jahrhundert kam. Krebsrot vor Aufregung und Überraschung bezahlte er seinen Kauf und rannte wie ein Kaninchen aus dem Raum, wobei er das Missale ans Herz drückte, als erwartete er jeden Augenblick, daß es ihm entrissen würde. Daraufhin machte Wimsey sich ernstlich daran, ein paar schöne frühe Ausgaben zu erwerben, und als ihm das gelungen war, zog er sich, mit Lorbeeren und Haß bedeckt, aus der Arena zurück.
Als nach diesem wunderbaren und befriedigenden Tag kein überschwengliches Telegramm von Macpherson eintraf, fühlte er sich irgendwie verletzt. Er wollte nicht glauben, daß seine Folgerungen falsch gewesen seien, und nahm vielmehr an, Macphersons Begeisterung sei viel zu gewaltig für die knappe Ausdrucksweise eines Telegramms und werde sich in einem Brief austoben. Am nächsten Morgen um elf traf jedoch das erwartete Telegramm ein. Es lautete:
»Telegramm soeben erhalten – Was bedeutet es – Großonkel gestern abend gestohlen – Einbrecher entkommen – Erbitte ausführliche Nachricht.«
Wimsey äußerte sich kurz in einer Sprache, die gewöhnlich der Soldateska vorbehalten ist. Zweifellos hatte Robert sich des Großonkels bemächtigt, und selbst wenn man ihn des Einbruchs überführen konnte, so war das Erbteil inzwischen

auf Nimmerwiedersehen verschwunden. Noch nie hatte Wimsey sich so gräßlich gefühlt. Er verwünschte sogar den Catull, der ihn daran gehindert hatte, gen Norden zu fahren und die Sache persönlich in die Hand zu nehmen.
Während er noch überlegte, was zu machen sei, traf ein zweites Telegramm folgenden Wortlauts ein:
»Großonkels Behälter zerbrochen im Fleet gefunden – Einbrecher hat ihn auf der Flucht verloren – Inhalt verschwunden – Was nun.«
Wimsey überlegte.
»Wenn der Dieb«, sagte er sich, »den Behälter einfach geleert und Großonkel Joseph in die Tasche gesteckt hat, sind wir natürlich die Angeschmierten. Oder wenn er einfach Großonkel ausgenommen und den Inhalt in die Tasche gesteckt hat, haben wir ebenfalls das Nachsehen. Aber ›auf der Flucht verloren‹ klingt eher, als sei Großonkel samt Inhalt über Bord gegangen. Warum kann dieser blöde Schotte kein ausführlicheres Telegramm schicken. Es hätte nur ein paar Pennies mehr gekostet. Ich fahre am besten selbst hin. Mittlerweile wird ihm ein bißchen gesunde Beschäftigung nichts schaden.«
Er nahm sich ein Telegrammformular und schickte eine weitere Botschaft:
»War Großonkel im Behälter als er hinfiel dann Fluß absuchen – Wenn nein Einbrecher verfolgen – Wahrscheinlich Robert Ferguson – Scheue keine Mühe – Ich fahre heute abend nach Schottland – Ankunft frühmorgens – Unbedingt am Ball bleiben – Erklärung mündlich.«
Früh am nächsten Morgen setzte der Nachtexpreß Lord Peter Wimsey in Dumfries ab, und ein Mietauto brachte ihn gerade rechtzeitig zum Frühstück nach Stone Cottage. Maggie öffnete ihm die Tür und begrüßte ihn herzlich:
»Kommen Sie nur herein, Sir. Alles steht für Sie bereit, und Mr. Macpherson wird in ein paar Minuten zurück sein, denke ich. Nach der langen Reise sind Sie sicher müde und hungrig. Ja. Möchten Sie auch Haferbrei außer Eiern mit Speck? Heute gibt's keine Forellen, obwohl gestern ein guter Tag zum Fischen war. Mr. Macpherson ist mit meinem Jock den ganzen Tag im Fluß auf und ab gegangen, um eins seiner

Präparate, wie er sie nennt, zu suchen, das der Dieb, der hier einbrach, fallen ließ. Ich weiß nicht, was für ein Ding das ist. Mein Jock sagt, es sehe aus wie Kalbsgekröse. So hat es ihm Mr. Macpherson beschrieben.«

»Du meine Güte!« sagte Wimsey. »Und wie war das mit dem Einbruch, Maggie?«

»Ja, das war wirklich sehr merkwürdig, Sir. Mr. Macpherson war den ganzen Montag und Dienstag fort; er fischte im großen See oben am Viadukt. Sonnabend und Sonntag hatte es nämlich tüchtig geregnet, und Mr. Macpherson sagte: ›Wir werden morgen großartig fischen können, Jock. Wir werden zum Viadukt gehen und die Nacht im Pförtnerhaus verbringen.‹ Am Montag hörte es auf zu regnen, und es war ein schöner, warmer, milder Tag. Also gingen sie zusammen fort. Am Dienstag morgen kam ein Telegramm für ihn, und ich legte es auf den Kaminsims, damit er es sehen konnte, wenn er heimkam, aber ich habe seitdem gedacht, daß das Telegramm vielleicht etwas mit dem Einbruch zu tun haben könnte.«

»Ich möchte fast sagen, daß Sie recht hatten, Maggie«, erwiderte Wimsey ernst.

»Ja, Sir, das sollte mich nicht überraschen.« Maggie setzte dem Gast eine große Schüssel mit Eiern und Speck vor und nahm die Erzählung wieder auf.

»Am Dienstag abend saß ich da in meiner Küche und wartete auf Mr. Macpherson und Jock. Sie taten mir sehr leid, die armen Seelen, denn es goß wieder in Strömen, und die Nacht war so dunkel, daß ich fürchtete, sie könnten in ein Moorloch gestürzt sein. Ich horchte auf die Türklinke, als ich plötzlich ein Geräusch im Vorderzimmer hörte. Die Haustür war nicht abgeschlossen, wissen Sie, weil ich ja Mr. Macpherson zurückerwartete. Also sprang ich auf und dachte, sie wären vielleicht hereingekommen, ohne daß ich sie gehört hätte. Ich wartete noch eine Sekunde, um den Kessel aufs Feuer zu setzen, und dann hörte ich ein Krachen. Also kam ich heraus und rief: ›Sind Sie das, Mr. Macpherson?‹ Keine Antwort, aber noch ein anderes lautes Geräusch. Also rannte ich nach vorn, und da kam ein Mann schnell aus dem Vorderzimmer, sauste an mir vorbei, indem er mich mit einer Hand zur Seite schubste, und dann wie ein geölter Blitz zur Haustür hinaus. Im selben Augenblick stieß ich einen Schrei aus, und Jocks Stimme antwortete mir von der Gartenpforte her. ›Och!‹ rief ich, ›Jock! Hier ist ein Einbrecher im Haus gewesen!‹ Und ich hörte, wie der Kerl durch den Garten zum Fluß hinunterrannte und dabei den jungen Kohl und die Erdbeerbeete zertrampelte, dieser Schurke!«

Wimsey zeigte gebührende Anteilnahme.

»Ja, das war eine böse Sache. Und in der nächsten Sekunde waren Mr. Macpherson und Jock holterdiepolter hinter ihm her. Wenn Davie Murrays Kühe eingebrochen wären, hätten sie auch keine größere Verwüstung anrichten können. Und dann hörte man ein Platschen und Krachen, und nach einer Weile kam Mr. Macpherson zurück und sagte: ›Er ist in den Fleet gesprungen und auf und davon. Was hat er gestohlen?‹ – ›Ich weiß nicht‹, sagte ich, ›denn es passierte alles so schnell, daß ich nichts sehen konnte.‹ – ›Gehen wir ins Haus und schauen, was fehlt‹, meinte er. Wir guckten in alle Ecken und konnten nichts entdecken. Nur die Schranktür im Vorderzimmer war aufgebrochen, und es fehlte nichts weiter als der Behälter mit dem Präparat.«

»Aha!« sagte Wimsey.

»Ah! Und beide sind dann mit Lichtern hinausgegangen, aber von dem Dieb war nichts mehr zu sehen. Also kam Mr. Macpherson zurück, und wir haben alle Türen und Fenster verriegelt und sind zu Bett gegangen, aber ich konnte kein Auge zutun.«

»Das kann man verstehen«, versicherte Wimsey ihr.

»Erst am nächsten Morgen«, fuhr Maggie fort, »hat Mr. Macpherson Ihr Telegramm geöffnet. Du meine Güte, war er aufgeregt. Dann ging's los mit den Telegrammen. Hin und her, hin und her zwischen Haus und Postamt. Und dann fanden sie die Scherben des Behälters, in dem das Präparat gewesen war, zwischen zwei Steinen im Fluß. Und wieder zogen Mr. Macpherson und Jock los mit ihren hohen Gummistiefeln und ein paar Fischhaken und stocherten an allen tiefen Stellen und unter den Steinen herum, um das Präparat zu finden. Und sie sind immer noch dabei.«

In diesem Augenblick bumste es dreimal heftig auf die Zim-

merdecke. »Herrjemine!« rief Maggie. »Ich habe den armen Herrn ja ganz vergessen.«
»Was für einen Herrn?« erkundigte sich Wimsey.
»Den sie aus dem Fleet gefischt haben«, antwortete Maggie. »Entschuldigen Sie einen Augenblick, Sir.«
Sie rannte schleunigst nach oben. Wimsey goß sich die dritte Tasse Kaffee ein und zündete seine Pfeife an.
Kurz darauf kam ihm ein Gedanke. Er trank erst seinen Kaffee aus – denn er versagte sich ungern einen Genuß – und ging dann seelenruhig hinter Maggie her nach oben. Eine der Schlafzimmertüren stand halb offen – es war der Raum, den er während seines letzten Besuchs bewohnt hatte. Er stieß sie vollends auf. Im Bett lag ein rothaariger Herr, dessen langes, fuchsartiges Gesicht in keiner Weise verschönert wurde durch einen weißen Verband, der etwas verwegen über der linken Schläfe lag. Ein Frühstückstablett stand auf einem Tisch neben dem Bett. Wimsey trat mit ausgestreckter Hand ins Zimmer.
»Guten Morgen, Mr. Ferguson«, begrüßte er ihn. »Das ist aber ein unerwartetes Vergnügen.«
»Guten Morgen«, sagte Mr. Ferguson bissig.
»Bei unserer letzten Begegnung«, fuhr Wimsey fort, indem er sich aufs Bett setzte, »ahnte ich nicht, daß Sie beabsichtigten, meinen Freund Macpherson zu besuchen.«
»Gehen Sie von meinem Bett runter«, knurrte der Invalide. »Ich habe mir die Kniescheibe gebrochen.«
»Wie lästig! Äußerst schmerzhaft, nicht wahr? Und es heißt, es dauert Jahre, bis so was wieder in Ordnung ist – wenn es überhaupt wieder in Ordnung kommt. Ist es eine sogenannte Potts-Fraktur? Ich weiß zwar nicht, wer Potts war, aber es klingt so eindrucksvoll. Wie ist es passiert? Beim Fischen?«
»Ja. Bin in dem verdammten Fluß ausgerutscht.«
»Scheußlich. Kann aber jedem passieren. Sind Sie ein begeisterter Angler, Mr. Ferguson?«
»So lala.«
»Ich auch, wenn ich Gelegenheit dazu habe. Was für eine Fliege nehmen Sie am liebsten für diese Gegend? Ich selbst bin sehr für Greenaways Gadget. Haben Sie die mal ausprobiert?«

»Nein«, erwiderte Mr. Ferguson kurz angebunden.
»Manche ziehen die Pink Sisket vor, wie man mir erzählt hat. Benutzen Sie die auch? Haben Sie Ihr Fliegenalbum hier?«
»Ja – nein«, sagte Mr. Ferguson. »Ich habe es fallen lassen.«
»Schade. Aber sagen Sie mir doch, was Sie von der Pink Sisket halten.«
»Nicht übel«, meinte Mr. Ferguson. »Ich habe manchmal Forellen damit gefangen.«
»Das überrascht mich aber«, sagte Wimsey absolut ehrlich; denn er hatte die Pink Sisket erfunden und kaum erwartet, daß seine Improvisation durchgehen würde. »Na, durch diesen unseligen Unfall ist es mit Ihrer sportlichen Betätigung wohl für diese Saison aus. Verdammtes Pech. Sonst hätten Sie uns helfen können, dem Patriarchen zu Leibe zu rücken.«
»Was ist das? Eine Forelle?«
»Ja – ein schrecklich listiger alter Fisch. Lungert im Fleet herum. Man weiß nie, wo er zu finden ist. Jeden Augenblick kann er an einer tiefen Stelle auftauchen. Ich gehe heute mit Mac los und werde mein Heil versuchen. Er ist ein richtiges Kleinod. Wir haben ihm einen Spitznamen verliehen. Er heißt bei uns Großonkel Joseph. He! Wackeln Sie nicht so – sonst wird Ihr Knie schmerzen. Kann ich etwas für Sie tun?«
Wimsey grinste liebenswürdig und drehte sich um, als er jemanden auf der Treppe rufen hörte.
»Hallo! Wimsey! Bist du das?«
»Ich bin's. Wie steht's mit dem Sport?«
Macpherson stürmte die Treppe herauf, vier Stufen auf einmal nehmend. Auf dem Treppenabsatz stieß er mit Wimsey zusammen, als dieser aus dem Schlafzimmer kam.
»Weißt du auch, wer das ist? Es ist Robert.«
»Ich weiß. Ich habe ihn in London gesehen. Kümmere dich nicht um ihn. Hast du den Großonkel gefunden?«
»Nein, leider nicht. Was soll dieser mysteriöse Kram? Und was sucht Robert hier? Was meintest du eigentlich, als du schriebst, er sei der Einbrecher? Und warum ist Großonkel Joseph so wichtig?«
»Eins nach dem anderen. Wollen erst einmal den alten Knaben finden. Was hast du inzwischen getan?«
»Als ich deine merkwürdigen Botschaften bekam, dachte ich

natürlich, du seist durchgedreht.« (Wimsey stöhnte vor Ungeduld.) »Dann dachte ich, wie komisch, daß jemand sich die Mühe machen sollte, Großonkel Joseph zu stehlen, und kam zu dem Schluß, daß deine Faseleien doch Sinn und Verstand haben könnten.« (»Sehr gnädig von dir«, sagte Wimsey.) »Also bin ich hinausgegangen und habe ein wenig herumgestochert. Ich glaube zwar nicht, daß wir die geringste Chance haben, etwas zu finden, da der Fluß so angeschwollen ist. Na, ich war nicht sehr weit gekommen – habe übrigens Jock mitgenommen. Der denkt bestimmt, ich sei verrückt. Nicht, daß er etwas sagt; diese Leute hier gehen nie aus sich heraus –«

»Zum Teufel mit Jock! Erzähl weiter.«

»Wie gesagt, ich war nicht sehr weit gekommen, da sahen wir einen Burschen mit Angelrute und Fischkorb im Fluß herumwaten. Ich achtete nicht besonders darauf, weil ich nämlich überlegte, was du wohl – na ja! Jock bemerkte ihn und sagte zu mir: ›Dahinten ist ein merkwürdiger Angler, wie mir scheint.‹ Also blickte ich hin und sah ebenfalls, wie der zwischen den Steinen herumstolperte und mit einem Fischhaken in den tiefen Stellen herumstocherte, während seine Fliege vor ihm den Fluß hinabtrieb. Ich rief ihn also an, und er drehte sich um. Dann legte er hastig den Fischhaken beiseite und begann, seine Angelschnur aufzudrehen. Er wurde überhaupt nicht damit fertig – eine furchtbare Pfuscherei«, fügte Macpherson mit großem Verständnis für solche Dinge hinzu.

»Das glaube ich gern«, meinte Wimsey. »Ein Mann, der zugibt, daß er Forellen mit einer Pink Sisket fängt, wird alles verpfuschen.«

»Einer Pink – was?«

»Nicht wichtig. Ich wollte damit nur sagen, daß Robert vom Angeln keine Ahnung hat. Weiter.«

»Die Schnur hatte sich irgendwo festgehakt, und er zog und zerrte mit aller Gewalt und machte ein fürchterliches Geplansche. Dann löste sie sich ganz plötzlich, und er schwenkte sie wie wild in der Luft herum und angelte mir den Hut vom Kopf. Das ärgerte mich maßlos, und ich ging auf ihn zu. Er sah sich nochmals um, und ich rief: ›Mein Gott, das ist ja Robert!‹ Da ließ er seine Angel fallen und machte sich aus dem Staube oder vielmehr aus dem Wasser. Dabei rutschte er auf den glatten Steinen aus und fiel krachend hin. Wir stürzten herbei, fischten ihn aus dem Wasser und brachten ihn nach Hause. Er hat sich scheußlich den Kopf gestoßen und die Kniescheibe gebrochen. Sehr interessant. Ich hätte am liebsten selbst mein Heil daran versucht. Aber das darf ich ja noch nicht. Also habe ich Strachan kommen lassen. Der ist ziemlich tüchtig.«

»Bisher hast du ein ungewöhnliches Glück in dieser Angelegenheit gehabt«, sagte Wimsey. »Nun brauchen wir nur noch Großonkel Joseph zu finden. Wie weit bist du im Fluß gekommen?«

»Nicht sehr weit. Die ganze Geschichte mit Robert hat uns sehr aufgehalten. Gestern konnten wir nicht mehr viel tun.«

»Dieser verfluchte Robert! Großonkel mag inzwischen ins Meer abgetrieben sein. Wollen uns gleich an die Arbeit machen.«

Er nahm einen Fischhaken aus dem Schirmständer und ging ihnen voran nach draußen. Die braune Flut des kleinen Flusses schäumte dahin und riß klappernde Kiesel und größere Steine mit sich. Jedes Loch, jeder Strudel mochte ein Schlupfwinkel für Großonkel Joseph sein. Wimsey blickte unschlüssig hierhin und dahin – und wandte sich plötzlich an Jock.

»Wo ist die nächste Landzunge, an der gewöhnlich alles angeschwemmt wird?« wollte er wissen.

»Nun ja! Da ist der Battery Pool, etwa eine Meile flußabwärts. Dort wird manchmal etwas angeschwemmt. Ei ja. Da ist eine tiefe Stelle und etwas Sand, wo der Fluß eine Biegung macht. Dort könnten Sie es vielleicht finden, wie mir scheint. Vielleicht auch nicht. Das kann ich nicht sagen.«

»Wollen uns den Platz auf jeden Fall mal ansehen.«

Macpherson, dem ein gründliches Durchkämmen des Flusses nicht besonders verlockend erschien, lebte bei diesem Vorschlag wieder etwas auf.

»Eine glänzende Idee. Wenn wir mit dem Auto etwa bis Gatehouse fahren, brauchen wir nur noch zwei Felder zu überqueren.«

Das Mietauto stand noch vor der Tür; der Chauffeur genoß

die Gastfreundschaft des Hauses. Sie rissen ihn von Maggies Haferkuchen los und rollten dann die Straße nach Gatehouse hinab.

»Die Seemöwen dahinten scheinen sich emsig um etwas zu bemühen«, meinte Wimsey, als sie das zweite Feld überquerten. Die weißen Flügel flatterten über der gelben Sandbank auf und ab in immer enger werdenden Kreisen. Der Wind trug heisere Schreie zu ihnen herüber. Wimsey deutete schweigend mit der Hand. Ein langes, unansehnliches Ding lag wie ein gelblich-grauer Geldbeutel am Ufer. Die Möwen flogen höher und kreischten die Eindringlinge empört an. Wimsey lief voran, bückte sich, und als er sich wieder aufrichtete, baumelte der lange Sack an seinen Fingern.

»Großonkel Joseph, habe die Ehre«, sagte er und nahm mit altmodischer Höflichkeit den Hut ab.

»Die Möwen haben hier und da etwas daran herumgepickt«, bemerkte Jock. »Es ist wohl zu zäh für sie. Jawohl. Sie haben noch nicht viel Schaden angerichtet.«

»Willst du es denn nicht öffnen?« fragte Macpherson.

»Nicht hier«, entgegnete Wimsey. »Wir könnten etwas verlieren.« Er ließ es in Jocks Fischkorb fallen. »Wir wollen es erst einmal Robert zeigen.«

Robert begrüßte sie mit schlecht verhüllter Entrüstung.

»Wir sind angeln gewesen«, erklärte Wimsey heiter. »Sehen Sie sich unseren netten kleinen Fisch an.« Er wog den Fang in seiner Hand. »Was ist wohl in diesem kleinen Fisch drin, Mr. Ferguson?«

»Ich habe nicht die geringste Ahnung«, erwiderte Robert.

»Warum haben Sie dann danach gefischt?« fragte Wimsey vergnügt. »Hast du ein Skalpell da, Mac?«

»Ja – hier. Beeil dich.«

»Das will ich dir überlassen. Sei vorsichtig. Ich würde beim Magen anfangen.«

Macpherson legte Großonkel Joseph auf den Tisch und schlitzte ihn mit geübter Hand auf.

»Gott sei uns gnädig!« rief Maggie, die ihm über die Schulter blickte. »Was ist denn das?«

Wimsey schob vorsichtig Zeigefinger und Daumen in Großonkel Josephs Höhlungen. »Eins – zwei – drei –« Die Steine funkelten wie Feuer, als er sie auf den Tisch legte. »Sieben – acht – neun. Das scheint hier alles zu sein. Versuch es mal etwas weiter unten, Mac.«

Sprachlos vor Staunen sezierte Mr. Macpherson sein Erbteil.

»Zehn – elf«, zählte Wimsey. »Ich fürchte, die Möwen haben sich Nummer zwölf geschnappt. Tut mir leid, Mac.«

»Aber wie sind die nur da hineingekommen?« fragte Robert fassungslos.

»Nichts einfacher als das. Großonkel Joseph macht sein Testament, schluckt seine Diamanten –«

»Er muß ein guter Pillenschlucker gewesen sein«, sagte Maggie mit Respekt.

» – und springt aus dem Fenster. Das wird jedem klar, der das Testament gelesen hat. Er gab dir deutlich zu verstehen, Mac, daß du den Magen studieren solltest.«

Robert Ferguson stieß einen Seufzer aus.

»Ich ahnte so etwas«, sagte er. »Deshalb habe ich mir ja das Testament angesehen. Und als ich *Sie* dort traf, wußte ich Bescheid. (Ha, dieses verfluchte Bein!) Aber nicht einen Augenblick lang habe ich mir träumen lassen –«

Seine Augen glitten gierig abschätzend über die Diamanten.

»Und was sind diese Steine wohl so wert?« erkundigte sich Jock.

»Ungefähr siebentausend Pfund das Stück, wenn man sie einzeln nimmt. Mehr noch in der Gesamtheit.«

»Der Alte war verrückt«, sagte Robert zornig. »Ich werde das Testament anfechten.«

»Ich glaube nicht«, meinte Wimsey. »Es gibt nämlich ein Vergehen, das man Einbruchsdiebstahl nennt.«

»Mein Gott!« staunte Macpherson, der die Diamanten wie im Traum durch seine Hände gleiten ließ. »Mein Gott!«

»Siebentausend Pfund«, warf Jock dazwischen. »Habe ich Sie richtig verstanden, daß da jetzt eine Möwe herumfliegt, mit einem Diamanten im Wanst, der siebentausend Pfund wert ist? Ach, du liebes Leben! Der Gedanke ist geradezu unerträglich. Guten Tag, die Herren. Ich will zu Jimmy McTaggert gehen und ihn bitten, mir ein Gewehr zu leihen.«

Das ungelöste Rätsel vom Mann ohne Gesicht

»Und was sagen *Sie,* Sir«, fragte der dicke Mann, »zu dieser Geschichte hier mit dem Kerl, der am Strand von East Felpham gefunden worden ist?«
Die Überfüllung der Züge nach den Feiertagen hatte zur Folge gehabt, daß viele Dritter-Klasse-Passagiere die erste überfluteten, und der dicke Mann war krampfhaft bemüht, so zu tun, als sei er in seiner neuen Umgebung zu Hause. Der jüngere Herr, den er anredete, hatte offenbar den vollen Preis für eine Exklusivität bezahlt, die er nicht genießen sollte. Er nahm die Sache jedoch gelassen und erwiderte in höflichem Ton:
»Leider habe ich nur die Schlagzeilen gelesen. Er wurde ermordet, nicht wahr?«
»Das kann man wohl sagen«, meinte der dicke Mann mit sichtlichem Wohlbehagen. »Ganz zerstückelt war er – einfach schrecklich.«
»Mehr, als ob ein wildes Tier es getan hätte«, mischte sich der hagere, ältere Mann von gegenüber ein. »Überhaupt kein Gesicht hatte er mehr, wie's in meiner Zeitung steht. Es sollte mich nicht überraschen, wenn es einer von diesen Verrückten war, die herumstrolchen und Kinder abmurksen.«
»Ich wollte, du sprächst nicht davon«, sagte seine Frau mit einem Schauder. »Ich liege nachts wach, weil ich immer daran denken muß, was Lizzies Kindern so alles zustoßen mag. Mir wird dann ganz heiß im Kopf, und der Magen rutscht mir bis in die Kniekehlen, so daß ich aufstehen und ein paar Kekse essen muß. Sie sollten so etwas Gräßliches nicht in den Zeitungen bringen.«
»Es ist besser, wenn sie es tun, Madame«, meinte der Dicke, »dann sind wir sozusagen gewarnt und können Vorsichtsmaßnahmen ergreifen. Na, so wie ich es verstehe, hat dieser

unglückselige Herr ganz allein an einer einsamen Stelle gebadet. Nun, ganz abgesehen von Krämpfen, die jeder von uns kriegen kann, ist das sehr töricht.«

»Das ist es ja gerade, was ich meinem Mann immer predige«, fiel die junge Frau ein. Der junge Ehemann runzelte die Stirn und rückte unruhig hin und her. »Mein Lieber, es ist bestimmt gefährlich und noch dazu, wo du kein starkes Herz hast –« Ihre Hand tastete unter der Zeitung nach der seinen. Er rückte verlegen ab und sagte: »Schon gut, Kitty.«

»Meiner Meinung nach liegt die Sache so«, fuhr der Dicke fort. »Der unselige Krieg hat Hunderte von Männern aus dem Gleichgewicht gebracht. Sie sahen, wie ihre Freunde in die Luft flogen oder von Granaten zerfetzt wurden. Sie sind fünf Jahre durch Schrecken und Greuel gegangen, und das hat ihren Blutdurst geweckt. Sie mögen es zunächst vergessen haben und allem äußeren Anschein nach friedlich dahinleben wie jeder andere auch, aber das ist alles Fassade, wenn Sie mich recht verstehen. Dann passiert eines Tages etwas, das sie aus der Fassung bringt – vielleicht ein Streit mit der Frau, oder das Wetter ist besonders heiß wie heute –, und dann gibt's Kurzschluß in ihrem Gehirn, und sie werden zu rasenden Ungeheuern. Es steht alles in den Büchern. Ich lese ziemlich viel, so am Abend, da ich Junggeselle ohne Anhang bin.«

»Sie haben völlig recht«, äußerte sich ein kleiner, tugendhaft aussehender Mann, der von seiner Zeitschrift aufblickte, »es ist tatsächlich wahr – leider nur zu wahr. Aber glauben Sie wirklich, daß es sich auf diesen Fall anwenden läßt? Ich habe fast alles über Verbrechen gelesen – ich darf wohl sagen, es ist mein Steckenpferd –, und meiner Ansicht nach steckt hier mehr dahinter, als man auf den ersten Blick sieht. Wenn Sie diesen Mord mit einem der höchst mysteriösen Verbrechen vergleichen, die in den letzten Jahren stattgefunden haben – Verbrechen, die, wohlgemerkt, niemals aufgeklärt worden sind und meiner Meinung nach niemals aufgeklärt werden –, was finden Sie dann?« Er brach ab und blickte sich im Kreise um. »Sie finden viele Züge, die auf diesen Fall zutreffen. Besonders werden Sie entdecken, daß das Gesicht – und wohlgemerkt nur das Gesicht – entstellt worden ist, als ob man ein Erkennen verhindern wollte. Und Sie werden entdecken, daß trotz der gründlichsten Nachforschungen der Verbrecher niemals entdeckt worden ist. Worauf läßt das nun schließen? Auf Organisation. Organisation. Auf einen ungeheuer mächtigen Einfluß, der hinter den Kulissen am Werk ist. Sogar in dieser Zeitschrift, die ich gerade lese« – er klopfte mit Nachdruck auf die Seite –, »steht ein Bericht – keine erfundene Geschichte, sondern ein den Annalen der Polizei entnommener Bericht – über die Organisation einer dieser Geheimgesellschaften, die Männer, gegen die sie einen Groll hegen, auf eine Liste setzen und dann vernichten. Dabei entstellen sie die Gesichter mit dem Kennzeichen der Geheimgesellschaft und verwischen die Spuren des Meuchelmörders so vollständig – ihnen stehen ja Geld und Hilfsmittel zur Verfügung –, daß niemand ihnen etwas nachweisen kann.«

»Solche Dinge habe ich natürlich auch gelesen«, gab der Dicke zu, »aber ich dachte, das gehörte ins Mittelalter. So etwas gab es einmal in Italien. Die Gomorrha oder so ähnlich. Existiert so was heutzutage auch noch?«

»Sie haben ein wahres Wort gesprochen, Sir, als Sie Italien erwähnten«, erwiderte der Tugendhafte. »Der italienische Geist ist wie geschaffen für Intrigen. Und wenn man etwas genauer forschte, würde man erstaunt sein über die zahllosen Geheimgesellschaften, von denen es in diesem Land nur so wimmelt. Geben Sie mir da nicht recht, Sir?« fügte er hinzu, indem er sich an den Reisenden erster Klasse wandte.

»Ach ja«, meinte der Dicke, »dieser Herr ist gewiß in Italien gewesen und weiß darüber Bescheid. Würden Sie diesen Mord für das Werk der Gomorrha halten, Sir?«

»Das hoffe ich nicht«, erwiderte der Angesprochene. »Ich meine, das würde das Interesse zerstören, nicht wahr? Ich selbst ziehe einen netten, ruhigen, einheimischen Mord vor, wo der Millionär tot in der Bibliothek aufgefunden wird. Wenn ich einen Detektivroman aufschlage und einen Anhänger der Camorra darin finde, versiegt bei mir das Interesse sofort und verwandelt sich in Staub und Asche – eine Art von Sodom und Camorra sozusagen.«

»Darin gebe ich Ihnen recht«, mischte sich der junge Ehemann ein, »sozusagen vom künstlerischen Standpunkt aus. Aber in diesem besonderen Fall spricht, glaube ich, manches für den Standpunkt dieses Herrn.«

»Nun«, gab der Reisende erster Klasse zu, »da ich die Einzelheiten nicht kenne –«

»Die Einzelheiten sind klar genug«, bemerkte der Tugendhafte. »Diese arme Kreatur wurde heute früh tot am Strand von East Felpham aufgefunden, und sein Gesicht war in der gräßlichsten Weise verstümmelt. Er war nur mit einem Badeanzug bekleidet.«

»Einen Moment. Zunächst einmal: Wer war es?«

»Man hat ihn noch nicht identifiziert. Seine Kleider sind verschwunden.«

»Das sieht mehr nach Raub aus, nicht wahr?« äußerte sich Kitty.

»Wenn es sich nur um Raub handelte«, entgegnete der Tugendhafte, »warum ist sein Gesicht dann so verstümmelt worden? Nein, die Kleidung ist entfernt worden, um, wie ich schon sagte, die Identifizierung zu verhindern. Das machen diese Gesellschaften doch immer so.«

»Hat man ihn erstochen?« fragte der Reisende erster Klasse.

»Nein«, erwiderte der Dicke, »nicht erstochen. Man hat ihn erwürgt.«

»Keine typisch italienische Mordmethode«, bemerkte ersterer.

»Da haben Sie recht«, bestätigte ihm der Dicke. Der Tugendhafte schien ein wenig zerknirscht zu sein.

»Und wenn er an die Stelle ging, um zu baden«, ließ sich der hagere, ältliche Mann hören, »wie ist er dahingelangt? Irgend jemand muß ihn mittlerweile doch vermissen, wenn er sich in Felpham aufhielt. Während der Feiertage ist es ein ziemlich gut besuchter Ort.«

»Nein«, widersprach ihm der Dicke, »nicht East Felpham. Sie denken an West Felpham, wo der Jachtclub ist. East Felpham ist einer der einsamsten Orte an der Küste. Es steht kein Haus in der Nähe außer einem kleinen Gasthof, der ganz für sich allein am Ende einer langen Straße liegt, und danach muß man noch über drei Felder gehen, ehe man ans Meer kommt. Es führt keine richtige Straße dahin, nur ein Karrenweg, aber man kann zur Not mit einem Auto darauf fahren. Ich bin einmal dort gewesen.«

»Er ist mit einem Auto gekommen«, sagte der Tugendhafte. »Man hat die Wagenspuren entdeckt. Aber das Auto ist wieder fortgefahren.«

»Es sieht so aus, als ob die beiden Männer zusammen dorthin gefahren sind«, meinte Kitty.

»Das glaube ich auch«, pflichtete ihr der Mann bei. »Das Opfer ist wahrscheinlich gefesselt und geknebelt an die Stelle gefahren, dort erwürgt worden und –«

»Aber warum sollten sie sich die Mühe gemacht haben, ihm einen Badeanzug anzuziehen«, wandte der Reisende erster Klasse ein.

»Weil«, erwiderte der Tugendhafte, »wie ich schon sagte, sie keine Kleidung zurücklassen wollten, die seine Identität hätte verraten können.«

»Ganz recht; aber warum haben sie ihn dann nicht einfach nackt dort liegenlassen? Ein Badeanzug scheint unter den Umständen eine übertriebene ästhetische Rücksicht zu sein.«

»Ja«, warf der Dicke ein, »Sie haben aber die Zeitung nicht sorgfältig gelsen. Die beiden Männer können nicht gemeinsam dorthin gekommen sin. Und warum? Man hat nur die Fußspuren eines Mannes gefunden, und die stammten von dem Ermordeten.«

Er sah sich triumphierend um.

»Nur die Fußspuren eines Mannes, wie?« vergewisserte sich der Reisende erster Klasse rasch. »Das ist ja interessant. Wissen Sie das bestimmt?«

»So steht's in der Zeitung. Die Fußspuren eines Mannes, heißt's da, die von nackten Füßen herrühren und sich durch sorgfältigen Vergleich als die des Ermordeten erwiesen haben, führten vom Standort des Autos bis zu der Stelle, wo der Leichnam gefunden wurde. Was sagen Sie dazu?«

»Na«, entgegnete der Angeredete, »das verrät einem eine ganze Menge. Man sieht den Platz sozusagen aus der Vogelschau. Auch erfährt man die Zeit des Mordes. Außerdem wirft es ein deutliches Licht auf den Charakter und die Verhältnisse des Mörders – oder der Mörder.«

»Wie können Sie das alles aus den paar Angaben herauslesen, Sir?« wollte der ältere Mann wissen.
»Zunächst einmal gibt es dort – ich bin zwar selbst noch nie in der Gegend gewesen, aber ich schließe das aus den Angaben – offenbar einen Sandstrand.«
»Richtig«, bestätigte der Dicke.
»Ferner ragt in der Nähe der Ausläufer eines Felsens weit in die See hinaus, von dem aus man ins Wasser springen und baden kann, ehe die Flut die Küste erreicht.«
»Ich weiß nicht, wie Sie das erraten können, Sir, aber es stimmt. Ungefähr hundert Meter weiter weg gibt es solche Felsen und tiefes Wasser, genau wie Sie es beschreiben. Manches Mal bin ich dort hinuntergesprungen.«
»Und die Felsen setzen sich Richtung Binnenland zu fort, wo sie mit kurzem Gras bedeckt sind.«
»Stimmt.«
»Der Mord fand, wie ich annehme, kurz vor der Flut statt, und die Leiche lag so ziemlich an der Hochwassergrenze.«
»Warum das?«
»Na, Sie sagten doch, daß Fußspuren bis zur Leiche führten. Das bedeutet, daß das Wasser nicht bis über die Leiche hinaus vorgedrungen ist. Aber andere Spuren waren nicht vorhanden. Daher müssen die Fußspuren des Mörders von der Flut ausgelöscht worden sein. Das Ganze läßt sich nur so erklären, daß die beiden Männer innerhalb der Hochwassergrenze zusammenstanden. Der Mörder kam aus dem Meer. Er griff den anderen an – drängte ihn vielleicht ein wenig in seinen eigenen Spuren zurück – und tötete ihn. Dann kam das Wasser näher und spülte eventuelle Spuren des Mörders hinweg. Man kann sich richtig vorstellen, wie er da kauerte und sich fragte, ob die See wohl weit genug vordringen würde.«
»Hu!« rief Kitty, »ich bekomme eine regelrechte Gänsehaut.«
»Nun zur Entstellung des Gesichts«, fuhr der Reisende erster Klasse fort. »Der Mörder war meiner Ansicht nach schon im Wasser, als das Opfer ankam. Sehen Sie, was ich meine?«
»Ich verstehe schon«, sagte der Dicke. »Sie nehmen an, er ist vom Felsen ins Wasser gesprungen und aus dem Wasser an den Strand gekommen. Daher keine Fußspuren.«

»Sie haben den Nagel auf den Kopf getroffen. Und da das Wasser bei diesen Felsen, wie Sie sagen, tief ist, war er vermutlich auch im Badeanzug.«
»Höchstwahrscheinlich.«
»Ganz recht. Nun fragt man sich: Womit ist das Gesicht verstümmelt worden? Man nimmt gewöhnlich kein Messer mit, wenn man morgens in die Fluten steigt.«
»Das ist allerdings ein Rätsel«, bemerkte der Dicke.
»Nicht unbedingt. Sagen wir einmal, der Mörder hatte entweder ein Messer bei sich oder nicht. Wenn er eins –«
»Wenn er eins bei sich hatte«, ergänzte der Tugendhafte eifrig, »muß er auf den Ermordeten gewartet haben. Und meiner Ansicht nach bestätigt das wieder meine Theorie von einem großangelegten, heimtückischen Komplott.«
»Ja. Aber wenn er dort mit dem Messer wartet, warum hat er den Mann dann nicht einfach erstochen? Warum hat er ihn erwürgt, wenn er eine tadellose Waffe zur Hand hatte? Nein – ich glaube, er kam unbewaffnet, und als er seinen Feind dort sah, ging er auf typisch britische Art mit Fäusten auf ihn los.«
»Aber die Verstümmelung?«
»Ich denke, als er den Mann tot vor sich im Sand liegen sah, packte ihn eine furchtbare Wut, und er wollte noch mehr Schaden anrichten. Er griff nach dem ersten besten Gegenstand, der in der Nähe lag – vielleicht ein Stück altes Eisen oder eine scharfe Muschel oder etwas Glas –, und fiel in einer maßlosen Anwandlung von Eifersucht und Haß über ihn her.«
»Schrecklich, schrecklich!« stöhnte die ältere Frau.
»Natürlich kann man nur Vermutungen anstellen, wenn man die Wunden nicht gesehen hat. Es ist durchaus möglich, daß dem Mörder während des Kampfes das Messer entfallen ist und er sich gezwungen sah, ihn mit den Händen zu erwürgen, und daß er das Messer nachher wieder aufgehoben hat. Wenn es glatte Messerwunden sind, hat sich die Sache wahrscheinlich so verhalten, und es handelt sich um einen geplanten Mord. Wenn es aber schartige, zerfetzte Wunden sind, hervorgerufen durch eine improvisierte Waffe, dann handelt es sich wohl um eine zufällige Begegnung, und der Mörder ist entweder verrückt oder –«

»Oder?«

»Oder er ist per Zufall auf jemanden gestoßen, den er haßte.«

»Wie ist es dann wohl weitergegangen?«

»Das ist kein Geheimnis. Nachdem der Mörder gewartet hatte, bis alle seine Fußspuren vom Wasser weggespült waren, ist er zum Felsen, wo er seine Kleidung zurückgelassen hatte, zurückgewatet oder geschwommen und hat die Waffe mit sich genommen. Das Meer wusch alle Blutspuren von seinem Badeanzug und seinem Körper ab. Er kletterte dann wieder auf den Felsen und ging barfuß bis zu dem kurzen Gras an der Küste, wo er sich anzog. Zuletzt setzte er sich in den Wagen des Ermordeten und fuhr mit diesem fort.«

»Warum hat er das bloß getan?«

»Ja, warum? Vielleicht hatte er es eilig, irgendwohin zu kommen. Oder er fürchtete, wenn der Ermordete zu früh identifiziert würde, daß dann der Verdacht auf ihn fallen würde. Oder es mögen noch andere Motive eine Rolle gespielt haben. Der springende Punkt ist: Woher kam er? Wie kam er dazu, an dieser entlegenen Stelle so früh am Morgen zu baden? Offenbar ist er nicht mit einem Auto hingefahren. Er mag in der Nähe gezeltet haben. Es hätte aber wohl ziemlich lange gedauert, bis er das Zelt abgebaut und all seinen Kram ins Auto gepackt haben würde, und dabei hätte er gesehen werden können. Ich neige mehr zu der Ansicht, daß er an die Stelle geradelt ist und das Rad dann hinten ins Auto geladen hat.«

»Wenn das so ist, warum hat er dann überhaupt den Wagen genommen?«

»Weil er sich in East Felpham länger aufgehalten hatte als vorgesehen und fürchtete, zu spät zu kommen. Entweder mußte er in einem Haus, wo seine Abwesenheit auffallen würde, zum Frühstück zurück sein, oder er wohnte ziemlich weit entfernt und hatte gerade noch Zeit genug für die Heimfahrt. Ich glaube aber, er mußte zum Frühstück zurück sein.«

»Warum?«

»Wenn er bloß Zeit auf der Landstraße gewinnen wollte, brauchte er ja nur sich und sein Rad in einen Zug zu packen. Nein, ich glaube, er wohnte irgendwo in einem kleinen Hotel. Es kann nicht groß gewesen sein, sonst wäre seine Abwesenheit nicht aufgefallen. Wahrscheinlich hat er auch nicht in einer Pension oder einem möblierten Zimmer gewohnt, sonst hätte bestimmt schon jemand erwähnt, daß sie einen Gast gehabt hätten, der nach East Felpham zum Schwimmen gegangen sei. Entweder wohnt er in der Nähe – und in dem Fall müßte er leicht zu finden sein –, oder er hielt sich bei Freunden auf, die daran interessiert sind, ihn zu schützen. Oder aber – und das halte ich für wahrscheinlicher – er logierte in einem kleinen Hotel, wo er am Frühstückstisch vermißt werden würde, wo man jedoch nicht wußte, welches sein beliebtester Badeplatz war.«

»Das klingt plausibel«, gab der Dicke zu.

»Auf jeden Fall«, fuhr der Reisende erster Klasse fort, »muß er an einem Ort gewohnt haben, von dem aus East Felpham leicht per Rad zu erreichen ist. Also dürfte es nicht so schwer sein, ihm auf die Spur zu kommen. Außerdem wird ihn das Auto verraten.«

»Ja. Wo ist Ihrer Meinung nach das Auto?« wollte der Tugendhafte wissen, der offenbar nicht gern seine Camorra-Theorie aufgeben wollte.

»Auf Abruf in einer Garage«, lautete die prompte Antwort des Reisenden erster Klasse.

»Ja, aber wo?« beharrte der Tugendhafte.

»Oh! Irgendwo in entgegengesetzter Richtung vom Standquartier des Mörders. Ich würde den Wagen in West Felpham suchen und das Hotel in der nächsten Stadt an der Hauptstraße, etwas weiter als der Schnittpunkt der beiden Straßen nach East und West Felpham. Sobald man den Wagen gefunden hat, weiß man auch den Namen des Opfers. Und was den Mörder angeht, so muß man Ausschau halten nach einem sportlichen Mann, der ein guter Schwimmer und ein begeisterter Radfahrer ist – wahrscheinlich nicht sehr wohlhabend, da er sich kein Auto leisten kann –, der sich als Feriengast in der Nähe der beiden Felphams aufgehalten und einen guten Grund hat, das Opfer zu hassen.«

»Nein, so was!« rief die ältere Frau bewundernd. »Wie schön Sie das hingekriegt haben. Wie Sherlock Holmes, ganz gewiß.«

»Ja, es ist wirklich eine sehr hübsche Theorie«, meinte der Tugendhafte. »Trotzdem werden Sie entdecken, daß eine Geheimgesellschaft dahintersteckt. Denken Sie an meine Worte. Meine Güte! Da sind wir schon. Nur zwanzig Minuten Verspätung. Das nenne ich aber pünktlich für einen Feiertag. Entschuldigen Sie, bitte, aber mein Koffer liegt gerade unter Ihrem Platz.«
Es war noch eine achte Person im Abteil, die während der ganzen Unterhaltung anscheinend in eine Zeitung vertieft war. Als die übrigen Reisenden sich auf den Bahnsteig ergossen, legte er eine Hand auf den Arm des Reisenden erster Klasse.
»Verzeihung, Sir«, sagte er. »Das war ein sehr interessanter Gedankengang von Ihnen. Mein Name ist Winterbottom, und ich untersuche diesen Fall. Würden Sie mir vielleicht Ihren Namen nennen? Ich möchte mich später gern mit Ihnen in Verbindung setzen.«
»Gewiß«, erwiderte der Reisende erster Klasse. »Es ist mir stets ein Vergnügen, meine Nase in anderer Leute Angelegenheiten zu stecken. Hier ist meine Karte. Sie können mich aufsuchen, wann immer Sie wollen.«
Inspektor Winterbottom nahm die Karte und las darauf: »Lord Peter Wimsey, 110A Piccadilly.«

Der Verkäufer der *Evening Views* bei der U-Bahn-Station Piccadilly plazierte sein Plakat mit einiger Sorgfalt. Es machte sich sehr gut, wie er dachte.

Mann ohne Gesicht
identifiziert

Für seine Begriffe war es bedeutend auffallender als das von der Konkurrenz ausgehängte Plakat, das ankündigte:

Mord am Strand
Opfer identifiziert

Ein jüngerer Herr im grauen Anzug, der in diesem Moment aus der »Criterion Bar« auftauchte, schien derselben Ansicht

zu sein; denn er tauschte eine Kupfermünze gegen die *Evening Views* ein und versenkte sich sofort darin.
Er war derart gefesselt, daß er vor dem Bahnhof einen eiligen Mann anrempelte und sich entschuldigen mußte.
Die *Evening Views,* die dem Mörder wie dem Opfer dankbar waren, daß sie in der toten Zeit nach den Feiertagen für eine so nützliche Sensation sorgten, hatten ihr den besten Platz in der Zeitung eingräumt:

Gesichtsloses Opfer
des
Strandverbrechens
identifiziert

Mord an einem
prominenten
Reklamekünstler

Anhaltspunkte der
Polizei

»Die Leiche eines Mannes in mittleren Jahren, der, nur mit einem Badeanzug bekleidet und mit einem durch ein schartiges Instrument gräßlich verstümmeltes Gesicht, Montag morgen am Strand von East Felpham aufgefunden wurde, ist jetzt identifiziert worden. Es handelt sich um Mr. Coreggio Plant, Leiter des Ateliers der Firma Crichton Ltd., den weltberühmten Publicity-Experten von Holborn.
Mr. Plant, der fünfundvierzig Jahre alt und unverheiratet war, verbrachte seinen Jahresurlaub auf einer Autotour die Westküste entlang. Er reiste allein und hatte auch keine Adresse hinterlassen, so daß ohne die hervorragende Arbeit von Inspektor Winterbottom von der Westshire Polizei sein Verschwinden normalerweise erst bemerkt worden wäre, wenn er nach drei Wochen wieder an seiner Arbeitsstätte hätte erscheinen müssen. Der Mörder hatte zweifellos hiermit gerechnet und das Auto mit den Sachen des Opfers entfernt, um alle Spuren dieses feigen Verbrechens zu verwischen und so Zeit für die Flucht zu gewinnen.

Durch eine systematische Suche wurde jedoch der verschwundene Wagen schließlich in einer Garage in West Felpham entdeckt, wo er zurückgelassen worden war zu einer Generalüberholung. Der Garagenbesitzer, Mr. Spiller, hat selbst den Mann gesehen, der den Wagen gebracht hat, und konnte der Polizei eine Beschreibung liefern. Es soll ein kleiner, dunkler Mann gewesen sein – ein ausländischer Typ. Die Polizei besitzt Anhaltspunkte für seine Identität, und eine baldige Verhaftung wird zuversichtlich erwartet.

Mr. Plant war fünfzehn Jahre bei der Firma Crichton beschäftigt und wurde in den letzten Kriegsjahren zum Atelierleiter ernannt. Er war bei seinen Kollegen sehr beliebt, und sein Geschick bei der Entwicklung von Werbekampagnen hat viel dazu beigetragen, die Wahrheit des weltbekannten Schlagworts der Firma Crichton zu bestätigen: ›Crichtons Reklame ist unübertroffen.‹

Die Beisetzung des Opfers findet morgen auf dem Friedhof von Golders Green statt. (Siehe auch die Bilder auf der letzten Seite.)«

Lord Peter warf einen Blick auf die letzte Seite. Bei der Fotografie des Opfers hielt er sich nicht lange auf. Es war eines jener faden Atelierbilder, die nichts besagen, als daß der Betreffende ein leidliches Sortiment von Gesichtszügen besitzt. Er sah, daß Mr. Plant ziemlich dünn gewesen war, eher wie ein Kaufmann als wie ein Künstler aussah, und daß der Fotograf es vorgezogen hatte, eine ernste Aufnahme von ihm zu machen. Ein Bild vom Strand in East Felpham, auf dem die Stelle, wo man die Leiche gefunden hatte, mit einem Kreuz bezeichnet worden war, schien ein mehr als oberflächliches Interesse in ihm zu wecken. Er studierte es geraume Zeit sehr sorgfältig, wobei er hin und wieder Laute der Überraschung ausstieß. Es war eigentlich kein offensichtlicher Grund für Überraschung vorhanden; denn das Bild bestätigte in allen Einzelheiten die Schlüsse, die er auf der Fahrt gezogen hatte. Da war die Kurve des Sandstrandes mit dem langen Felsausläufer im Hintergrund, der bis ins tiefe Wasser hinausragte und auf dem Festland mit kurzem, dichtem Rasen bedeckt war. Dennoch betrachtete er es minutenlang mit gespannter Aufmerksamkeit. Dann faltete er die Zeitung zusammen und winkte ein Taxi herbei. Sobald er im Taxi saß, schlug er die Zeitung wieder auf und betrachtete das Bild noch einmal.

»Eure Lordschaft waren ja so freundlich«, sagte Inspektor Winterbottom, der sein Glas eigentlich zu rasch geleert hatte, um den Inhalt gebührend genießen zu können, »und luden mich ein, Sie in London aufzusuchen. Da habe ich mir gestattet, kurz entschlossen bei Ihnen vorzusprechen. Danke vielmals, zu einem so guten Tropfen sage ich nicht nein. Na, wie Sie ja wohl in der Zeitung lasen, haben wir den Wagen gefunden.«

Wimsey brachte seine Befriedigung über dieses Resultat zum Ausdruck.

»Und ich bin Eurer Lordschaft für den Wink äußerst dankbar«, fuhr der Inspektor großmütig fort. »Ich will ja nicht sagen, daß ich nicht auch zu demselben Schluß gekommen wäre, wenn ich etwas mehr Zeit gehabt hätte, aber . . . Übrigens sind wir dem Mann auf der Spur.«

»Wie ich gelesen habe, soll er etwas Fremdländisches an sich haben. Sagen Sie nur nicht, daß er doch zur Camorra gehört!«

»Nein, Mylord.« Der Inspektor blinzelte ihm zu. »Unserem Freund im Zug spukten die Zeitschriftengeschichten ein wenig im Kopf herum. Und *Sie,* Mylord, waren mit Ihrer Radfahrertheorie auch etwas auf dem Holzwege.«

»Wirklich? Das ist aber ein Schlag für mich.«

»Nun, Mylord, solche Theorien hören sich ganz gut an, aber meistens sind sie zu fein gesponnen. Halten Sie sich an die Tatsachen – das ist unser Motto bei der Truppe –, Tatsachen und Motiv, da kann man nicht viel verkehrt machen.«

»Oho! Dann haben Sie also bereits das Motiv entdeckt, wie?«

Der Inspektor kniff wieder ein Auge zu.

»Für den Mord an einem Mann gibt es nicht viele Motive«, antwortete er. »Frauen oder Geld – oder Frauen und Geld –, meistens ist es das eine oder das andere. Dieser Plant spielte ein bißchen den Lebemann. Unterhielt ein kleines Häuschen in der Nähe von Felpham mit einem netten kleinen Frauenzimmer darin, das dieses Liebesnest für ihn warmhielt. Verstehen Sie?«

»Ach! Ich dachte, er sei auf einer Autotour.«

»Autotour – so sehen Sie aus!« sagte der Inspektor nicht sehr höflich, aber energisch. »Das hat der alte Lüstling den Leuten im Büro erzählt. Ein wunderbarer Grund, wenn man keine Adresse hinterlassen will. Nein, nein. Es war schon einer Dame wegen. Ich habe sie selbst gesehen. Eine sehr attraktive Person, wenn man Haut und Knochen liebt, was ich nicht tue. Ich schwärme mehr für die etwas besser Gepolsterten.«

»Der Sessel ist wirklich bequemer, wenn Sie sich ein Kissen hinter den Rücken stecken«, warf Wimsey mit ängstlicher Besorgnis dazwischen. »Gestatten Sie.«

»Vielen Dank, Mylord, vielen Dank. Ich sitze sehr bequem. Es scheint, als ob diese Frau – nebenbei bemerkt, erzähle ich Ihnen dieses ganz im Vertrauen. Ich möchte nicht, daß etwas durchsickert, ehe ich den Mann hinter Schloß und Riegel habe.«

Wimsey gelobte Diskretion.

»Schon gut, Mylord, schon gut. Ich weiß, ich kann mich auf Sie verlassen. Nun, die Quintessenz ist, daß diese junge Frau noch einen Kavalier hatte – einen Italiener oder dergleichen, den sie sitzenließ, als sie Plant kennenlernte. Dieser Makkaroni hat Lunte gerochen und kam am Sonntag abend nach East Felpham, um sie aufzusuchen. Er ist Eintänzer in einem Tanzpalast in Cricklewood, und das Mädchen stammt auch daher. Sie dachte wohl, Plant sei etwas Besseres. Jedenfalls kam er herüber und platzte Sonntag abend bei ihnen herein, als sie gerade zu Abend aßen – dann fing der Krach an.«

»Wußten Sie denn nichts von dem Häuschen und von dem, was sich darin abspielte?«

»Wissen Sie, es gibt heutzutage so viele, die Wochenendhäuser haben. Wir können sie unmöglich alle beobachten lassen, solange die Bewohner sich anständig aufführen und kein öffentliches Ärgernis erregen. Wie man mir sagte, ist die Frau seit Juni dort, und er kommt immer von Sonnabend bis Montag. Aber es ist ein einsamer Fleck, und der Constable hat nicht sonderlich darauf geachtet. Plant kam immer abends an, da hat ihn keiner so recht gesehen außer der alten Putzfrau, und die ist halb blind. Und als sie ihn fanden, hatte

er kein Gesicht mehr, das man erkennen konnte. Man hat bestimmt angenommen, daß er wie üblich abgefahren sei. Damit hat der Makkaroni wohl gerechnet. Wie ich schon erwähnte, gab's einen tollen Krach, und der Italiener wurde rausgeschmissen. Er muß Plant an der Badestelle aufgelauert und ihn dann umgebracht haben.«
»Durch Erwürgen?«
»Er *wurde* erwürgt.«
»War sein Gesicht denn mit einem Messer zerschnitten?«
»Nein – ich glaube nicht, daß es ein Messer war. Es sah eher nach einer zerbrochenen Flasche aus. Mit der Flut werden viele solcher Flaschen angeschwemmt.«
»Aber dann sind wir ja wieder bei unserem alten Problem angelangt. Wenn dieser Italiener Plant aufgelauert hat, um ihn zu ermorden, warum hatte er keine Waffe mitgebracht und sich statt dessen auf seine Hände und eine zerbrochene Flasche verlassen?«
Der Inspektor schüttelte den Kopf.
»Unberechenbar«, erwiderte er. »Alle diese Ausländer sind unberechenbar. Keinen Verstand. Aber wir haben den Mann, und wir haben das Motiv. Das ist doch sonnenklar. Mehr braucht's nicht.«
»Und wo ist der italienische Bursche jetzt?«
»Weggelaufen. Das ist an sich schon ein Beweis für seine Schuld. Aber wir werden ihn bald kriegen. Deshalb bin ich nach London gekommen. Er kann nicht außer Landes gehen. Ich habe einen Steckbrief erlassen. Die Leute von der Tanzhalle gaben uns eine Fotografie und eine gute Beschreibung. Ich erwarte jede Minute einen Bericht. Daher muß ich jetzt auch gehen. Ich danke Ihnen vielmals für Ihre Gastfreundlichkeit, Mylord.«
»Ganz meinerseits«, sagte Wimsey und klingelte nach dem Diener, der den Inspektor hinausbegleiten sollte. »Ich habe viel Freude an unserer kleinen Unterhaltung gehabt.«

Als Wimsey am nächsten Tag um zwölf Uhr in den »Falstaff« schlenderte, fand er dort, wie er erwartet hatte, Salcombe Hardy, der seine rundliche Gestalt gegen die Bar lehnte. Der Berichterstatter begrüßte ihn mit ungewöhnlicher, geradezu

überschäumender Herzlichkeit und bestellte sofort zwei große Whiskys. Sobald das übliche Geplänkel wegen der Bezahlung ehrenhaft beigelegt war, indem man die Gläser prompt austrank und zwei weitere bestellte, zog Wimsey die letzte Nachtausgabe der *Evening Views* aus der Tasche.
»Könnten Sie mir bei Ihrer Zeitung einen anständigen Abzug dieser Aufnahme beschaffen?« fragte er und deutete auf das Bild vom Strand bei East Felpham.
Salcombe Hardy blickte ihn mit fragenden Augen an, die wie ertrunkene Veilchen aussahen.
»Hören Sie mal, Sie alter Spürhund«, sagte er, »soll das etwa heißen, daß Sie eine Theorie haben? Ich muß unbedingt etwas darüber schreiben. Die Polizei ist offenbar seit gestern abend nicht weitergekommen.«
»Nein; ich bin aus einem gänzlich anderen Grund daran interessiert. Ich hatte eine Theorie – wenn man's so nennen kann –, aber sie scheint ganz verkehrt zu sein. Nun, das kann vorkommen. Aber ich möchte gern einen Abzug haben.«
»Ich werde Warren einen abluchsen, wenn wir zurückkommen. Wir wollen nämlich zusammen zu Crichton gehen, um uns ein Bild anzusehen. Sagen Sie, wie wär's, wenn Sie mitkämen. Dann könnten Sie mir verraten, was ich über das verdammte Ding schreiben soll.«
»Mein Gott! Ich verstehe nichts von Reklame.«
»Es handelt sich nicht um Reklame, sondern um ein Porträt dieses Tropfes, Plant. Gemalt von einem Burschen in seinem Atelier. Das Mädchen, das mir davon erzählt hat, behauptete, es sei geistreich. Ich verstehe nichts davon; sie wahrscheinlich auch nicht. Aber Sie sind doch künstlerisch veranlagt, nicht wahr?«
»Ich wollte, Sie bedienten sich nicht solcher Gemeinplätze, Sally. Künstlerisch veranlagt! Wer ist dieses Mädchen?«
»Eine Stenotypistin in der Abteilung, wo die Werbetexte angefertigt werden.«
»Aber Sally!«
»Nichts dergleichen. Ich habe sie nie zu sehen bekommen. Sie heißt Gladys Twitterton. Der Name ist gräßlich genug, um jemanden abzustoßen. Sie rief gestern abend bei uns an und erzählte uns, daß dort jemand sei, der den alten Plant in

Öl gemalt habe, und ob das von Interesse für uns sei. Drummer war der Ansicht, daß man sich das Ding mal ansehen sollte. Mal was anderes als diese ewige Fotografie, die durch alle Zeitungen geht.«
»Ach so. Wenn man keinen exklusiven Bericht hat, ist ein exklusives Bild besser als gar nichts. Das Mädchen scheint auf dem Quivive zu sein. Freundin des Künstlers?«
»Nein – behauptete, er würde wahrscheinlich sehr verärgert darüber sein, daß sie es mir gesagt habe. Aber damit werde ich schon fertig. Ich möchte nur, daß Sie mitkommen und es ich ansehen. Und mir einen Wink geben, ob ich es als Werk eines unbekannten Meisters oder nur als ein gelungenes Porträt deklarieren soll.«
»Zum Kuckuck noch mal, wie kann ich sagen, ob es ein gelungenes Porträt ist, wenn ich den Kerl nie gesehen habe?«
»Das werde ich auf jeden Fall behaupten. Aber ich will wissen, ob es gut gemalt ist.«
»Verdammt noch mal, Sally, was hat es schon zu sagen, ob es gut gemalt ist oder nicht? Ich habe anderes zu tun. Wer ist denn der Künstler? Hat man schon etwas von ihm gehört?«
»Weiß nicht. Den Namen habe ich hier irgendwo.« Sally wühlte in seiner Hüfttasche und fischte eine Menge schmutziger und stark mitgenommener Briefe heraus. »Irgend so ein komischer Name wie Buggle oder Snagtooth – warten Sie mal –, hier haben wir ihn ja. Crowder. Thomas Crowder. Ich wußte, daß es kein alltäglicher Name war.«
»Sehr viel Ähnlichkeit mit Buggle oder Snagtooth. Na schön, Sally. Ich will den Märtyrer spielen. Führen Sie mich zum Opferplatz.«
»Wir wollen schnell noch einen heben. Da ist Warren ja. Dies ist Lord Peter Wimsey. Den nächsten spendiere ich.«
»Nein, ich«, korrigierte der Fotograf, ein abgekämpfter junger Mann, der nicht mehr viele Illusionen zu haben schien. »Drei große White Labels, bitte. Na, zum Wohl! Bist du fertig, Sally? Dann machen wir uns besser auf den Weg. Ich muß nämlich um zwei Uhr zur Beerdigung in Golders Green sein.«
Mr. Crowder von der Firma Crichton schien durch Miss Twitterton schon auf den Besuch vorbereitet worden zu sein; denn er empfing die Delegation mit finsterer Resignation.

»Die Direktoren werden nicht begeistert sein«, meinte er, »aber sie haben schon so viel über sich ergehen lassen müssen, daß eine Unregelmäßigkeit mehr oder weniger sie wahrscheinlich auch nicht umwerfen wird.« Er hatte ein kleines, ängstliches gelbes Affengesicht. Wimsey schätzte ihn auf Ende Dreißig. Er bemerkte die schönen, beweglichen Hände, von denen eine durch einen Streifen Heftpflaster verunstaltet war.

»Haben Sie sich verletzt?« fragte Wimsey liebenswürdig, als sie die Treppe zum Atelier hinaufstiegen. »Das dürfen Sie nicht zur Gewohnheit werden lassen. Die Hände eines Künstlers sind sein Kapital.«

»Oh, es ist nur eine Kleinigkeit«, entgegnete Crowder, »aber es ist besser, wenn man keine Farbe in Schrammen bekommt, sonst kann man sich eine Bleivergiftung zuziehen. Hier ist das verfehlte Porträt. Ich will Ihnen gleich verraten, daß es dem Dargestellten nicht gefallen hat. Er wollte es um keinen Preis haben.«

»Nicht schmeichelhaft genug?« fragte Hardy.

»Sie haben es erfaßt.« Der Maler zog das etwa ein Meter dreißig hohe und ein Meter breite Ölgemälde aus seinem Versteck hinter aufgestapelten Plakatkartons hervor und stellte es auf die Staffelei.

»Oh!« rief Hardy ein wenig überrascht. Das Gemälde selbst bot allerdings keinen Grund zur Überraschung. Es war eine ziemlich geradlinige Leistung. Die Geschicklichkeit und die Originalität der Pinselführung waren von einer Art, die den Maler interessiert, ohne den Laien zu schockieren.

»Oh!« sagte Hardy nochmals. »Sah er wirklich so aus?«

Er trat näher an das Gemälde heran und betrachtete es so intensiv, als blicke er in das Gesicht des lebenden Mannes in der Hoffnung, etwas daraus zu lesen. Unter diesem mikroskopischen Blick löste sich das Porträt in ein Konglomerat gemalter Flecke und Streifen auf. Er machte die Entdeckung, daß das menschliche Gesicht in den Augen eines Malers aus lauter grünen und purpurnen Tupfen besteht.

Hardy trat wieder zurück und änderte seine Fragestellung: »So hat er also ausgesehen, nicht wahr?«

Er zog die Fotografie von Plant aus der Tasche und verglich

sie mit dem Porträt. Das Porträt schien sich über sein Erstaunen lustig zu machen.
»Diese Modefotografen retuschieren die Aufnahmen natürlich«, meinte er. »Aber das geht mich nichts an. Dieses Ding hier ist ein tadelloser Blickfang. Meinen Sie nicht auch, Wimsey? Ob man uns wohl zwei Spalten auf der ersten Seite gibt? Na, Warren, Sie legen am besten gleich los.«
Der von künstlerischen oder journalistischen Erwägungen unbeschwerte Fotograf studierte schweigend das Gemälde, und es wurde für ihn zu einer Angelegenheit von panchromatischen Platten und Farbfiltern. Crowder half ihm, die Staffelei in ein besseres Licht zu rücken. Zwei oder drei Leute aus anderen Abteilungen, die durch das Atelier gehen mußten, blieben stehen und schauten eine Weile zu, als handle es sich um einen Straßenunfall. Ein melancholischer, grauhaariger Mann, der anstelle des verblichenen Coreggio Plant vorübergehend Leiter des Ateliers war, nahm mit einer gemurmelten Entschuldigung Crowder beiseite, um ihm ein paar technische Instruktionen zu geben. Hardy wandte sich an Lord Peter.
»Es ist verdammt häßlich«, meinte er. »Ist es aber gut?«
»Glänzend«, entgegnete Wimsey. »Sie können sich richtig austoben. Können darüber sagen, was Sie wollen.«
»Herrlich! Könnten wir nicht einen unserer vernachlässigten britischen Meister entdecken?«
»Ja. Warum nicht? Wahrscheinlich werden Sie den Mann zum Salonhelden machen und ihn als Künstler ruinieren, doch das ist seine Angelegenheit.«
»Aber sagen Sie einmal – halten Sie es für ein naturgetreues Porträt? Er hat ihn ausgesprochen unheimlich dargestellt. Plant hat es ja für so mißglückt gehalten, daß er es nicht haben wollte.«
»Um so törichter von ihm. Haben Sie je von dem Porträt eines gewissen Staatsmannes gehört, das dessen innere Leere so stark zum Ausdruck brachte, daß er es schnell gekauft und versteckt hat, damit Leute wie Sie es nicht in die Finger bekamen?«
Crowder kehrte zurück.
»Sagen Sie«, fragte Wimsey, »wem gehört das Bild eigentlich? Ihnen? Oder den Erben des Verstorbenen oder wem?«

»Ich bleibe wohl darauf sitzen«, erwiderte der Maler. »Plant hat mir mehr oder weniger den Auftrag dazu erteilt, aber –«

»Was heißt das: mehr oder weniger?«

»Er hat mir dauernd durch die Blume zu verstehen gegeben, daß er sich gern von mir malen lassen würde. Und da er mein Vorgesetzter war, hielt ich es für klüger, darauf zu reagieren. Ein Preis wurde überhaupt nicht erwähnt. Als er es sah, mochte er es nicht leiden und verlangte von mir, daß ich es ändern solle.«

»Das haben Sie aber nicht getan.«

»Nun ja, ich habe es beiseite gestellt und gesagt, ich wolle sehen, was sich machen ließe. Ich hoffte im stillen, er würde es vergessen.«

»Ach so. Dann können Sie ja wohl darüber verfügen.«

»Das nehme ich auch an. Warum?«

»Sie haben eine sehr individuelle Technik, nicht wahr?« fuhr Wimsey fort. »Stellen Sie viel aus?«

»Hie und da. In London allerdings noch nicht.«

»Ich glaube, ich habe irgendwo einmal ein paar kleine Seebilder von Ihnen gesehen. Könnte es in Manchester gewesen sein? Oder in Liverpool? Ich wußte Ihren Namen nicht, aber die Technik habe ich sofort wiedererkannt.«

»Das kann wohl sein. Ich habe vor ungefähr zwei Jahren ein paar Sachen nach Manchester geschickt.«

»Ja – ich war überzeugt, daß ich mich nicht geirrt hatte. Ich möchte das Porträt kaufen. Hier ist übrigens meine Karte. Ich bin kein Journalist; ich bin Sammler.«

Crowder blickte abwechselnd auf die Karte und auf Wimsey und schien zu zögern.

»Wenn Sie es ausstellen wollen«, sagte Wimsey, »können Sie es selbstverständlich noch so lange behalten, wie Sie wollen.«

»Das ist nicht das Problem«, sagte Crowder. »Die Sache ist so: Ich bin von dem Ding nicht sehr erbaut. Ich möchte es am liebsten – ich wollte sagen, es ist eigentlich noch nicht fertig.«

»Lieber Mann, es ist geradezu ein Meisterwerk.«

»Oh, das Gemälde an sich ist in Ordnung. Aber als Porträt ist es nicht ganz zufriedenstellend.«

»Was bedeutet schon die Ähnlichkeit? Ich weiß nicht, wie der verstorbene Plant aussah, und es ist mir auch völlig gleichgültig. In meinen Augen ist es ein verteufelt gutes Bild, und wenn Sie daran herummanipulieren, werden Sie es nur verderben. Das wissen Sie genausogut wie ich. Was haben Sie denn eigentlich? Es ist doch nicht der Preis, nicht wahr? Um den werde ich nicht feilschen, wissen Sie. Noch kann ich mir meine bescheidenen Freuden leisten, selbst in diesen mageren Zeiten. Wollen Sie es nicht in meinen Händen wissen? Oder was ist der eigentliche Grund?«

»Es liegt überhaupt kein Grund vor, weshalb Sie es nicht haben sollten, wenn Sie es wirklich wünschen«, sagte der Maler immer noch ein wenig mürrisch. »Wenn es wirklich das Gemälde ist, das Sie interessiert.«

»Was sollte es sonst sein? Der Zusammenhang mit einem Verbrechen? Von dem Artikel kann ich so viele haben, wie ich will, wenn's mich danach verlangt – oder sogar, wenn's mich nicht danach verlangt. Na, überlegen Sie es sich jedenfalls, und wenn Sie zu einem Schluß gekommen sind, schikken Sie mir ein paar Zeilen und nennen Sie Ihren Preis.«

Crowder nickte, ohne ein Wort zu sagen, und da der Fotograf inzwischen seine Aufgabe beendet hatte, verabschiedeten sich die Besucher.

Beim Verlassen des Gebäudes gerieten sie in den Strom der Angestellten der Firma Crichton, die zum Lunch gingen. Ein Mädchen, das halb absichtlich in der unteren Halle herumgetrödelt zu haben schien, fing sie ab, als der Fahrstuhl herunterkam.

»Sind Sie die Leute von den *Evening Views*? Haben Sie Ihre Aufnahme gemacht?«

»Miss Twitterton?« fragte Hardy. »Ja, sicher – tausend Dank für den Tip. Sie werden das Bild heute abend auf der ersten Seite sehen.«

»Oh, das ist ja wunderbar! Ich bin ganz aufgeregt. Weiß man schon, wer Mr. Plant ermordet hat? Oder bin ich schrecklich indiskret?«

»Wir erwarten jeden Augenblick Nachricht von einer Verhaftung«, erwiderte Hardy. »Ich muß daher so schnell wie möglich ins Büro zurück, um den Anruf nicht zu verpassen.

Sie entschuldigen mich wohl, nicht wahr? Und darf ich an einem anderen Tag, wenn wir es nicht so eilig haben, einmal vorbeikommen und Sie zum Lunch einladen?«
»Natürlich. Das würde mich riesig freuen.« Miss Twitterton kicherte. »Ich möchte ja so gern mehr über all diese Mordfälle hören.«
»Hier ist der Mann, der Ihren Wunsch erfüllen kann, Miss Twitterton«, sagte Hardy mit einem boshaften Zwinkern. »Gestatten Sie mir, Ihnen Lord Peter Wimsey vorzustellen.«
Miss Twitterton reichte ihm die Hand in erregter Ekstase, die ihr fast die Stimme verschlug.
»Guten Tag«, sagte Wimsey. »Da dieser Bursche es so eilig hat, in seinen Klatschladen zurückzukommen, wie wär's, wenn Sie einen kleinen Happen mit mir essen würden?«
»Ich weiß nicht –« begann Miss Twitterton.
»Das können Sie ruhig machen«, versicherte Hardy ihr, »er wird Sie nicht in goldene Lasterhöhlen locken. Wenn Sie ihn ansehen, werden Sie entdecken, daß er ein freundliches, unschuldiges Gesicht hat.«
»An so etwas habe ich überhaupt nicht gedacht«, beteuerte Miss Twitterton. »Aber ich weiß nicht so recht – ich habe nur meine alten Sachen an. Es hat keinen Zweck, etwas Anständiges zu tragen in diesen staubigen Räumen.«
»Ach, Unsinn!« erklärte Wimsey. »Sie könnten überhaupt nicht netter aussehen. Auf das Kleid kommt's nicht an – sondern auf die Person, die es trägt. Das ist also ganz in Ordnung. Auf Wiedersehen, Sally! Taxi! Wohin sollen wir gehen? Wann müssen Sie übrigens zurück sein?«
»Um zwei Uhr«, entgegnete Miss Twitterton voller Bedauern.
»Dann müssen wir mit dem Savoy vorliebnehmen. Das ist nicht zu weit.«
Miss Twitterton hüpfte mit einem kleinen Schrei der Begeisterung in das wartende Taxi.
»Haben Sie Mr. Crichton gesehen?« fragte sie. »Er kam gerade vorbei, als wir dastanden und redeten. Er kennt mich wahrscheinlich nicht von Ansehen. Ich hoffe es jedenfalls – sonst denkt er womöglich, ich lebte auf zu großem Fuße und hätte keine Gehaltserhöhung nötig.« Sie wühlte in ihrer

Handtasche. »Mein Gesicht glänzt sicher vor lauter Aufregung – und ich habe meinen Spiegel zerbrochen.«
Wimsey holte mit ernster Miene einen kleinen Spiegel aus der Tasche.
»Wie umsichtig von Ihnen«, rief Miss Twitterton. »Ich fürchte, Lord Peter, Sie gehen recht häufig mit Mädchen aus.«
»So hin und wieder«, schmunzelte Wimsey. Er hielt es nicht für notwendig zu erwähnen, daß er den Spiegel zum letztenmal gebraucht hatte, um die Backenzähne eines ermordeten Mannes zu prüfen.

»Natürlich«, erzählte Miss Twitterton, »mußten sie sagen, daß er bei seinen Kollegen beliebt gewesen sei. Ist Ihnen das noch nicht aufgefallen, daß Ermordete immer gut gekleidet und beliebt waren?«
»Das muß wohl so sein«, meinte Wimsey. »Das macht die Geschichte geheimnisvoller und rührender. Genauso wie Mädchen, die verschwinden, immer heiter und häuslich waren und nichts mit Männern zu tun hatten.«
»Blöd, nicht wahr?« sagte Miss Twitterton, den Mund voll Entenbraten und grünen Erbsen. »Man sollte meinen, alle währen froh, Plant los zu sein – ekelhafte, grobe Kreatur. Und so gemein, wie er war, er heimste immer die Anerkennung für die Arbeit anderer ein. Alle diese armen Wesen im Atelier, die nicht aufzumucken wagten. Ich sage immer, Lord Peter, man kann sofort spüren, ob ein Abteilungsleiter für seinen Posten taugt, wenn man beim Eintreten auf die Atmosphäre achtet. Nehmen wir mal den Redaktionsraum. Wir sind alle so freundlich und heiter, wie man sich nur denken kann, obgleich der Ton, der dort herrscht, manchmal recht rauh ist. Aber diese Werbetexter sind nun einmal so und denken sich nichts dabei. Aber Mr. Ormerod – das ist nämlich unser Redaktionsleiter – ist wirklich ein Gentleman, und er weckt bei allen das Interesse an der Arbeit, wenn sie auch noch so sehr murren über die Käseplakate und den Warenhauskram, den sie produzieren müssen. Aber im Atelier ist das ganz anders. Dort herrscht so eine leblose Atmosphäre. Wir Mädchen merken solche Dinge viel mehr, als manch

eine der hochgestellten Persönlichkeiten denkt. Ich bin natürlich ganz besonders sensibel in dieser Hinsicht – beinahe telepathisch, hat man mir gesagt.«
Lord Peter meinte, Frauen seien die besseren Menschenkenner und auffallend intuitiv.
»Das stimmt«, erklärte Miss Twitterton. »Ich habe oft gesagt, wenn ich bloß ein paar offene Worte mit Mr. Crichton reden dürfte, könnte ich ihm so manches erzählen. In solchen Firmen existieren komplizierte Verhältnisse unter der Oberfläche, von denen die da oben gar keine Ahnung haben.«
Davon sei er überzeugt, stimmte Lord Peter zu.
»Sie glauben ja nicht, wie Mr. Plant Leute behandelte, die seiner Meinung nach unter ihm standen«, fuhr Miss Twitterton fort. »Es konnte einen rasend machen. Wenn Mr. Ormerod mich mit einer Nachricht zu ihm schickte, so war ich jedesmal froh, wenn ich wieder aus dem Zimmer gehen konnte. Es war geradezu demütigend, wie er zu einem sprach. Es ist mir ganz egal, ob er tot ist oder nicht. Das Totsein macht das frühere Benehmen eines Menschen auch nicht besser, Lord Peter. Es waren nicht so sehr die Grobheiten, die er einem an den Kopf warf. Mr. Birkett zum Beispiel ist, weiß Gott, auch grob genug, aber niemand macht sich etwas daraus. Er ist wie ein großer, tolpatschiger junger Hund – aber eigentlich sanft wie ein Lamm. Nein, es war Mr. Plants ekelhafte, höhnische Art, die wir alle so haßten. Dauernd hat er die Leute heruntergemacht.«
»Wie ist das mit diesem Gemälde?« fragte Wimsey. »Hat es überhaupt Ähnlichkeit mit ihm?«
»Es war ihm viel zu ähnlich«, sagte Miss Twitterton mit Nachdruck. »Deshalb haßte er es so. Er mochte auch Crowder nicht leiden. Aber er wußte natürlich, daß der malen konnte, und veranlaßte ihn dazu, das Bild zu machen, da er glaubte, so auf billige Art und Weise zu etwas Wertvollem zu kommen. Und Crowder konnte sich nicht gut weigern, sonst hätte Plant ihn entlassen.«
»Man sollte eigentlich meinen, daß das einem so talentierten Mann wie Crowder nichts ausmachen würde.«
»Der arme Mr. Crowder! Er hat wohl nicht viel Glück im Leben gehabt. Gute Künstler können anscheinend nicht immer

ihre Bilder verkaufen. Und ich weiß, daß er heiraten wollte. Sonst hätte er sich dieser Brotarbeit nicht zugewandt. Er hat mir ziemlich viel über sich erzählt. Ich weiß nicht, warum – aber ich gehöre wohl zu den Menschen, denen andere sich gern anvertrauen.«

Lord Peter füllte Miss Twittertons Glas.

»Oh, bitte! Nein, wirklich! Keinen Tropfen mehr! Ich rede sowieso schon zuviel. Was wird Mr. Ormerod nur sagen, wenn er mir seine Briefe diktiert. Ich werde sicher lauter Unsinn schreiben. Oh, ich muß wirklich gehen. Sehen Sie doch nur, wie spät es schon ist!«

»Sie haben noch Zeit genug. Trinken Sie eine Tasse schwarzen Kaffee – dann fühlen Sie sich wieder ganz frisch.« Wimsey lächelte. »Sie haben durchaus nicht zuviel geredet. Ihre Schilderung des Bürolebens hat mir richtig Spaß gemacht. Sie haben eine sehr anschauliche Ausdrucksweise. Mir ist jetzt völlig klar, warum Mr. Plant sich keiner großen Beliebtheit erfreute.«

»Im Büro jedenfalls nicht – wie er anderswo war, weiß ich natürlich nicht«, fügte Miss Twitterton geheimnisvoll hinzu.

»Oho?«

»Oh! Er hatte es faustdick hinter den Ohren«, fuhr Miss Twitterton fort. »Das kann man wirklich sagen. Ein paar Freunde von mir trafen ihn eines Abends im Westend, und sie konnten so allerlei berichten. Es kursierte direkt als Witz im Büro – der alte Plant und seine Rosenknospen. Mr. Cowley – *der* Cowley, wissen Sie, der die Motorradrennen fährt – sagte immer, er wisse, was von Mr. Plant und seinen Autotouren zu halten sei. Einmal, als Mr. Plant so tat, als sei er mit seinem Auto durch Wales gefahren, fragte Mr. Cowley ihn über die Straßen aus, und er hatte keinen blassen Schimmer davon. Mr. Cowley kannte sich in Wales aus und konnte Mr. Plant so richtig reinlegen. Außerdem wußte Mr. Cowley, daß Mr. Plant die ganze Zeit über in sehr attraktiver Gesellschaft in einem Hotel in Aberystwyth verbracht hatte.«

Miss Twitterton trank ihren Kaffee aus und setzte energisch die Tasse ab.

»Jetzt *muß* ich aber laufen, sonst komme ich viel zu spät. Ich danke Ihnen vielmals.«

»Nanu«, sagte Inspektor Winterbottom. »Sie haben also das Porträt gekauft?«
»Ja«, entgegnete Wimsey. »Es ist eine bemerkenswerte Arbeit.« Er blickte nachdenklich auf das Ölgemälde. »Nehmen Sie Platz, Inspektor, ich möchte Ihnen eine Geschichte erzählen.«
»Und ich möchte *Ihnen* eine erzählen.«
»Dann wollen wir erst Ihre hören«, sagte Wimsey mit einer Miene, die schmeichelhaftes Interesse bekundete.
»Nein, nein, Mylord. Sie haben den Vorrang. Fangen Sie nur an.«
Er kuschelte sich lachend in seinen Sessel.
»Nun«, begann Wimsey, »ich habe eine Art Märchen zu erzählen. Und, wohlgemerkt, ich habe seine Richtigkeit nicht nachgeprüft.«
»Weiter, Mylord, weiter.«
»Es war einmal –« seufzte Wimsey.
»So fangen die Märchen alle an«, meinte Inspektor Winterbottom.
»Es war einmal«, wiederholte Wimsey, »ein Maler. Er war ein guter Maler, aber die böse Fee ›Finanzieller Erfolg‹ war nicht zur Taufe geladen – was?«
»Das ist bei Malern oft so«, bestätigte der Inspektor.
»Daher mußte er eine Arbeit als Werbegraphiker annehmen; denn niemand wollte seine Bilder kaufen, und er hatte – wie so mancher Märchenprinz – den Wunsch, die Gänseliesel zu heiraten.«
»Diesen Wunsch haben viele«, bemerkte der Inspektor.
»Der Leiter seiner Abteilung«, fuhr Wimsey fort, »besaß eine gemeine, höhnische Seele. Er war nicht einmal tüchtig in seiner Arbeit, sondern im Krieg zur Macht gelangt, als bessere Männer an der Front kämpften. Wohlgemerkt, der Mann tut mir ziemlich leid. Er litt unter einem Minderwertigkeitskomplex« – der Inspektor schnaufte – »und er glaubte, er könne sich nur oben halten, wenn er andere Leute unten hielt. Also wurde er ein kleiner Tyrann und Krakeeler. Er steckte alles Lob für die Leistungen der unter ihm arbeitenden Leute ein und verhöhnte und drangsalierte sie, bis sie schlimmere Komplexe hatten als er selber.«

»Solche Typen kenne ich auch«, fiel der Inspektor ein, »und mir ist ein Rätsel, wie die damit durchkommen.«

»Ganz recht. Nun, dieser Mann wäre wohl weiterhin damit durchgekommen, wenn er nicht die Idee gehabt hätte, sich porträtieren zu lassen – von einem ganz bestimmten Maler. Er hoffte, ein gutes Porträt für einen Hungerlohn zu bekommen – um es einer faszinierenden Frau zu schenken. Doch hatte er eins vergessen: Wieviel sich ein Künstler in seinem sonstigen Dasein auch gefallen lassen mag, in seiner Kunst muß er aufrichtig sein. Das ist das einzige, wo sich ein echter Künstler nicht dreinreden läßt.«

»Das mag wohl sein«, meinte der Inspektor. »Ich verstehe nicht viel von Künstlern.«

»Sie können es mir aber glauben. Der Maler porträtierte also den Mann, wie er ihn sah, und brachte die ganze kriecherische, höhnische, erbärmliche Seele auf die Leinwand, wo sie jeder sehen konnte.«

Inspektor Winterbottom starrte das Porträt an, und das Porträt starrte höhnisch zurück.

»Man kann es bestimmt kein schmeichelhaftes Bild nennen«, gab er zu.

»Wenn nun ein Maler jemanden porträtiert«, fuhr Wimsey fort, »so erscheint ihm das Gesicht dieser Person niemals wieder so wie vorher. Es ist, als ob – womit soll ich es vergleichen? Es ist, als ob ein Artillerist auf eine Landschaft blickt, in der er zufällig seine Stellung hat. Er sieht sie nicht als eine Landschaft. Für ihn hat sie keine magische Schönheit, keine herrlichen Formen, keine lieblichen Farben. Er sieht in ihr nur Deckung, Zielpunkte, Geschützeinschnitte. Und wenn der Krieg vorüber ist und er an diese Stelle zurückkehrt, wird er sie immer noch als Deckung, Zielpunkte und Geschützeinschnitte sehen. Es ist keine Landschaft mehr. Es ist ein Kriegsgebiet.«

»Ich kenne das«, bestätigte Inspektor Winterbottom. »Ich war selbst Artillerist.«

»Ein Maler wird genauso grausam vertraut mit jeder Linie eines Gesichts, das er gemalt hat«, fuhr Wimsey fort. »Und wenn es ein Gesicht ist, das er so haßt, so haßt er es mit einem neuen, sehr lebendigen Haß. Es ist wie eine fehlerhafte Drehorgel, die ewig dieselbe alte, rasend machende Melodie herunterleiert und an derselben Stelle stets dieselbe verdammte, falsche, gräßliche Note produziert.«

»Mein Gott! Wie Sie reden können!« stieß der Inspektor hervor.

»Ein solches Gefühl hatte der Maler beim Anblick des verhaßten Gesichts dieses Mannes. Den ganzen Tag und jeden Tag mußte er es ansehen. Er konnte ihm nicht entrinnen, weil er an seine Arbeit gebunden war.«

»Er hätte kündigen sollen«, meinte der Inspektor. »Es hat auf die Dauer keinen Zweck, mit unsympathischen Leuten zu arbeiten.«

»Jedenfalls hat er gehofft, er könne während seiner Ferien für eine kleine Weile entkommen. Er kannte da einen schönen, ruhigen, kleinen Fleck an der Westküste, abseits vom großen Getriebe. Dort war er schon öfters gewesen, um zu malen. Oh! Da fällt mir ein – ich kann Ihnen noch ein Bild zeigen.«

Er trat an einen Schrank und zog aus einer Schublade ein Gemälde auf Holz.

»Dies habe ich vor zwei Jahren auf einer Ausstellung in Manchester gesehen, und ich erinnerte mich zufällig an den Namen des Händlers, der es gekauft hatte.«

Inspektor Winterbottom starrte das Gemälde mit offenem Mund an.

»Aber das ist doch East Felpham!« rief er aus.

»Ja. Es ist nur T. C. gezeichnet, aber die Technik ist ganz unverkennbar. Meinen Sie nicht auch?«

Der Inspektor hatte von Technik wenig Ahnung, aber auf Anfangsbuchstaben verstand er sich. Sein Blick wanderte vom Porträt zur bemalten Holztafel und wieder zurück zu Lord Peter.

»Der Maler –«

»Crowder?«

»Wenn Sie nichts dagegen haben, möchte ich ihn weiterhin als den Maler bezeichnen. Der Maler packte also seinen Kram auf den Träger seines Fahrrads und fuhr mit seinen zerquälten Nerven zu diesem heimlichen, geliebten Fleck, um dort ein ruhiges Wochenende zu verbringen. Er wohnte in einem ruhigen, kleinen Hotel in der Nachbarschaft, und jeden Morgen radelte er zu diesem hübschen Strand, um dort zu baden. Im Hotel hat er nie davon gesprochen; denn es war *sein* Platz, und er wollte nicht, daß andere Leute ihn auch entdeckten.«

Inspektor Winterbottom legte die Holztafel auf den Tisch und schenkte sich einen Whisky ein.

»Eines Morgens – es war zufällig der Montagmorgen« – Wimseys Stimme wurde langsamer, zögernder – »erschien er dort wie üblich. Die Flut war noch nicht ganz da, aber er lief über die Felsen zu der ihm bekannten tiefen Badestelle und sprang hinein. Er schwamm umher und ließ die kleine, mißtönende Stimme seines Ärgers im unendlichen Gelächter des Meeres untergehen.«

»Wie?«

»κυματων – ανηωιδμον – γελαομα – ein Zitat aus den Klassikern. Es bedeutet soviel wie: ›Das Plätschern der nahenden Flut, das an Prometheus' Ohr drang da oben auf dem einsamen Gipfel, wo der Geier an seinem Herzen nagte.‹ Ich weiß noch, daß ich mich in der Schule mit meinem alten Lehrer Philpotts darüber stritt und einen über die Knöchel gezogen bekam, weil ich ihm widersprach. Ich wußte damals nicht, daß er an einer eigenen Übersetzung arbeitete. Sonst hätte ich ihm noch heftiger widersprochen und wahrscheinlich dafür die Hosen herunterlassen müssen. Der gute alte Philpotts!«

»Das sind für mich böhmische Dörfer«, bemerkte der Inspektor.

»Verzeihung. Entsetzliche Angewohnheit von mir, so vom Thema abzuschweifen. Also zurück zum Maler. Er schwamm um die Felsen herum, und als er aus dem Meer kam, sah er einen Mann am Strand stehen – an seinem geliebten Strand, müssen Sie bedenken, den er als seine eigene geheiligte Zufluchtsstätte betrachtete. Er watete auf ihn zu und verwünschte den Pöbel der Feiertage, der sich überall mit seinen Zigarettenpäckchen, seinen Kodaks und seinen Grammophonen breitmachen mußte – und dann sah er, daß es ein Gesicht war, das er kannte. An jenem klaren, sonnigen Morgen erkannte er jede verhaßte Linie darin. Und so früh es auch war, schon stieg die Hitze wie ein Dunst über dem Meere auf.«

»Ja, es war ein heißes Wochenende«, meinte der Inspektor.

»Und dann rief ihm der Mann etwas zu mit seiner manierierten arroganten Stimme. ›Nanu‹, sagte er, ›Sie hier? Wie haben Sie meinen kleinen Badestrand denn entdeckt?‹ Und das war zuviel für den Maler. Er hatte das Gefühl, als habe man ihm seine letzte Zufluchtsstätte geraubt. Er sprang dem anderen an die Gurgel – wie Sie sehen, ist sie ziemlich sehnig mit einem vorstehenden Adamsapfel, eine irritierende Kehle. Das Wasser gluckste um ihre Füße, als sie hin und her schwankten. Er spürte, wie seine Daumen in das Fleisch sanken, das er gemalt hatte. Er sah – und frohlockte darüber –, wie die widerlichen, vertrauten Züge sich veränderten, lila anliefen und bis zur Unkenntlichkeit anschwollen. Er beobachtete, wie die tiefliegenden Augen heraustraten und der dünne Mund sich verzerrte, als die geschwärzte Zunge sich vorschob – ich habe es doch hoffentlich nicht zu gruselig für Sie ausgemalt?«

Der Inspektor lachte.

»Kein bißchen. Sie verstehen es wunderbar, Vorgänge zu schildern. Sie sollten ein Buch schreiben.«

»Ich singe, wie der Vogel singt,
der in den Zweigen wohnet«,

erwiderte Seine Lordschaft wie nebenbei und fuhr fort:

»Der Maler erdrosselte ihn und schleuderte ihn zurück in den Sand. Er sah ihn an, und in seinem Herzen jubelte es. Dann streckte er die Hand aus und fand eine zerbrochene Flasche mit einer schön ausgezackten Kante. Mit Begeisterung machte er sich ans Werk und bearbeitete das Gesicht, das er so gut kannte und so verabscheute. Er löschte es aus, zerstörte es völlig.

Dann saß er neben dem Werk, das er vollbracht hatte. Ihm wurde angst und bange. In des Kampfes Hitze waren sie vom Rande des Wassers zurückgetaumelt, und da waren seine Fußspuren und Blutflecke auf dem Sand. Sein Gesicht und sein Badeanzug waren mit Blut bespritzt, und er hatte seine

Hand an der Flasche verletzt. Aber die Flut kam ja noch immer. Er beobachtete, wie das Wasser über die Blutflecken und die Fußspuren hinwegspülte und die Spuren seines Wahnsinns auslöschte. Er dachte daran, daß dieser Mann fortgegangen war, ohne eine Adresse zu hinterlassen. Schritt für Schritt ging er zurück ins Wasser, und als es ihm bis zur Brust reichte, sah er die roten Flecke wie schwache Rauchwolken in der dunklen Bläue der Flut verschwinden. Er watete und schwamm und tauchte sein Gesicht und seine Arme tief ins Wasser, wobei er sich von Zeit zu Zeit umwandte, um zu sehen, was er hinter sich zurückgelassen hatte. Als er die Landspitze erreichte und sich sauber und kühl aus dem Wasser auf die Felsen schwang, ist es ihm wahrscheinlich eingefallen, daß er die Leiche hätte mitnehmen und von der Ebbe ins Meer hinaustragen lassen sollen. Aber es war zu spät. Er war sauber, und der Gedanke, das Ding noch einmal anrühren zu müssen, war ihm unerträglich. Außerdem hatte er sich verspätet, und im Hotel würde es Aufsehen erregen, wenn er nicht rechtzeitig zum Frühstück zurückkehrte. Er rannte leichten Schrittes über die Felsen und das Gras, wo er keine Spuren hinterließ. Dann zog er sich an und achtete darauf, daß er nichts zurückließ, das seine Gegenwart verraten könnte. Er nahm das Auto, das eine Geschichte erzählt haben würde, und schob sein Rad auf den Rücksitz unter die Dekken. Dann fuhr er – aber wohin er fuhr, das wissen Sie genausogut wie ich.«

Lord Peter stand mit einer ungeduldigen Bewegung auf und trat an das Bild heran, wo er nachdenklich mit dem Daumen über die Textur des Gemäldes strich.

»Man kann ja sagen, wenn er das Gesicht so haßte, warum hat er nicht das Bild zerstört? Das konnte er nicht. Es war das Beste, was er je geschaffen hat. Er nahm hundert Guineen dafür. Das war billig. Aber ich glaube, er fürchtete sich, es mir abzuschlagen. Mein Name ist ziemlich bekannt. Es war wohl eine Art Erpressung. Aber ich wollte das Bild unbedingt haben.«

Inspektor Winterbottom lachte wieder.

»Haben Sie Erkundigungen eingezogen, Mylord, ob Crowder sich wirklich in East Felpham aufgehalten hat?«

»Nein.« Wimsey drehte sich jäh um. »Ich habe überhaupt nichts unternommen. Das ist Ihre Sache. Ich habe Ihnen die Geschichte erzählt, aber ich hätte, weiß Gott, viel lieber geschwiegen.«

»Sie brauchen sich keine Gedanken zu machen.« Der Inspektor lachte zum drittenmal. »Es ist ohne Frage eine gute Geschichte, Mylord, und vortrefflich erzählt. Aber wie Sie schon sagten, ist es ein Märchen. Wir haben diesen Italiener gefunden – Francesco nannte er sich, und er ist schon der richtige Mann.«

»Woher wissen Sie das? Hat er ein Geständnis abgelegt?«

»Praktisch ja. Er ist tot. Hat sich umgebracht. Der Frau hinterließ er einen Brief, in dem er sie um Verzeihung bittet und sagt, Mordgedanken seien in ihm aufgestiegen, als er sie mit Plant zusammen gesehen habe. ›Ich habe mich‹, so schreibt er wörtlich, ›an dem gerächt, der es wagte, dich zu lieben.‹ Er hat es wohl mit der Angst bekommen, als ihm klar wurde, daß wir hinter ihm her sind – ich wollte, die Zeitungen würden diese Verbrecher nicht immer warnen –, sich dann das Leben genommen, um nicht gehängt zu werden. Ich kann wohl sagen, es war eine Enttäuschung für mich.«

»Das kann ich mir vorstellen«, sagte Wimsey. »Sehr unbefriedigend natürlch. Aber ich bin froh, daß meine Geschichte doch nur ein Märchen ist. Wollen Sie schon gehen?«

»Die Pflicht ruft«, erwiderte der Inspektor und wälzte sich aus seinem Sessel. »Es hat mich sehr gefreut, Sie kennengelernt zu haben, Mylord. Und es war mein voller Ernst, als ich sagte, Sie sollten sich der Literatur zuwenden.«

Als er fort war, stand Wimsey immer noch vor dem Porträt.

»›Was ist Wahrheit?‹ fragte spottend Pilatus. Kein Wunder, da sie vollständig unglaublich ist ... ich könnte es beweisen ... wenn ich wollte ... aber der Mann hatte das Gesicht eines Schurken, und es gibt so wenige gute Maler auf der Welt.«

Die abenteuerliche Heldentat in der Höhle des Ali Baba

Im Vorderzimmer eines düsteren, engen Hauses in Lambeth saß ein Mann am Tisch und aß Bücklinge, während er einen Blick in dic *Morning Post* warf. Er war ziemlich klein und dürr, mit braunem, zu regelmäßig gewelltem Haar und einem kräftigen braunen Spitzbart. Sein zweireihiger marineblauer Anzug und die sorgfältig dazu ausgesuchten Socken sowie Schlips und Taschentuch waren etwas zu übertrieben, um noch von wirklich gutem Geschmack zu zeugen, und das Braun seiner Schuhe war eine Idee zu hell. Er sah nicht aus wie ein Gentleman, nicht einmal wie ein Kammerdiener, und doch hatte er etwas an sich, das darauf hindeutete, daß er an einen in guten Familien herrschenden Lebensstil gewohnt war. Der Frühstückstisch, den er eigenhändig gedeckt hatte, war so tadellos in allen Einzelheiten arrangiert, wie man es von einem erstklassigen Diener erwartet. Als er zu einem kleinen Büfett ging, um sich Schinken abzuschneiden, glich er einem besseren Butler, und doch war er für einen pensionierten Butler noch nicht alt genug; ein Diener vielleicht, der ein Legat erhalten hatte.
Er verzehrte den Schinken mit gutem Appetit, und während er langsam seinen Kaffee trank, las er aufmerksam einen Artikel durch, den er sich schon angekreuzt hatte.

Lord Peter Wimseys Testament
10000 Pfund für wohltätige Zwecke

»Das Testament Lord Peter Wimseys, der im Dezember auf der Großwildjagd in Tanganjika tödlich verunglückte, ist gestern mit einem Erbe von 500000 Pfund für gültig erklärt worden. Eine Summe von 10000 Pfund geht an diverse Wohltätigkeitsvereine (hier folgte eine Aufzählung von Vermächt-

nissen). Seinem Kammerdiener, Mervyn Bunter, wurde eine Jahresrente von 500 Pfund ausgesetzt. Außerdem erhielt er Wohnrecht in der Wohnung des Erblassers in Piccadilly. (Es folgte eine Reihe persönlicher Legate.) Der Rest des Besitzes, einschließlich der wertvollen Bücher- und Bildersammlung in 110A Piccadilly, fiel an die Mutter des Erblassers, die Herzoginwitwe von Denver.
Lord Peter Wimsey war siebenunddreißig Jahre alt, als er starb. Er war der jüngere Bruder des jetzigen Herzogs von Denver, der der reichste Peer im Vereinigten Königreich ist. Lord Peter hat sich als Kriminalist ausgezeichnet und bei der Lösung mehrerer berühmter Fälle eine aktive Rolle gespielt. Er war ein großer Büchersammler und eine bekannte Persönlichkeit.«
Der Mann stieß einen Seufzer der Erleichterung aus.
»Das stimmt zweifellos«, sagte er laut. »Die Leute verschenken ihr Geld nicht, wenn sie die Absicht haben wiederzukommen. Der Mann ist tot und begraben, das ist sicher. Ich bin frei.«
Er trank seinen Kaffee aus, räumte den Tisch ab und wusch das Geschirr. Dann nahm er seinen Hut vom Ständer und ging aus.
Ein Bus brachte ihn nach Bermondsey. Dort stieg er aus und tauchte in einem Netz von düsteren Straßen unter. Nach einer Viertelstunde erreichte er eine schäbige Kneipe in einem anrüchigen Viertel. Er trat ein und bestellte einen doppelten Whisky.
Die Kneipe war eben erst geöffnet worden, aber eine Reihe von Kunden, die offenbar nahe der Tür auf dieses wünschenswerte Ereignis gewartet hatten, waren bereits an der Bar versammelt. Der Mann, der vielleicht ein Diener gewesen sein mochte, griff nach seinem Glas und stieß dabei an den Ellbogen einer auffallend gekleideten Person in einem karierten Anzug und einem bedauerlichen Schlips.
»Heda!« stellte ihn die auffallende Person zur Rede. »Was soll das heißen? Leute Ihres Schlages sind hier nicht erwünscht. Machen Sie, daß Sie rauskommen!«
Er spickte seine Bemerkungen mit ein paar saftigen Worten und versetzte dem anderen einen heftigen Stoß vor die Brust.

»Die Bar ist ja wohl für jeden offen, nicht wahr?« entgegnete der andere und gab den Schubs mit Zinsen zurück.

»Na, na«, mischte sich die Bardame ein, »so etwas gibt's hier nicht. Der Herr hat es ja nicht mit Absicht getan, Mr. Jukes.«

»Nein?« sagte Mr. Jukes. »Aber ich.«

»Sie sollten sich schämen«, erwiderte die junge Dame und warf den Kopf in den Nacken. »Ich will in meiner Bar keinen Streit haben – jedenfalls nicht so früh am Morgen.«

»Es geschah aus Versehen«, erklärte der Mann aus Lambeth. »Ich bin kein Störenfried, habe immer in den besten Häusern gedient. Aber wenn irgend jemand Streit sucht –«

»Schon gut, schon gut«, sagte Mr. Jukes etwas friedlicher. »Ich bin nicht wild darauf, Ihnen ein neues Gesicht zu verpassen, wenn auch jede Änderung es verbessern würde. Benehmen Sie sich das nächste Mal anständiger, weiter will ich nichts. Was wollen Sie trinken?«

»Nein, nein«, protestierte der andere, »diese Runde zahle ich. Tut mir leid, daß ich Sie geschubst habe. Das wollte ich nicht. Aber ich lasse mir nicht gern so kommen.«

»Kein Wort mehr darüber«, wehrte Mr. Jukes großmütig ab. »Diesen spendiere ich. Noch einen doppelten Whisky, Miss, und einen wie gehabt. Kommen Sie hierher, wo es nicht so voll ist, damit Sie nicht wieder Scherereien bekommen.«

Er führte ihn an einen kleinen Tisch in der Ecke des Raumes.

»Also«, meinte Mr. Jukes. »Sehr geschickt gemacht. Ich glaube ja nicht, daß uns hier Gefahr droht. Aber man kann nicht vorsichtig genug sein. Wie ist es nun, Rogers? Haben Sie sich entschlossen, mitzumachen?«

»Ja«, erwiderte Rogers mit einem Blick über die Schulter, »ja, das will ich. Aber wohlgemerkt nur, wenn alles in Ordnung geht. Ich will keine Scherereien, und ich will mich nicht auf ein gefährliches Spiel einlassen. Ich will Ihnen wohl Auskunft geben, aber es steht von vornherein fest, daß ich keine aktive Rolle bei der ganzen Sache spiele. Ist das klar?«

»Selbst wenn Sie es wünschten, dürften Sie keine aktive Rolle spielen«, entgegnete Mr. Jukes. »Mein Gott, was glauben Sie denn – Nummer eins nimmt für solche Arbeiten nur Experten. Sie brauchen uns nur zu verraten, wo der Plunder ist und wie man drankommt. Das übrige erledigt die Society

Eine fabelhafte Organisation, kann ich Ihnen sagen. Sie wissen nicht einmal, wer die Arbeit macht oder wie sie gemacht wird. Sie kennen niemanden, und niemand kennt Sie – außer Nummer eins natürlich. Er kennt jeden.«
»Und Sie«, sagte Rogers.
»Und ich natürlich. Aber ich werde in einen anderen Bezirk versetzt. Nach dem heutigen Tag werden wir uns nicht wiedersehen, außer bei den Generalversammlungen, und da tragen wir alle Masken.«
»Nun machen Sie aber mal einen Punkt!« stieß Rogers hervor.
»Tatsache. Man wird Sie zu Nummer eins bringen – er sieht Sie, aber Sie sehen ihn nicht. Wenn er dann findet, daß Sie etwas taugen, werden Sie in die Liste eingetragen, und danach wird man Ihnen sagen, wohin Sie Ihre Berichte zu liefern haben. Alle vierzehn Tage findet eine Bezirksversammlung statt, und alle drei Monate wird eine Generalversammlung einberufen, auf der die Anteile ausgehändigt werden. Jedes Mitglied wird bei seiner Nummer aufgerufen und bekommt seinen Anteil in die Hand gedrückt. Das ist alles.«
»Sollten aber nun zwei Mitglieder zusammen ein Ding drehen müssen, was dann?«
»Wenn die Arbeit bei Tag stattfindet, sind sie so verkleidet, daß ihre eigenen Mütter sie nicht wiedererkennen würden. Aber meistens wird nachts gearbeitet.«
»Ach so. Aber hören Sie – was sollte jemanden daran hindern, mir bis zu meiner Wohnung nachzuspüren und mich bei der Polizei anzuschwärzen?«
»Nichts natürlich. Aber ich würde ihm nicht raten, es zu versuchen. Der letzte, der diese schlaue Idee hatte, wurde da unten bei Rotherhithe aus dem Fluß gefischt, noch ehe er Zeit hatte, seinen kostbaren Bericht einzureichen. Nummer eins kennt nämlich jeden.«
»Oh! – Und wer ist diese Nummer eins?«
»Das möchten viele Leute brennend gern wissen.«
»Weiß es niemand?«
»Niemand. Er ist das reinste Wunder. Er ist ein Gentleman. Soviel kann ich Ihnen verraten. Und seinem Benehmen nach zu urteilen, stammt er aus ziemlich hohen Kreisen. Er hat so-

gar Augen hinten im Kopf und einen Arm, der von hier bis nach Australien reicht. Aber niemand weiß etwas von ihm. Höchstens Nummer zwei, und auch bei ihr bin ich mir nicht sicher.«

»Gehören denn auch Frauen dazu?«

»Na, klar doch. Ohne sie kann man heutzutage nicht arbeiten. Aber darüber brauchen Sie sich keine Gedanken zu machen. Die Frauen sind durchaus zuverlässig. Sie wollen ebensowenig wie Sie oder ich zu einem schmerzlichen Ende kommen.«

»Aber, hören Sie, Jukes – wie ist das mit dem Geld? Man übernimmt ein großes Risiko. Lohnt es sich denn auch?«

»Ob es sich lohnt?« Jukes lehnte sich über den kleinen Marmortisch und flüsterte.

»Hui!« staunte Rogers. »Und wieviel würde ich davon bekommen?«

»Dasselbe wie die anderen, ganz egal, ob Sie an dem Ding beteiligt waren oder nicht. Wir haben fünfzig Mitglieder, und Sie würden den fünfzigsten Teil bekommen, dasselbe wie Nummer eins und wie ich.«

»Wirklich? Im Ernst?«

»So wahr ich hier sitze!« Jukes lachte. »Man sollte es nicht für möglich halten. So etwas ist noch nie dagewesen. Das größte Unternehmen in seiner Art. Nummer eins ist ein bedeutender Mann.«

»Und drehen Sie viele solche Dinge?«

»Viele? Hören Sie! Erinnern Sie sich an die Carruthersche Halskette und den Bankraub von Gorleston? Und an den Einbruch in Faversham? Und an den großen Rubens, der aus der Nationalgalerie verschwand? Und die Frenshamschen Perlen? Alles Arbeiten der Society. Und nichts davon aufgeklärt.«

Rogers leckte sich die Lippen.

»Aber bedenken Sie«, sagte er vorsichtig, »wenn ich nun ein Spitzel wäre und direkt von hier zur Polizei ginge und dort auspackte, was Sie mir hier alles erzählt haben, was dann?«

»Ah!« meinte Jukes. »Tun Sie das nur, und wir wollen sehen, was Ihnen unterwegs passiert. Ich möchte dann nicht in Ihren Schuhen stecken.«

»Wollen Sie damit etwa sagen, daß ich unter Beobachtung stehe?«

»Darauf können Sie Gift nehmen. Ja. Und selbst wenn Ihnen unterwegs nichts passierte und Sie brächten die Polente zu dieser Kneipe, um mich verhaften zu lassen –«

»Ja?«

»Dann würden Sie mich nicht finden, ganz einfach. Ich wäre dann zu Nummer fünf gegangen.«

»Wer ist Nummer fünf?«

»Ah! Das weiß ich nicht. Aber er ist der Mann, der Ihnen ein neues Gesicht verpaßt, und zwar auf der Stelle. Plastische Chirurgie nennt man das. Und neue Fingerabdrücke. Alles neu. Wir sind für die allerneuesten Methoden in unserem Verein.«

Rogers pfiff vor sich hin.

»Na, was meinen Sie nun?« fragte Jukes, während er seinen Bekannten über den Rand seines Glases hinweg beäugte.

»Hören Sie mal – Sie haben mir da so allerlei erzählt. Wird mir auch nichts passieren, wenn ich ›nein‹ sage?«

»Gar nichts – wenn Sie sich ordentlich aufführen und uns keine Scherereien machen.«

»Hm. Ach so. Und wenn ich ›ja‹ sage?«

»Dann werden Sie in Null Komma nichts ein reicher Mann sein und können wie ein Gentleman leben. Und brauchen nichts dafür zu tun. Müssen uns nur sagen, was Sie über die Häuser wissen, in denen Sie gearbeitet haben. Sie können Ihr Geld im Handumdrehen verdienen, wenn Sie ein ehrliches Spiel mit der Organisation treiben.«

Rogers schwieg und dachte darüber nach.

»Einverstanden«, sagte er schließlich.

»Gut. Miss! Noch einmal dasselbe, bitte. Wollen einen darauf trinken, Rogers. Ich habe auf den ersten Blick gesehen, daß Sie der richtige Mann für uns sind. Also, trinken wir auf das im Schlaf verdiente Geld! Und nehmen Sie sich vor Nummer eins in acht! Apropos Nummer eins, Sie suchen ihn am besten gleich heute abend auf. Je eher, desto besser.«

»Da haben Sie recht. Wo soll ich denn erscheinen? Hier?«

»Nichts da. Diese kleine Kneipe hat für uns ausgedient. Eigentlich schade; denn es ist sehr gemütlich hier. Aber das

läßt sich nicht ändern. Hier sind Ihre Instruktionen: Heute abend Punkt zehn Uhr gehen Sie in nördlicher Richtung über die Lambeth Bridge.« (Rogers fuhr ein wenig zusammen bei dieser Anspielung, daß seine Adresse bekannt war.) »Dort werden Sie ein gelbes Taxi sehen mit einem Chauffeur, der am Motor herumhantiert. Sie werden zu ihm sagen: ›Ist Ihr Bus startbereit?‹ und er wird antworten: ›Kommt drauf an, wohin Sie wollen.‹ Daraufhin werden Sie sagen: ›Fahren Sie mich zu Nummer eins, London.‹ Es gibt übrigens einen Laden, der so heißt, aber zu dem wird er Sie nicht fahren. Wohin er Sie tatsächlich bringt, werden Sie nicht erfahren; denn die Fenster des Taxis sind verhängt. Daraus dürfen Sie sich nichts machen. Das ist beim ersten Besuch so üblich. Später, wenn Sie ein regelrechtes Mitglied sind, werden Sie den Namen des Platzes erfahren. Und wenn Sie dort ankommen, dann tun Sie, was man Ihnen sagt, und sprechen Sie die Wahrheit. Sonst wird Ihnen Nummer eins die Leviten lesen. Verstehen Sie mich?«
»Ich verstehe.«
»Machen Sie mit? Haben Sie keine Angst?«
»Selbstverständlich habe ich keine Angst.«
»Gut! Dann brechen wir jetzt am besten auf. Und ich will mich gleich verabschieden, da wir uns nicht wiedersehen werden. Leben Sie wohl – und viel Glück!«
»Leben Sie wohl.«
Sie traten durch die Schwingtür auf die häßliche, schmutzige Straße.

Die zwei Jahre, die der Aufnahme des Dieners a. D. Rogers in eine Verbrechergesellschaft folgten, waren durch eine Reihe auffallender und erfolgreicher Überfälle auf Häuser vornehmer Leute gekennzeichnet. Da war zum Beispiel der Diebstahl der fabelhaften Diamantentiara der Herzoginwitwe von Denver. Ferner der Einbruch in die Wohnung, die früher der verstorbene Lord Peter Wimsey bewohnt hatte, wobei silbernes und goldenes Tafelgeschirr im Wert von 7000 Pfund erbeutet wurde; der Einbruch in das Landhaus des Millionärs Theodor Winthrop – der übrigens diesen wohlhabenden Herrn als eingefleischten Erpresser der guten

Gesellschaft entlarvte, was einen Riesenskandal in Mayfair zur Folge hatte. Da war der Diebstahl der berühmten achtfachen Perlenschnur der Marquise von Dinglewood, während sie in Covent Garden der Juwelenarie in Gounods *Faust* lauschte. Allerdings erwiesen sich die Perlen als Imitation, und es stellte sich heraus, daß die echten Perlen unter Umständen, die dem Marquis höchst peinlich waren, von der edlen Dame ins Pfandhaus gebracht worden waren. Trotzdem war es ein sensationeller Coup.

An einem Sonnabendnachmittag im Januar saß Rogers in seinem Zimmer in Lambeth, als er plötzlich ein leises Geräusch an der Haustür wahrnahm. Er sprang auf, noch ehe es verstummt war, stürzte durch den kleinen Flur und riß die Tür auf. Die Straße war völlig leer. Doch als er ins Wohnzimmer zurückging, sah er einen Umschlag auf dem Garderobenständer liegen. Er war kurz und bündig an »Nummer einundzwanzig« adressiert. Da er sich inzwischen an die reichlich dramatischen Methoden gewöhnt hatte, mit denen die Organisation ihre Post verteilte, zuckte er nur die Achseln und öffnete den Brief.

Er war in einer Geheimschrift abgefaßt, und die Botschaft lautete wie folgt:

»Nummer einundzwanzig. – Eine außerordentliche Generalversammlung ist für heute abend 11 Uhr 30 im Hause von Nummer eins anberaumt. Abwesenheit auf eigene Gefahr. Das Losungswort ist *Abschluß*.«

Rogers stand eine Weile sinnend da. Dann ging er in ein Hinterzimmer, in dessen eine Wand ein großer Safe eingelassen war. Er drehte an der Kombination und marschierte in den Safe hinein, der eigentlich eine kleine Stahlkammer war. Er zog eine mit »Korrespondenz« bezeichnete Schublade heraus und legte den eben erhaltenen Brief hinein.

Nach einigen Minuten kam er wieder hervor, verschloß den Safe mit einer neuen Kombination und kehrte ins Wohnzimmer zurück.

»Abschluß«, sagte er vor sich hin. »Ja – ich glaube auch.« Er streckte die Hand nach dem Telefon aus – überlegte es sich aber offenbar anders.

Dann stieg er nach oben in eine Dachstube und kletterte von

da aus auf einen dicht unter dem Dach liegenden Oberboden. Hier kroch er das Gebälk entlang bis in die äußerste Ecke, wo er vorsichtig auf einen Knorren im Gebälk drückte. Sofort öffnete sich eine Geheimtür. Er kroch hindurch und befand sich im entsprechenden Oberboden des nächsten Hauses. Ein leises Gurren tönte ihm beim Eintreten entgegen. Unter dem schrägen Fenster standen drei Käfige mit je einer Brieftaube.

Ganz vorsichtig blickte er aus dem Dachfenster, das auf eine hohe, fensterlose Fabrikwand ging. Niemand war in dem finsteren kleinen Hof, und weit und breit war kein Fenster zu sehen. Er zog den Kopf wieder ein. Dann nahm er ein kleines, dünnes Stück Papier aus seiner Brieftasche und schrieb ein paar Buchstaben und Nummern darauf, ging zum nächststehenden Käfig, nahm die Taube heraus und befestigte die Botschaft an ihrem Flügel. Nun setzte er sie sorgfältig auf den Rand des Fensters. Sie zögerte ein wenig, trippelte von einem rosigen Fuß auf den anderen, hob die Flügel und – weg war sie. Er beobachtete, wie sie über das Fabrikdach in den schon dunkelnden Himmel stieg und in der Ferne verschwand.

Er blickte auf seine Uhr und ging wieder nach unten. Eine Stunde später ließ er die zweite Taube fliegen und nach einer weiteren Stunde die dritte. Dann setzte er sich hin und wartete. Um halb zehn stieg er wieder auf den Boden. Es war dunkel, aber ein paar frostige Sterne glitzerten am Himmel, und durch das Fenster wehte es kalt herein. Blaß glänzte etwas am Boden. Er hob es auf – es war warm und voller Federn. Die Antwort war gekommen.

Mit der Hand fuhr er durch das weiche Gefieder und entdeckte das Papier. Bevor er die Nachricht las, fütterte er die Taube und setzte sie in einen der Käfige. Er wollte gerade die Tür schließen, da hielt er inne.

»Wenn mir irgend etwas zustößt«, meinte er, »so brauchst du deshalb nicht zu verhungern, mein Kind«, schob das Fenster etwas weiter auf und ging nach unten. Auf dem Stück Papier in seiner Hand standen nur zwei Buchstaben: »O. K.« Sie schienen in großer Eile geschrieben, denn die Tinte war etwas verschmiert. Er bemerkte dies mit einem Lächeln, warf das Papier ins Feuer und ging in die Küche, um sich ein kräftiges Essen zuzubereiten aus Eiern und Corned beef und aß alles ohne Brot, obwohl ein frischer Laib neben ihm auf dem Regal lag, dazu holte er sich Wasser aus der Leitung, das er eine ganze Weile laufen ließ, ehe er es zu trinken wagte. Außerdem wischte er vorher den Hahn innen und außen sorgfältig ab.

Als er fertig war, nahm er einen Revolver aus einer verschlossenen Schublade und inspizierte aufmerksam den Mechanismus, um zu sehen, ob er gut funktionierte. Dann lud er die Waffe mit neuen Patronen aus einem nicht angebrochenen Paket, setzte sich wieder hin und wartete.

Um Viertel vor elf erhob er sich und trat auf die Straße. Er schritt kräftig aus und hielt sich von den Häuserwänden entfernt, bis er auf eine gutbeleuchtete Hauptstraße kam. Hier nahm er einen Bus und sicherte sich einen Eckplatz, von dem aus er alle Ein- und Aussteigenden gut beobachten konnte. Nach häufigem Buswechsel gelangte er schließlich in eine respektable Wohngegend von Hampstead; hier stieg er aus und ging auf die Heide zu, indem er sich immer noch von den Hauswänden fernhielt.

Es schien kein Mond, aber trotzdem war es nicht ganz finster, und als er einen einsamen Teil der Heide überquerte, sah er mehrere dunkle Gestalten aus verschiedenen Richtungen auf sich zukommen. Er blieb im Schutze eines großen Baumes stehen und befestigte eine schwarze Samtmaske vor seinem Gesicht, die von der Stirn bis zum Kinn reichte. Am unteren Rand war die Nummer einundzwanzig deutlich mit weißem Garn eingestickt.

Schließlich enthüllte eine leichte Senkung im Boden eine jener hübschen Villen, die ein wenig isoliert in der ländlichen Umgebung der Heide stehen. Eins der Fenster war erleuchtet. Als er auf die Tür zuging, drängten sich andere dunkle, ebenfalls maskierte Gestalten vor und umringten ihn. Er zählte sechs.

Die vorderste klopfte an die Tür des einsamen Hauses. Nach einer Weile wurde sie ein wenig geöffnet. Der Mann schob seinen Kopf durch den Spalt. Es folgte ein Gemurmel, und dann öffnete sich die Tür weit. Der Mann trat ein, und die Tür schloß sich wieder.

Als drei Männer eingetreten waren, kam die Reihe an Rogers. Er klopfte dreimal laut und zweimal leise. Die Tür öffnete sich ein paar Zentimeter, und ein Ohr preßte sich in den Spalt. Rogers flüsterte das Wort »Abschluß«. Das Ohr wurde weggenommen, die Tür öffnete sich, und er trat ein.
Ohne ein weiteres Wort der Begrüßung ging Nummer einundzwanzig in einen kleinen Raum zur Linken, der wie ein Büro mit einem Schreibtisch, einem Safe und ein paar Stühlen ausgestattet war. Am Schreibtisch saß ein massiver Mann, der vor sich ein dickes Hauptbuch liegen hatte. Der Neuankömmling machte die Tür sorgfältig hinter sich zu. Ein Federschloß schnappte ein. Als er zum Tisch trat, meldete er: »Nummer einundzwanzig, Sir«, und blieb respektvoll stehen. Der große Mann blickte auf, und die »1« hob sich auffallend von seiner schwarzen Samtmaske ab. Seine seltsam harten blauen Augen glitten prüfend über Rogers. Auf ein Zeichen von ihm entfernte Rogers seine Maske. Nachdem er sorgfältigst seine Identität festgestellt hatte, sagte der Präsident: »In Ordnung, Nummer einundzwanzig«, und machte einen Eintrag in das Buch. Die Stimme war hart und metallisch wie seine Augen. Der forschende Blick hinter der unbeweglichen schwarzen Maske schien Rogers unruhig zu machen. Er trat von einem Fuß auf den anderen und senkte die Augen. Nummer eins entließ ihn mit einer Handbewegung, und Rogers setzte mit einem schwachen Seufzer, der nach Erleichterung klang, seine Maske wieder auf und verließ den Raum. Als er hinausging, trat der nächste ein.
Der Raum, in dem sich die Geheimgesellschaft versammelte, war groß. Man hatte die beiden größten Räume der ersten Etage zusammengelegt. Möbliert war er im üblichen Vorstadtgeschmack des zwanzigsten Jahrhunderts und strahlend erleuchtet. In einer Ecke stand ein Grammophon und schmetterte eine Jazzmelodie, nach der etwa zehn maskierte Paare tanzten, manche in Abendkleidung, andere im Straßenanzug.
In einer Ecke des Raumes befand sich eine Bar. Rogers ging zu dem maskierten Mann, der dort seines Amtes waltete, und bestellte einen doppelten Whisky. Er lehnte sich an die Bar und trank ihn langsam aus. Der Raum füllte sich allmäh-

lich. Bald darauf ging jemand zum Grammophon und stellte es ab. Er sah sich um. Nummer eins war auf der Schwelle erschienen. Eine große, schwarzgekleidete Frau stand neben ihm. Die mit einer weißen 2 bestickte Maske bedeckte ihr Haar und ihr Gesicht vollständig. Ihre tadellose Haltung, ihre weißen Arme, ihr schöner Busen und ihre dunklen Augen, die durch die Schlitze in der Maske leuchteten, ließen darauf schließen, daß man es mit einer imposanten Frau von großen körperlichen Reizen zu tun hatte.

»Meine Damen und Herren.« Nummer eins stand am oberen Ende des Raumes. Die Frau nahm neben ihm Platz. Ihre Augen waren gesenkt und verrieten nichts, aber ihre Hände lagen zusammengeballt auf den Armlehnen ihres Sessels, und ihre ganze Gestalt schien verkrampft zu sein.

»Meine Damen und Herren. Zwei Nummern fehlen heute abend.« Die Masken bewegten sich; Augen wanderten suchend und zählend umher. »Ich brauche Sie wohl nicht in Kenntnis zu setzen von dem schrecklichen Mißlingen unseres Plans, die Entwürfe für den Court-Windleshamschen Helikopter in unseren Besitz zu bringen. Unsere treuen, mutigen Kameraden Nummer fünfzehn und Nummer achtundvierzig sind verraten und von der Polizei verhaftet worden.«

Ein unruhiges Gemurmel erhob sich unter den Anwesenden.

»Einige von Ihnen mögen befürchtet haben, daß selbst die wohlbekannte Standhaftigkeit dieser Kameraden in einem Kreuzverhör zusammenbrechen könnte. Aber Sie haben keine Ursache, sich zu beunruhigen. Die üblichen Instruktionen sind erteilt worden, und ich habe soeben Nachricht erhalten, daß ihre Zungen endgültig zum Schweigen gebracht worden sind. Sie werden sicher alle froh sein, daß diesen beiden tapferen Männern die Versuchung, ehrlos zu handeln, erspart geblieben ist und sie eine öffentliche Verhandlung und die Härten einer langen Gefängnisstrafe nicht über sich ergehen zu lassen brauchen.«

Die versammelten Mitglieder zogen scharf den Atem ein; es klang, als striche der Wind über ein Gerstenfeld.

»Ihre Angehörigen werden in der üblichen Weise diskret entschädigt. Ich fordere Nummer zwölf und Nummer vierunddreißig auf, diese angenehme Aufgabe zu übernehmen.

Nach der Versammlung werden sie weitere Instruktionen in meinem Büro erhalten. Wollen die von mir genannten Nummern so freundlich sein und andeuten, daß sie fähig und bereit sind, diese Pflicht zu erfüllen?«
Zwei Hände erhoben sich. Der Präsident blickte auf seine Uhr und fuhr fort:
»Meine Damen und Herren, fordern Sie bitte Ihre Partner zum nächsten Tanz auf.«
Das Grammophon wurde wieder angestellt. Rogers wandte sich an ein Mädchen, das in einem roten Kleid neben ihm stand. Sie nickte, und beide glitten in den Takt eines Foxtrotts. Die Paare drehten sich ernst und schweigsam. Die Schatten der sich bewegenden Figuren wurden auf die Vorhänge geworfen.
»Was ist nur passiert?« hauchte das Mädchen, ohne die Lippen merklich zu bewegen. »Ich habe Angst. Sie nicht? Ich habe das Gefühl, als ob etwas Schreckliches geschehen wird.«
»Die Methoden des Präsidenten erschrecken einen etwas«, gab Rogers zu, »aber man hat dadurch größere Sicherheit.«
»Diese armen Männer –«
Ein Tänzer, der sich umdrehte und ihnen unmittelbar folgte, berührte Rogers am Arm.
»Das Sprechen ist untersagt«, warnte er. Seine Augen funkelten streng. Er wirbelte seine Partnerin mitten unter die Menge und war im Nu verschwunden. Das Mädchen erschauerte.
Das Grammophon hörte auf. Es wurde etwas geklatscht. Dann drängten sich die Tänzer wieder um den Stuhl des Präsidenten. »Meine Damen und Herren. Sie haben sich vielleicht schon gefragt, warum diese außerordentliche Versammlung einberufen worden ist. Es liegt ein sehr ernster Grund vor. Das Mißlingen unseres letzten Unternehmens war kein Zufall. Die Polizei war in jener Nacht nicht zufällig vor Ort. Wir haben einen Verräter unter uns.«
Partner, die dicht zusammengestanden hatten, wichen mißtrauisch voreinander zurück. Jedes Mitglied schien zusammenzuschrumpfen wie eine Schnecke bei der Berührung.
»Sie werden sich bestimmt an das enttäuschende Resultat

der Dinglewood-Affäre erinnern«, fuhr der Präsident mit seiner barschen Stimme fort. »Ich rufe Ihnen andere, kleinere Angelegenheiten ins Gedächtnis zurück, die ebenfalls unbefriedigend verliefen. Man ist dem Ursprung aller dieser ärgerlichen Vorfälle nachgegangen. Es freut mich, Ihnen sagen zu können, daß wir jetzt alle ganz beruhigt sein können. Der Übeltäter ist entdeckt und wird entfernt. Es sollen keine Irrtümer mehr vorkommen. Das unselige Mitglied, das den Verräter in unsere Gesellschaft eingeführt hat, wird dahin gebracht werden, wo sein Mangel an Vorsicht kein Unheil mehr anrichten kann. Es ist keine Ursache zur Aufregung vorhanden.«

Jedes Auge schweifte unter den Anwesenden umher auf der Suche nach dem Verräter und seinem unglückseligen Bürgen. Irgendwo unter den schwarzen Masken mußte ein Gesicht weiß geworden sein, irgendwo unter dem stickigen Samt müssen auf einer Stirn Schweißperlen gestanden haben, die nicht von der Hitze des Tanzes herrührten. Doch die Masken verbargen alles.

»Meine Damen und Herren, bitte fordern Sie Ihre Partner zum nächsten Tanz auf.«

Aus dem Grammophon tönte eine alte, halbvergessene Melodie: *There ain'd nobody loves me.* Das Mädchen in Rot wurde von einer großen Maske im Abendanzug geholt. Eine Hand legte sich auf Rogers' Arm und ließ ihn zusammenfahren. Eine kleine, rundliche Frau in einem grünen Jumper schob ihre kalte Hand in die seine. Der Tanz ging weiter.

Als er unter dem üblichen Applaus aufhörte, blieb jeder für sich in steifer Erwartung stehen. Die Stimme des Präsidenten ließ sich wieder vernehmen.

»Meine Damen und Herren, bitte benehmen Sie sich doch natürlich. Dies ist ein Tanz und keine öffentliche Versammlung.«

Rogers führte seine Partnerin zu einem Stuhl und holte ihr ein Eis. Als er sich über sie beugte, sah er, wie schnell sich ihre Brust hob und senkte.

»Meine Damen und Herren.« Die endlose Pause war vorüber. »Sie wünschen zweifellos, sofort aus Ihrer Ungewißheit erlöst zu werden. Ich will die betreffenden Personen nennen. Nummer siebenunddreißig!«

Ein Mann sprang mit einem furchtbaren, halberstickten Schrei auf.

»Ruhe!«

Der Unglückliche würgte und stöhnte.

»Ich habe nie – ich schwöre, ich habe nie – ich bin unschuldig.«

»Ruhe! Sie haben es an Umsicht fehlen lassen. Man wird sich mit Ihnen befassen. Wenn Sie zur Verteidigung Ihrer Dummheit etwas vorzubringen haben, werde ich es mir später anhören. Setzen Sie sich.«

Nummer siebenunddreißig sank auf einen Stuhl. Er schob sein Taschentuch unter die Maske, um sich das Gesicht abzuwischen. Zwei große Männer stellten sich dicht neben ihn. Die übrigen wichen vor ihm zurück, wie vor jemandem, der mit einer todbringenden Krankheit behaftet ist.

Das Grammophon ertönte wieder.

»Meine Damen und Herren, nun will ich den Verräter nennen. Nummer einundzwanzig, treten Sie vor.«

Rogers trat vor. Konzentrierte Wut und Abscheu brannte ihm aus siebenundvierzig Paar Augen entgegen. Der elende Jukes fing von neuem an zu jammern.

»Oh, mein Gott! Oh, mein Gott!«

»Ruhe! Nummer einundzwanzig, nehmen Sie Ihre Maske ab.« Der Verräter zog den dicken Stoff von seinem Gesicht. Der intensive Haß der Augen verzehrte ihn.

»Nummer siebenunddreißig, dieser Mann hier wurde von Ihnen eingeführt unter dem Namen Joseph Rogers, ehemaliger zweiter Diener im Dienste des Herzogs von Denver, wegen Diebstahls entlassen. Haben Sie etwas unternommen, um die Richtigkeit der Angaben zu überprüfen?«

»Ja, das habe ich getan! So wahr Gott mein Zeuge ist, es stimmte alles. Ich habe ihn von zwei Dienern identifizieren lassen. Ich habe Erkundigungen eingeholt. Alles, was er mir erzählt hatte, stimmte. Das kann ich beschwören.«

Der Präsident studierte ein Blatt Papier, das er vor sich liegen hatte, und blickte dann wieder auf die Uhr.

»Meine Damen und Herren, bitte wählen Sie Ihre Partner . . .«

Nummer einundzwanzig stand mit auf dem Rücken gefes-

selten Händen regungslos da, während der Tanz des Verderbens um ihn herum kreiste. Das Klatschen am Ende klang genauso wie das Klatschen der Männer und Frauen, die mit durstigen Lippen unter der Guillotine saßen.
»Nummer einundzwanzig, Sie sind hier eingetragen als Joseph Rogers, Diener, wegen Diebstahls entlassen. Ist das Ihr richtiger Name?«
»Nein.«
»Wie heißen Sie?«
»Peter Death Bredon Wimsey.«
»Wir dachten, Sie seien tot.«
»Natürlich. Das sollten Sie ja auch.«
»Was ist aus dem richtigen Joseph Rogers geworden?«
»Er starb im Ausland. Ich bin an seine Stelle getreten. Ihre Leute sind wirklich nicht zu tadeln, weil sie mich nicht durchschaut haben. Ich bin nicht nur an Rogers' Stelle getreten. Ich *war* Rogers. Sogar, wenn ich allein war, ging ich wie Rogers, saß ich wie Rogers, las ich Rogers' Bücher und trug Rogers' Kleidung. Schließlich hatte ich fast dieselben Gedanken wie Rogers. Wenn man jemanden erfolgreich verkörpern will, darf man nie aus der Rolle fallen.«
»Ach so. Der Diebstahl in Ihrer eigenen Wohnung war also arrangiert, wie?«
»Offensichtlich.«
»Die Beraubung der Herzoginwitwe, Ihrer Mutter, ist wohl auch mit Ihrem Einverständnis geschehen?«
»Natürlich. Es war eine sehr häßliche Tiara – kein wirklicher Verlust für jemanden mit Geschmack. Darf ich übrigens rauchen?«
»Das dürfen Sie nicht. Meine Damen und Herren . . .«
Der Tanz glich dem mechanischen Hopsen von Marionetten. Glieder zuckten, Füße stolperten. Der Gefangene sah mit kritischer Überlegenheit zu.
»Nummer fünfzehn, Nummer zweiundzwanzig und Nummer neunundvierzig. Sie haben den Gefangenen beobachtet. Hat er irgendwelche Versuche gemacht, sich mit jemandem in Verbindung zu setzen?«
»Keinen einzigen«, sagte Nummer zweiundzwanzig. »Man hat seine Briefe und Pakete geöffnet, sein Telefon abgehört

und ihn beschattet. Seine Wasserrohre sind auf Morsesignale hin überwacht worden.«
»Können Sie das mit Sicherheit behaupten?«
»Ganz entschieden.«
»Gefangener, haben Sie dieses Abenteuer allein unternommen? Sprechen Sie die Wahrheit, oder die Sache könnte noch unangenehmer für Sie werden, als sie es schon ist.«
»Ich stehe allein. Ich bin kein unnötiges Risiko eingegangen.«
»Mag sein. Ich halte es jedoch für ratsam, den Mann in Scotland Yard – wie hieß er doch noch – Parker – zum Schweigen zu bringen. Ebenfalls den Kammerdiener des Gefangenen, Mervyn Bunter, und eventuell auch seine Mutter und Schwester. Der Bruder ist ein Dummkopf, den der Gefangene wahrscheinlich nicht ins Vertrauen gezogen hat. Eine scharfe Bewachung wird eine ausreichende Vorsichtsmaßnahme sein.«
Der Gefangene schien zum erstenmal ein Gefühl zu verraten. »Sir, ich versichere Ihnen, daß meine Mutter und meine Schwester nichts wissen, was auch nur im entferntesten für die Organisation gefährlich werden könnte.«
»Sie hätten früher an deren Situation denken sollen. Meine Damen und Herren, bitte wählen Sie –«
»Nein – nein!« Fleisch und Blut konnten dieses Affentheater nicht länger ertragen. »Nein! Machen Sie ihn fertig. Dann haben wir's hinter uns. Brechen Sie die Versammlung ab. Es ist gefährlich. Die Polizei –«
»Ruhe!«
Der Präsident blickte sich im Kreise um. Die Leute sahen ziemlich gefährlich aus. Er gab nach.
»Na schön. Schaffen Sie den Gefangenen fort, und töten Sie ihn. Er wird nach der Methode Nummer vier behandelt. Erklären Sie ihm diese vorher recht sorgfältig.«
»Ah!«
Die Augen drückten eine tierische Befriedigung aus. Starke Hände packten Wimsey an den Armen.
»Einen Augenblick – lassen Sie mich um Gottes willen auf anständige Weise sterben.«
»Das hätten Sie sich vorher überlegen sollen. Bringen Sie ihn

fort. Meine Damen und Herren, Sie können beruhigt sein – er wird nicht schnell sterben.«

»Halt! Warten Sie!« rief Wimsey verzweifelt. »Ich habe Ihnen etwas zu sagen. Ich bitte nicht um mein Leben – nur um einen schnellen Tod. Ich – ich habe etwas zu verkaufen.«

»Zu verkaufen?«

»Ja.«

»Wir machen keine Geschäfte mit Verrätern.«

»Nein – aber hören Sie doch zu! Denken Sie etwa, daß ich eine solche Möglichkeit nicht ins Auge gefaßt hätte? So verrückt bin ich nicht. Ich habe einen Brief hinterlassen.«

»Ah! Jetzt kommt's heraus. Einen Brief. An wen?«

»An die Polizei. Wenn ich morgen nicht zurückkehre –«

»Na und?«

»Wird der Brief geöffnet.«

»Sir«, unterbrach Nummer fünfzehn. »Das ist nichts weiter als Bluff. Der Gefangene hat keinen Brief abgeschickt. Er hat seit vielen Monaten unter strengster Beobachtung gestanden.«

»Ah! Aber hören Sie zu. Ich habe den Brief hinterlassen, ehe ich nach Lambeth kam.«

»Dann kann er keine wertvolle Information enthalten.«

»O doch!«

»Was denn wohl?«

»Die Kombination meines Safes.«

»Wirklich? Ist der Safe dieses Mannes durchsucht worden?«

»Ja, Sir.«

»Was war darin?«

»Keine wichtige Information, Sir. Eine Beschreibung unserer Organisation – der Name dieses Hauses – nichts, was nicht von heute auf morgen abgeändert werden könnte.«

Wimsey lächelte.

»Haben Sie die innere Kammer des Safes inspiziert?«

Es entstand eine Pause.

»Sie haben gehört, was er gesagt hat«, schnauzte der Präsident.

»Haben Sie diese innere Kammer entdeckt?«

»Da war keine innere Kammer, Sir. Er versucht zu bluffen.«

»Leider muß ich Ihnen widersprechen«, erwiderte Wimsey,

und es klang etwas von seinem alten, liebenswürdigen Ton durch. »Aber ich glaube wirklich, Sie haben die innere Tür übersehen.«

»Na«, meinte der Präsident, »was soll denn diese innere Kammer enthalten, wenn sie tatsächlich existieren sollte?«

»Die Namen jedes Mitglieds dieser Organisation mit Adresse, Fotografie und Fingerabdrücken.«

»Was?«

Gräßliche Furcht malte sich in den Augen der Umstehenden. Wimsey blickte unverwandt den Präsidenten an.

»Wie wollen Sie zu diesen Informationen gekommen sein?«

»Ich habe ein bißchen Detektiv gespielt.«

»Aber Sie standen doch unter Beobachtung.«

»Stimmt. Die Fingerabdrücke meiner Beobachter schmücken die erste Seite meiner Sammlung.«

»Kann diese Behauptung erhärtet werden?«

»Gewiß. Ich will sie beweisen. Der Name von Nummer fünfzig ist zum Beispiel –«

»Hören Sie auf!«

Ein wildes Gemurmel wurde hörbar. Der Präsident brachte es mit einer Handbewegung zum Schweigen.

»Wenn Sie hier Namen erwähnen, können Sie bestimmt nicht auf Gnade rechnen. Es gibt noch eine fünfte Behandlungsmethode – reserviert für Leute, die Namen erwähnen. Bringen Sie den Gefangenen in mein Büro. Tanzen Sie weiter.«

Der Präsident nahm einen Revolver aus seiner Hüfttasche und blickte seinen stark gefesselten Gefangenen über den Tisch hinweg an.

»Nun reden Sie!« befahl er.

»Ich an Ihrer Stelle würde das Ding da weglegen«, sagte Wimsey verächtlich. »Es würde eine viel angenehmere Todesart sein als die Behandlungsmethode Nummer fünf, und ich könnte mich versucht fühlen, sie heraufzubeschwören.«

»Geistreich«, entgegnete der Präsident, »aber ein wenig zu geistreich. Nun rasch: Sagen Sie mir, was Sie wissen.«

»Werden Sie mich verschonen, wenn ich es Ihnen sage?«

»Ich verspreche nichts. Schnell.«

Wimsey zuckte die gefesselten und schmerzenden Achseln.

»Gewiß. Ich will Ihnen sagen, was ich weiß. Wenn Sie genug gehört haben, können Sie sich melden.«
Er lehnte sich vor und sprach mit leiser Stimme. Über ihren Köpfen bezeugten das lärmende Grammophon und die schurrenden Füße, daß der Tanz fortgesetzt wurde. Passanten, die zufällig über die Heide gingen, bemerkten, daß die Leute in dem einsamen Haus mal wieder die Nacht durchfeierten.

»Na«, fragte Wimsey, »soll ich fortfahren?«
»Mylord«, die Stimme des Präsidenten klang, als ob er unter der Maske grimmig lächelte, »Ihre Erzählung erfüllt mich mit Bedauern, daß Sie nicht tatsächlich ein Mitglied unserer Society sind. Klugheit, Mut und Fleiß sind für eine Organisation wie die unsrige unendlich wertvoll. Ich fürchte, ich kann Sie nicht überreden. Nein – das habe ich mir schon gedacht.«
Er schlug eine Glocke auf seinem Tisch an.
»Bitten Sie die Mitglieder, sich gütigst in den Souper-Raum zu begeben«, sagte er zu dem eintretenden Mann mit der Maske.
Der »Souper-Raum« lag im Erdgeschoß. Die Fenster waren dicht verhangen und die Fensterläden fest verschlossen. In der Mitte stand ein langer, kahler, von Stühlen umgebener Tisch. »Eine Barmekidenmahlzeit, wie ich sehe«, bemerkte Wimsey liebenswürdig. Es war das erstemal, daß er diesen Raum betrat. Am äußersten Ende gähnte verhängnisvoll die Öffnung einer Falltür.
Der Präsident nahm an der Spitze der Tafel Platz.
»Meine Damen und Herren«, begann er wie üblich – und die törichte Höflichkeitsfloskel hatte noch nie so unheimlich geklungen –, »ich will Ihnen den Ernst der Situation nicht verheimlichen. Der Gefangene hat mir zwanzig Namen und Adressen aufgezählt, die, wie wir annahmen, nur mir und den Betreffenden bekannt seien. Man hat sich eine große Nachlässigkeit zuschulden kommen lassen« – seine Stimme bekam einen harten Klang –, »das muß näher untersucht werden. Fingerabdrücke sind entdeckt worden – er hat mir einige Fotografien gezeigt. Wie unsere Leute dazu kamen, die innere Tür dieses Safes zu übersehen, ist eine Angelegenheit, die eingehend geprüft werden muß.«

»Sie trifft keine Schuld«, warf Wimsey dazwischen. »Die Tür sollte nämlich übersehen werden. Ich habe sie eigens so fertigen lassen.«
Der Präsident fuhr fort, anscheinend ohne die Unterbrechung bemerkt zu haben.
»Wie mir der Gefangene verraten hat, befindet sich das Buch mit den Namen und Adressen in diesem inneren Fach zusammen mit gewissen Briefen und Papieren, die aus den Häusern von Mitgliedern gestohlen worden sind, und zahlreichen Gegenständen, die authentische Fingerabdrücke aufweisen. Ich glaube, daß er die Wahrheit spricht. Er bietet uns die Kombination des Safes für einen schnellen Tod an. Ich bin dafür, das Angebot anzunehmen. Wie denken Sie darüber, meine Damen und Herren?«
»Die Kombination ist uns bereits bekannt«, erklärte Nummer zweiundzwanzig.
»Idiot! Dieser Mann hat uns gesagt und mir bewiesen, daß er Lord Peter Wimsey ist. Glauben Sie etwa, daß er vergessen hat, die Kombination zu ändern? Außerdem existiert das Geheimnis der inneren Tür. Wenn er heute nacht verschwindet, und die Polizei betritt sein Haus –«
»Ich bin dafür«, sagte eine volle Frauenstimme, »auf den Handel einzugehen – und zwar schnell. Die Zeit drängt.«
Ein zustimmendes Gemurmel wanderte um den Tisch.
»Sie hören es also«, wandte sich der Präsident an Wimsey. »Die Gesellschaft bietet Ihnen den Vorzug eines schnellen Todes für die Kombination des Safes und das Geheimnis der inneren Tür an.«
»Geben Sie mir Ihr Wort darauf?«
»Ja.«
»Danke. Und meine Mutter und meine Schwester?«
»Wenn Sie Ihrerseits uns Ihr Wort geben – Sie sind ja ein Ehrenmann –, daß diese Frauen nichts wissen, das uns schaden könnte, sollen sie verschont bleiben.«
»Ich danke Ihnen, Sir. Ich gebe Ihnen mein Ehrenwort, daß sie nichts wissen. Es würde mir nicht im Traum einfallen, irgendeine Frau mit so gefährlichen Geheimnissen zu belasten – besonders nicht jene, die mir nahestehen.«
»Also gut. Einverstanden – ja?«

Murmelnd wurde die Zustimmung gegeben.

»Dann bin ich bereit, Ihnen die gewünschte Auskunft zu geben. Das Wort der Kombination ist *Unzuverlässig.*«

»Und die innere Tür?«

»In Erwartung der Polizei habe ich die innere Tür – die zu öffnen ziemliche Schwierigkeiten bereitet hätte – offengelassen.«

»Gut! Wenn die Polizei unserem Boten in die Quere kommt, dann wissen Sie ja –«

»Das würde mir nicht helfen, nicht wahr?«

»Es ist zwar ein Risiko«, sagte der Präsident nachdenklich, »aber ein Risiko, das wir meiner Ansicht nach auf uns nehmen müssen. Bringen Sie den Gefangenen in den Keller hinunter. Er kann sich damit amüsieren, den Apparat Nummer fünf zu betrachten. Mittlerweile werden Nummer zwölf und Nummer sechsundvierzig –«

»Nein, nein!«

Ein feindseliges Gemurmel erhob sich und schwoll drohend an.

»Nein«, sagte ein großer Mann mit einer honigsüßen Stimme. »Nein – warum sollten andere Mitglieder in den Besitz dieser Beweise kommen? Wir haben heute abend einen Verräter und mehr als einen Dummkopf unter uns entdeckt. Wie können wir wissen, ob Nummer zwölf und Nummer sechsundvierzig nicht auch Dummköpfe und Verräter sind?«

Die beiden Männer wandten sich wütend an den Sprecher, aber eine hohe, aufgeregte Mädchenstimme mischte sich in die Diskussion.

»Hört, hört! Der Mann hat recht, sage ich Ihnen. Wir wollen unsere Namen nicht von jemandem lesen lassen, von dem wir nichts wissen. Ich habe jetzt genug. Sie können uns ja samt und sonders an die Polente verkaufen.«

»Ich bin derselben Meinung«, ließ sich ein anderes Mitglied hören. »Man sollte niemandem trauen, überhaupt niemandem.«

Der Präsident zuckte die Achseln.

»Was aber, meine Damen und Herren, schlagen Sie dann vor?«

Es folgte eine Pause.

Dann kreischte dasselbe Mädchen wieder:
»Ich schlage vor, daß der Präsident selber hingeht. Er ist der einzige, der sowieso alle Namen kennt. Warum sollen wir andern das Risiko tragen und die Arbeit haben, während er zu Hause sitzt und das Geld einsteckt. Er soll selber gehen. Das ist meine Meinung.«
Ein rauschendes Gemurmel der Zustimmung ging um den Tisch.
»Ich unterstütze den Antrag«, erklärte ein wohlbeleibter Mann, der eine ganze Reihe goldener Anhängsel an seiner Uhrkette trug. Wimsey mußte lächeln, als er die Anhängsel sah, es war diese kleine Eitelkeit, die ihm den Namen und die Adresse des wohlbeleibten Herrn verschafft hatte, und er empfand deswegen ein gewisses Wohlwollen für diese Schmuckstücke.
Der Präsident blickte sich im Kreise um.
»Es ist also der Wunsch der Versammlung, daß ich gehe?« fragte er mit düsterer Stimme.
Vierundvierzig Hände bekundeten ihre Zustimmung. Nur die als Nummer zwei bekannte Frau saß regungslos und schweigend da. Ihre starken weißen Hände lagen zusammengeballt in ihrem Schoß.
Der Präsident ließ seine Augen langsam von einem zum anderen wandern, bis sie auf ihr ruhen blieben.
»Ich muß also annehmen, daß der Beschluß einstimmig ist?« erkundigte er sich.
»Geh nicht«, stieß sie keuchend hervor.
»Sie hören also«, erklärte der Präsident in etwas höhnischem Ton. »Diese Dame rät mir, nicht hinzugehen.«
»Ich erkläre: Was Nummer zwei sagt, hat weder Hand noch Fuß«, sagte der Mann mit der Sirupstimme. »Unsere eigenen Damen sähen es wahrscheinlich auch nicht gern, daß wir gingen, wenn sie die bevorzugte Stellung von Madame genössen.« Seine Stimme war eine Beleidigung.
»Hört, hört!« rief ein anderer Mann. »Dies hier ist eine demokratische Gesellschaft. Wir wollen keine bevorzugte Klasse.«
»Na schön«, sagte der Präsident. »Du hörst also, Nummer zwei. Die Stimmung der Versammlung ist gegen dich.

Kannst du irgendwelche Gründe vorbringen, die deine Ansicht unterstützen?«
»Hundert. Der Präsident ist das Haupt und die Seele unserer Organisation. Wenn ihm etwas zustoßen sollte – wo wären wir dann? Sie alle« – sie ließ ihre prachtvollen Augen über die Versammlung gleiten – »haben Fehler gemacht. Ihrer Nachlässigkeit haben wir dies alles zu verdanken. Glauben Sie etwa, wir könnten uns fünf Minuten in Sicherheit wiegen, wenn der Präsident nicht hier wäre, um Ihre Dummheiten wieder auszubügeln?«
»Das ist schon richtig«, sagte ein Mann, der bisher noch nicht gesprochen hatte.
»Verzeihung, wenn ich einen Vorschlag machen dürfte«, sagte Wimsey boshaft, »so ist es dieser. Da die Dame ja in einer Stellung zu sein scheint, in der sie das unbegrenzte Vertrauen des Präsidenten genießt, wird der Inhalt meines bescheidenen Bandes ihr wahrscheinlich nicht neu sein. Warum sollte also Nummer zwei nicht selbst gehen?«
»Weil ich es nicht gestatte«, entgegnete der Präsident mit strenger Stimme, bevor seine Gefährtin ein Wort äußern konnte. »Wenn es die Versammlung wünscht, werde ich gehen. Geben Sie mir den Schlüssel zu Ihrem Haus.«
Einer der Männer zog ihn aus Wimseys Rocktasche und gab ihn dem Präsidenten.
»Wird das Haus beobachtet?«
»Nein.«
»Ist das die Wahrheit?«
»Die volle Wahrheit.«
Der Präsident drehte sich an der Tür um.
»Wenn ich in zwei Stunden nicht zurück bin«, sagte er, »rette sich jeder, so gut er kann, und mit dem Gefangenen können Sie machen, was Sie wollen. Nummer zwei wird in meiner Abwesenheit alle notwendigen Befehle erteilen.«
Er verließ das Zimmer. Nummer zwei erhob sich mit einer gebieterischen Geste von ihrem Platz.
»Meine Damen und Herren. Das Souper gilt nun als beendet. Fangen Sie bitte wieder an zu tanzen.«

Unten im Keller verging die Zeit langsam in Betrachtung des

Apparates Nummer fünf. Der elende Jukes jammerte und wütete abwechselnd und schrie sich schließlich in einen Erschöpfungszustand hinein. Die vier Mitglieder, die die Gefangenen bewachten, flüsterten von Zeit zu Zeit miteinander.
»Anderthalb Stunden, seitdem der Präsident fortgegangen ist«, sagte der eine.
Wimsey blickte auf. Dann wandte er sich wieder der Betrachtung des Raumes zu. Er enthielt so viele merkwürdige Dinge, die er seinem Gedächtnis einprägen wollte.
Bald darauf wurde die Falltür aufgerissen. »Bringen Sie ihn herauf!« rief eine Stimme.
Die Mitglieder der Bande saßen wieder um den Tisch. Nummer zwei nahm den Stuhl des Präsidenten ein, und ihre wütenden Augen hefteten sich blutdürstig auf Wimseys Gesicht. Doch als sie sprach, geschah es mit einer Selbstbeherrschung, die Wimsey nur bewundern konnte.
»Der Präsident ist zwei Stunden fort«, sagte sie. »Was ist ihm zugestoßen? Zweifacher Verräter – was ist ihm zugestoßen?«
»Wie soll ich das wissen?« entgegnete Wimsey. »Vielleicht hat sich Nummer eins in Sicherheit gebracht und aus dem Staub gemacht, als die Gelegenheit günstig war!«
Sie sprang mit einem kleinen Wutschrei auf und trat dicht an ihn heran.
»Biest! Lügner!« schrie sie und schlug ihm auf den Mund. »Sie wissen ganz genau, daß er das niemals tun würde. Er ist seinen Freunden treu. Was haben Sie mit ihm gemacht? Sprechen Sie – sonst werde ich Sie zum Reden bringen. Sie beide da, bringen Sie mal die Eisen. Er *muß* reden!«
»Ich kann nur vermuten, Madame«, erwiderte Wimsey, »und ich werde bestimmt nicht besser vermuten können, wenn ich mit heißen Eisen dazu aufgefordert werde wie der Hanswurst im Zirkus. Beruhigen Sie sich, und ich werde Ihnen sagen, was ich denke. Ich glaube – ich befürchte sogar sehr –, daß *Monsieur le Président* in seiner Eile, die interessanten Beweisstücke in meinem Safe zu prüfen, ganz aus Versehen die Tür der inneren Kammer hinter sich zufallen ließ. In dem Fall –«
Er zog die Augenbrauen in die Höhe, da seine Achseln zu wund waren, um sie zu zucken, und sah sie mit einem reinen, unschuldigen Bedauern an.

»Was soll das heißen?«

Wimsey blickte von einem zum anderen.

»Ich glaube«, meinte er, »ich erkläre Ihnen am besten zunächst einmal den Mechanismus meines Safes. Es ist ein ziemlich guter Safe«, fügte er etwas wehleidig hinzu. »Die Idee dazu stammt von mir selbst – natürlich nicht das Funktionsprinzip; das ist Sache der Wissenschaftler – nur die Idee.

Die Kombination, die ich Ihnen gab, ist völlig korrekt. Sie öffnet die äußere Tür, die in die gewöhnliche Stahlkammer führt, wo ich mein Bargeld und meine Manschettenknöpfe und dergleichen aufbewahre. Aber es ist noch ein inneres Abteil vorhanden mit zwei Türen, die auf eine ganz andere Weise geöffnet werden. Die äußere dieser beiden inneren Türen ist nur eine dünne Stahlhaut, die so angestrichen ist, daß sie wie die Rückwand meines Safes aussieht. Sie geht nach außen und wird mit einem gewöhnlichen Schlüssel geöffnet. Wie ich dem Präsidenten wahrheitsgemäß versicherte, hatte ich sie offengelassen, als ich meine Wohnung verließ.«

»Glauben Sie etwa«, unterbrach die Frau ihn höhnisch, »der Präsident ist so naiv, daß er in eine so offensichtliche Falle tappt? Er wird schon etwas dazwischengestopft haben.«

»Zweifellos, Madame. Aber diese äußere innere Tür, wenn ich mich so ausdrücken darf, hat nur den Zweck, die einzige innere Tür vorzutäuschen. Hinter dieser Tür befindet sich jedoch noch eine, ein Gleitpaneel, das so in die Wand gleitet, daß man es nicht erkennen kann. Diese Tür hatte ich ebenfalls offengelassen. Unsere verehrte Nummer eins brauchte nur geradeaus in die innere Kammer des Safes zu spazieren, der, nebenbei bemerkt, in den Schornstein der alten Souterrain-Küche eingebaut ist. Hoffentlich drücke ich mich klar genug aus.«

»Ja, ja – weiter. Fassen Sie sich kurz.«

Wimsey verbeugte sich und sprach noch bedächtiger als vorher: »Nun, diese interessante Liste über die Tätigkeiten der Society, die ich die Ehre hatte zusammenzustellen, befindet sich in einem sehr großen Buch – das sogar noch dicker ist als das Hauptbuch des Herrn Präsidenten. (Ich hoffe übrigens, Madame, daß Sie daran gedacht haben, das Buch an einen sicheren Platz zu bringen. Ganz abgesehen von dem Risiko, daß sich ein allzu diensteifriger Polizist dafür interessieren könnte, würde es auch nicht ratsam sein, es in die Hände jugendlicher Mitglieder der Organisation fallenzulassen. Ich glaube, die Versammlung würde das höchlichst mißbilligen.)«

»Es ist verwahrt«, warf sie hastig ein. *»Mon Dieu!* Fahren Sie endlich mit Ihrer Geschichte fort.«

»Danke vielmals – das ist mir eine große Erleichterung. Sehr gut. Dieses dicke Buch liegt nun auf einem stählernen Regal an der Rückwand der inneren Kammer. Einen Augenblick, bitte. Ich habe Ihnen diese innere Kammer noch nicht beschrieben. Sie ist fast zwei Meter hoch, einen Meter breit und einen Meter tief. Man kann ganz bequem darin stehen, wenn man nicht allzu groß ist. Für mich ist sie wie geschaffen – wie Sie sehen, bin ich nur 1 Meter 74 groß. Der Präsident ist größer als ich; er mag sich vielleicht etwas beengt fühlen, aber er könnte sich in die Hocke setzen, wenn er das Stehen leid würde. Nebenbei, ich weiß nicht, ob Sie's wissen, aber Sie haben mich ziemlich fest verschnürt.«

»Ich möchte Sie fesseln lassen, daß Ihnen die Knochen krachen. He, Sie da, schlagen Sie ihn! Er versucht Zeit zu gewinnen.«

»Wenn Sie mich schlagen«, erklärte Wimsey, »werde ich keinen Ton mehr sagen, verdammt noch mal! Beherrschen Sie sich, Madame. Es hat keinen Sinn, hastige Züge zu machen, wenn Ihr König im Schach steht.«

»Weiter!« schrie sie wieder und stampfte vor Wut mit dem Fuß auf.

»Wo war ich doch noch? Ach, ja, bei der inneren Kammer. Wie gesagt, sie ist ziemlich eng – um so mehr, als überhaupt keine Ventilation vorhanden ist. Habe ich schon erwähnt, daß das Buch auf einem stählernen Regal liegt?«

»Jawohl.«

»Diese Stahlplatte ruht auf einer empfindlichen verborgenen Feder. Wenn das Buch – das, wie gesagt, sehr schwer ist – aufgenommen wird, hebt sich die Platte unmerklich. Dadurch wird ein elektrischer Kontakt hergestellt. Nun stellen

Sie sich vor, Madame: Unser verehrter Präsident tritt ein – hält die falsche Tür hinter sich offen – sieht das Buch – reißt es schnell an sich. Um sich zu vergewissern, ob es auch das richtige ist, schlägt er es auf – studiert die Seiten. Er sieht sich um nach den anderen von mir erwähnten Gegenständen, die Fingerabdrücke aufweisen. Und leise, aber sehr, sehr schnell – Sie können sich das doch vorstellen, nicht wahr – springt die Geheimtür wie ein Panther hinter ihm zu. Ein ziemlich abgedroschener Vergleich, aber ganz passend, meinen Sie nicht auch?«

»Mein Gott! O mein Gott!« Sie machte eine Bewegung, als wolle sie sich die stickige Maske vom Gesicht reißen. »Sie – Sie Teufel – Teufel! Wie heißt das Wort, das die innere Tür öffnet? Schnell! Das Wort! Und wenn ich es mit Zangen aus Ihnen herausreißen lassen muß!«

»Es ist nicht schwer zu behalten, Madame – obgleich es früher schon einmal vergessen wurde. Erinnern Sie sich noch an ›Ali Baba und die vierzig Räuber‹? Als ich die Tür anfertigen ließ, wanderten meine Gedanken in einer für meine Begriffe hübschen Anwandlung von Sentimentalität zu den glücklichen Stunden meiner Kindheit zurück. Die Worte, die die Tür sich auftun läßt, sind: ›Sesam, öffne dich!‹«

»Ah! Wie lange kann ein Mann in Ihrer teuflischen Falle überleben?«

»Oh«, entgegnete Wimsey heiter, »ich denke, ein paar Stunden, wenn er einen kühlen Kopf behält und den verfügbaren Sauerstoff nicht durch Schreien und Hämmern aufbraucht. Wenn wir sofort hingehen, werden wir ihn noch in leidlicher Verfassung antreffen.«

»Ich werde selbst gehen. Nehmen Sie diesen Mann und – quälen Sie ihn nach Herzenslust. Aber töten Sie ihn nicht, bevor ich wieder zurück bin. Ich will ihn sterben sehen!«

»Einen Moment«, sagte Wimsey, den dieser liebenswürdige Wunsch kalt ließ. »Ich glaube, Sie tun besser daran, wenn Sie mich mitnehmen.«

»Warum – warum?«

»Weil ich nämlich die einzige Person bin, die die Tür öffnen kann.«

»Sie haben mir aber doch das Codewort genannt. War das eine Lüge?«

»Nein – das Wort stimmt schon. Aber sehen Sie, es handelt sich um eine dieser ganz modernen elektrischen Türen. Es ist tatsächlich das Neueste auf diesem Gebiet. Ich bin ziemlich stolz darauf. Sie tut sich allerdings bei den Worten ›Sesam, öffne dich‹ auf – *aber nur, wenn diese von meiner Stimme gesprochen werden*!«

»Ihrer Stimme? Ich möchte Ihre Stimme mit meinen Händen abwürgen. Was soll das heißen – nur von Ihrer Stimme?«

»Genau was ich sage. Pressen Sie meine Kehle nicht so stark. Sonst könnten Sie meine Stimme so verändern, daß die Tür sie nicht wiedererkennt. So ist's besser. Sie ist nämlich ziemlich eigen in bezug auf Stimmen. Sie war einmal eine ganze Woche lang stur, als ich eine Erkältung hatte und sie nur in einem heiseren Geflüster anflehen konnte. Selbst normalerweise muß ich es manchmal mehrere Male versuchen, ehe ich genau den richtigen Ton treffe.«

Sie wandte sich an einen kurzen, untersetzten Mann, der neben ihr stand.

»Ist das wahr? Ist so etwas möglich?«

»Durchaus, Madame, leider«, erwiderte der Mann höflich. Aus seiner Stimme schloß Wimsey, daß er wohl etwas Besseres war – wahrscheinlich ein Ingenieur.

»Ist es eine elektrische Vorrichtung? Verstehen Sie sich darauf?«

»Ja. Madame. Es wird irgendwo ein Mikrophon vorhanden sein, das den Klang in eine Reihe von Schwingungen umwandelt, die eine elektrische Nadel beeinflussen. Wenn die Nadel das richtige Muster gezeichnet hat, wird der Stromkreis geschlossen, und die Tür öffnet sich. Dasselbe kann man ebensoleicht mit Lichtschwingungen erreichen.«

»Könnte man sie nicht mit Werkzeugen öffnen?«

»Doch, aber das erfordert Zeit, Madame. Und es geht nur, wenn man den Mechanismus zerschlägt, der wahrscheinlich gut geschützt ist.«

»Worauf Sie sich verlassen können«, bestätigte Wimsey.

Sie griff sich mit den Händen an den Kopf.

»Ich fürchte, wir können nichts ausrichten«, meinte der Ingenieur in einem Ton, der einen gewissen Respekt für eine gute Arbeit verriet.

»Nein – warten Sie mal! Jemand muß doch darum Bescheid wissen – die Arbeiter, die das Ding angefertigt haben?«

»Sind in Deutschland«, sagte Wimsey lakonisch.

»Oder – ja, ja, ich hab's – ein Grammophon. Dieser – dieser – *er* – muß das Wort für uns sprechen. Schnell – wie kann man das machen?«

»Unmöglich, Madame. Woher sollten wir wohl an einem Sonntagmorgen um halb vier so ein Gerät bekommen? Der arme Herr würde längst tot sein –«

Es folgte ein Schweigen, in das die Laute des erwachenden Tages fielen. Eine Autohupe ertönte in der Ferne.

»Ich gebe nach«, erklärte sie. »Wir müssen ihn gehen lassen. Binden Sie ihn los.« Sie wandte sich kläglich an Wimsey. »Sie werden ihn doch befreien, nicht wahr? Sie sind ja ein Teufel, aber ganz so teuflisch wohl doch nicht! Sie werden sofort hingehen und ihn retten!«

»Ihn gehen lassen – so sehen Sie aus!« warf einer der Männer ein. »Er kommt nicht weg, um uns bei der Polizei zu verraten, Lady, bilden Sie sich das nur nicht ein. Der Präsident ist eben übers Ohr gehauen worden, und wir anderen machen uns am besten aus dem Staube, solange wir noch eine Chance haben. Es ist alles aus, Jungs. Schmeißt diesen Kerl in den Keller und knebelt ihn, damit er nicht die ganze Nachbarschaft zusammenschreit. Ich werde die Bücher zerstören. Sie können sich danebenstellen, wenn Sie mir nicht trauen. Und Sie, Nummer dreißig, wissen ja, wo der Schalter ist. Geben Sie uns eine Viertelstunde Zeit, um das Feld zu räumen, und dann können Sie das Haus in die Luft sprengen.«

»Nein! Sie dürfen nicht fortgehen – Sie können ihn doch nicht einfach sterben lassen – Ihren Präsidenten – Ihren Führer – meinen – ich lasse das nicht zu. Befreien Sie diesen Teufel. Helfen Sie mir, einer von Ihnen, mit diesen Stricken –«

»Nichts da«, sagte der Mann, der zuletzt gesprochen hatte. Er faßte sie am Handgelenk, und sie wand sich schreiend, beißend und tobend in seinen Armen.

»Denken Sie daran«, mischte sich der Mann mit der Honigstimme ein. »Es geht auf Morgen zu. In ein oder zwei Stunden ist es hell. Die Polizei kann jeden Augenblick hier sein.«

»Die Polizei!« Sie schien sich mit Gewalt zusammenzureißen. »Ja, ja, Sie haben recht. Wir dürfen nicht die Sicherheit aller eines einzigen Mannes wegen aufs Spiel setzen. *Er* selbst würde das nicht wünschen. Das stimmt. Wir wollen ihn in den Keller werfen, wo er uns nichts tun kann, und dann jeder nach Hause gehen, solange es noch möglich ist.«

»Und der andere Gefangene?«

»Der? Der arme Wicht ist ganz harmlos. Er weiß nichts. Lassen Sie ihn gehen«, antwortete sie verächtlich.

Wimsey wurde ohne weitere Umstände tief unten in den Keller gebracht. Dort banden die Männer seine Fußgelenke zusammen und drehten beim Weggehen das Licht aus.

»He, Kamerad!« rief Wimsey. »Es ist ein wenig einsam hier. Sie könnten wenigstens das Licht anlassen.«

»Ist schon gut so, mein Freund«, lautete die Antwort. »Sie werden nicht lange im Dunkeln sitzen. Sie haben den Zeitzünder schon eingestellt.«

Der andere Mann lachte aus vollem Halse, und sie gingen zusammen hinaus. Er hatte sich vorhin also nicht verhört. Er sollte mit dem Haus in die Luft gesprengt werden. In diesem Fall würde der Präsident bestimmt tot sein, ehe man ihn befreien konnte. Das quälte Wimsey. Es wäre ihm lieber gewesen, wenn er diesen Erzgauner dem Gericht hätte ausliefern können. Scotland Yard hatte schließlich sechs Jahre versucht, dieser Bande auf die Spur zu kommen.

Er lauschte angespannt. Es kam ihm so vor, als hörte er Schritte über sich. Die Leute hatten sich doch bereits fortgeschlichen ...

Bestimmt hatte etwas geknarrt. Die Falltür öffnete sich, und er spürte, wie jemand in den Keller kroch.

»Still!« flüsterte eine Stimme in sein Ohr. Weiche Hände glitten über sein Gesicht und tasteten an seinem Körper herum. Dann spürte er den kalten Stahl an seinen Handgelenken. Die Stricke lockerten sich und fielen ab. Ein Schlüssel knackte in seinen Handschellen. Der Riemen um seine Fußgelenke wurde aufgeschnallt.

»Schnell! Schnell! Sie haben den Zeitzünder eingestellt. Das Haus ist vermint. Folgen Sie mir, so rasch Sie können. Ich habe mich zurückgeschlichen unter dem Vorwand, meinen Schmuck zurückgelassen zu haben. Das stimmt auch. Ich habe ihn absichtlich vergessen. *Er* muß gerettet werden – nur Sie können das fertigbringen. Beeilen Sie sich!«

Wimsey, der vor Schmerzen taumelte, als das Blut wieder in seine abgestorbenen Glieder flutete, kroch ihr nach in das obere Zimmer. Im nächsten Moment hatte sie die Fensterläden zurückgeschoben und das Fenster weit aufgestoßen.

»Nun eilen Sie. Befreien Sie ihn! Versprechen Sie mir das?«

»Das verspreche ich. Aber ich warne Sie, Madame, dieses Haus ist umzingelt. Als die Tür meines Safes sich schloß, gab sie gleichzeitig ein Signal, das meinen Diener nach Scotland Yard schickte. Ihre Freunde sind alle geschnappt –«

»Ach! Aber Sie gehen – denken Sie nicht an mich – schnell! Die Frist ist fast verstrichen!«

»Kommen Sie fort von diesem Haus!«

Er faßte sie beim Arm, und sie rannten stolpernd durch den kleinen Garten. Eine Taschenlampe leuchtete plötzlich in einem Gebüsch.

»Bist du's, Parker?« rief Wimsey. »Ruf deine Leute zurück. Schnell. Das Haus fliegt jeden Augenblick in die Luft.«

Der Garten war plötzlich mit lärmenden, eilenden Männern angefüllt. Wimsey, der in der Dunkelheit umhertappte, stieß auf einmal heftig gegen die Mauer. Er sprang hoch, hielt sich oben fest und zog sich herauf. Er tastete mit den Händen nach der Frau und zog sie ebenfalls empor. Sie sprangen; die Frau knickte um und fiel stöhnend hin. Wimsey stolperte über einen Stein und stürzte kopfüber zu Boden. Dann ging mit fürchterlichem Getöse die Nacht in Flammen auf.

Wimsey erhob sich mit schmerzenden Gliedern aus den Trümmern der Gartenmauer. Ein schwaches Stöhnen neben ihm zeigte an, daß seine Begleiterin noch lebte. Plötzlich wurden sie vom Licht einer Laterne beschienen.

»Ach, da bist du ja!« ertönte eine heitere Stimme. »Alles in Ordnung, alter Knabe? Mein Gott, was für ein behaartes Ungeheuer!«

»Ja«, entgegnete Wimsey. »Nur ein bißchen aus der Puste. Ist die Dame wohlbehalten? Hm – Arm anscheinend gebrochen – aber sonst unversehrt. Was ist passiert?«

»Ungefähr ein halbes Dutzend von ihnen ist in die Luft geflogen. Den Rest haben wir kassiert.« Wimsey entdeckte einen Kreis dunkler Gestalten in der winterlichen Dämmerung. »Großer Gott! Was für ein Tag! Was für eine Rückkehr für eine bekannte Persönlichkeit! Du Schurke – uns zwei Jahre lang im Glauben zu lassen, du seist tot! Ich hatte mir tatsächlich einen Trauerflor gekauft. Hat außer Bunter jemand davon gewußt?«

»Nur meine Mutter und meine Schwester. Ich habe einen versiegelten Umschlag beim Testamentsvollstrecker hinterlassen. Ich fürchte aber, wir werden trotzdem furchtbar viele Scherereien mit den Rechtsanwälten haben, bis wir nachweisen können, daß ich ich bin. He! Ist das Freund Sugg?«

»Ja, Mylord«, sagte Inspektor Sugg grinsend. Aber vor Freude standen ihm die Tränen in den Augen. »Bin verdammt froh, Eure Lordschaft wiederzusehen. Schöne Leistung. Alle wollen Ihnen die Hand drücken, Sir.«

»Oje. Ich wollte, ich könnte mich erst waschen und rasieren. Bin auch sehr froh, Sie alle wiederzusehen nach zweijähriger Verbannung in Lambeth. Das hätten wir aber ganz gut hingekriegt, nicht wahr?«

»Ist er gerettet?« fragte eine gequälte Stimme.

Wimsey fuhr zusammen.

»Mein Gott!« rief er. »Ich habe den Gentleman im Safe ja ganz vergessen. Hier, holen Sie schnell einen Wagen. Die Glanznummer, Moriarty, der Führer der ganzen Bande, ist in meiner Wohnung friedlich am Ersticken. Hier – steigen Sie in – und heben Sie die Dame ebenfalls hinein. Ich habe ihr versprochen, daß ich ihn retten würde – obgleich« (er vollendete den Satz in Parkers Ohr) »er wahrscheinlich auch des Mordes angeklagt wird und ich auf seine Chancen im Old Bailey nicht viel wetten würde. Tritt auf das Gaspedal! Er kann's in der Stahlkammer nicht mehr lange machen. Er ist der Kerl, den du gesucht hast. Bei all den unaufgeklärten Fällen war er die Triebfeder.«

Der Morgen dämmerte grau, als sie bei seinem Hause in Lambeth vorfuhren. Wimsey half der Frau aus dem Wagen. Sie trug jetzt keine Maske mehr, und ihr Gesicht, das vor Furcht und Schmerz ganz bleich war, zeigte einen verzweifelten Ausdruck.

»Russin, wie?« flüsterte Parker Wimsey zu.

»Sieht so aus. Verdammt noch mal! Die Haustür ist zugeschlagen, und dieser Lump hat den Schlüssel bei sich im Safe. Tu mir den Gefallen und spring durchs Fenster.«

Parker kam diesem Wunsch nach und öffnete ihnen nach einigen Sekunden die Tür. Das Haus schien völlig ruhig zu sein. Wimsey führte sie in das Hinterzimmer, wo sich die Stahlkammer befand. Die Außentür und die zweite Tür waren durch Stühle am Zuklappen gehindert. Die innere Tür stand ihnen gegenüber wie eine leere grüne Wand.

»Ich hoffe ja nur, daß er die Vorrichtung nicht durch starkes Hämmern in Unordnung gebracht hat«, murmelte Wimsey. Eine ängstliche Hand umklammerte seinen Arm. Er riß sich zusammen und zwang seine Stimme zu einem heiteren, normalen Ton.

»Nun los, altes Ding«, wandte er sich in lockerem Unterhaltungston an die Tür. »Zeig uns, was du kannst. Sesam, öffne dich, zum Kuckuck noch mal, Sesam, öffne dich!«

Die grüne Tür glitt plötzlich zur Seite und verschwand in der Wand. Die Frau sprang vor und fing das verkrümmte, bewußtlose Geschöpf, das aus der Stahlkammer rollte, in ihren Armen auf. Seine Kleidung war zerfetzt, und von seinen zerschlagenen Händen tropfte das Blut.

»Nicht so schlimm«, sagte Wimsey, »nicht so schlimm. Er wird schon mit dem Leben davonkommen – um sich vor Gericht zu verantworten.«

Inhalt